Yolanda

WALTRAUD RIEHM

Waltraud Riehm

2. Mai 2007

Yolanda

WALTRAUD RIEHM

Historischer Roman

Illustrationen von
Norman Hothum

Paulinus

Die Deutsche Bibliothek – CIP-Einheitsaufnahme
Die Deutsche Bibliothek verzeichnet diese Publikation in der Deutschen Nationalbibliografie; detaillierte bibliografische Daten sind im Internet unter http:/www.dnb.ddb.de abrufbar.

1. Auflage 2007
Illustrationen: Norman Hothum, (c) VG Bild+Kunst, Bonn 2007
Abbildungen: Guy Berg: S. 280, 281, 286, 294; Ralph Fichtner: S. 303, 305; Michael Beetz, Düsseldorf: S. 311
Reproduktion: repro-team Trier GmbH
Gesamtherstellung: Paulinus Verlag GmbH, Trier
ISBN | 978-3-7902-0220-5
www.paulinus.de

ISBN | 978-2-87963-692-4
www.editions.lu

2007

DANKSAGUNG

Die Autorin dankt Guy Berg, Luxemburg,
Gilbert Haufs-Brusberg, Schloss Veldenz,
und Jean Milmeister, Luxemburg,
für die wissenschaftliche und fachliche Beratung,
sowie Peter Fritzen vom Kunsthaus am Museum, Trier,
für die finanzielle Unterstützung.

I. TEIL – ROMAN

DIE SEHNSUCHT DER FRÜHEN JAHRE

1. Kapitel

Der erste Sonnenstrahl, der durch das geöffnete Fenster in die Kammer fällt, hüllt das zierliche Mädchen ein wie ein güldener Mantel. Die Grafentochter von Vianden hat die Nacht wieder betend durchwacht. Yolanda lässt sich ins Licht der ersten Sonnenstrahlen auf den Boden gleiten und breitet die Arme aus.

„Herr, ich erinnere dich an die Liebe, die meiner gedachte, die dich vom Himmel zur Erde brachte“, flüstert sie, „Jesus Christus, du bist mein wahrer Bräutigam, mag die Mutter Eheversprechen in meinem Namen geben, so viel sie will.“

Yolanda sind diesmal die Nachtstunden unendlich lang vorgekommen. Ihre Edelfräulein, die ihr beteuert hatten, beim Wachen, Fasten und Beten mitzutun, waren schon lange vor dem ersten Morgengrauen in tiefen Schlummer gefallen. Die Gewissheit, dass zu ihrem Geburtstag ein Fest ausgerichtet wird, dass sich die Tische biegen werden unter der Last der Speisen, dass Wein fließen wird, der die Zungen löst, und Musik die Tanzenden übermütig machen wird, vor allem, dass man wieder beginnen wird, sie zu fragen, ob sie nicht einen Ehegemahl nehmen wolle, all das ist Yolanda von Herzen zuwider.

Mit ausgestreckten Armen liegt sie am Boden und spürt unter dem groben Wollgewand ihr Herz pochen, das sie ganz und gar nur einem geben möchte, nur Jesus Christus. Je mehr man es ihr verwehren sollte, desto mehr will sie entschlossen sein, um diese Hingabe an ihn zu kämpfen.

Längst übertönt der Lärm des erwachenden Burgalltags das Zwitschern der Vögel in der Frühe des Tages.

Yolanda hört die zänkische Stimme ihrer Kammerfrau Marie draußen auf dem Flur. Wie immer streitet sie sich mit dem Mädchen an ihrer Seite. Das unflätige Gebaren dieser Frau ist der kleinen Grafentochter zuwider. Tag für Tag ist es das gleiche Schauspiel, wenn Marie in Yolandas Gemach kommt. Auch heute ist es nicht anders als an jedem anderen Tag. Das Zetern und Kreischen dieser Frau über ihre viele Arbeit und das unbeschwerte Leben „einiger anderer in Samt und Seide", wie sie betont, gellt Yolanda unangenehm in den Ohren.

Während das Mädchen die Klinke niederdrückt, versetzt Marie der Tür einen heftigen Tritt. Die schwere Eichentür fliegt weit auf. Mit einer Flut von Schimpfworten lässt Marie kostbare Gewänder auf eine Truhe gleiten. Das Mädchen stellt eine Schatulle mit Geschmeide dazu.

„Nun, Eure Edelfräulein noch in tiefem Schlaf? Und Ihr, unter Eurem wollenen Gewand wieder blutig gepeitscht? Wozu braucht Ihr kostbaren Putz?" ruft Marie mit spöttischem Ton, bückt sich zu der noch immer auf dem Boden ausgestreckten Yolanda und zerrt ihr mit einem flinken Griff das Kleid bis über Arme und Kopf hoch.

Der entsetzte Schrei des Mädchens lässt nun auch die Edelfräulein, Irmengard, Beatrix und Jutta aus ihrem Schlaf aufschrecken.

„Blutig vom Nacken bis zu den Fersen! Wozu soll das gut sein?“ fragt Marie.

Yolanda schweigt.

Gleich einem Lamm lässt sie es geschehen, dass sie aufgehoben wird, dass ihre Edelfräulein dabei behilflich sind, sie zu kleiden und zu frisieren.

Keine Sekunde lang zeigt ihr Gesicht, wie schmerzhaft das Abwischen der Blutspuren auf den kaum verkrusteten Wunden ist, die das Peitschen mit Ruten verursacht hatte. Immer wieder fügt sie sich selbst diesen Schmerz zu oder verpflichtet ihre Edelfräulein zu dem grausamen Dienst, um Christi Willen gepeitscht zu werden.

Freilich genießt sie das lindernd kühlende Leinen der Unterkleider. Ohne ein Widerwort lässt sich Yolanda danach das prächtige Kleid überstreifen, zu dem ihr Vater die schwere Seide von einer Reise mitgebracht hat, die seinen Engel, wie er sie immer zärtlich nennt, schmücken soll.

„Alles wie gefordert?“

Mit einem Aufschrei der Erlösung reagiert Yolanda auf diese Frage beim Eintritt ihrer vertrauten Kammerfrau Heilewif. Als diese sie zärtlich umfängt, schmiegt sich Yolanda voll Zuversicht in ihre Arme: „Liebe, liebe Heilewif, du bist die einzige, die mich versteht, die mein Handeln nicht tadelt.“

„Wie sollte ich ein gottesfürchtiges Kind, wie Ihr es seid,

nicht lieben und ehren? Wenn mir auch das Herz zu zerspringen droht, wenn ich Eure Wunden sehe, die Ihr Euch um Christi Willen zufügen lasst, so lieb ich Euch doch wie eigen Fleisch und Blut."

Mit Blick auf die grinsende Magd und das Mädchen setzt Heilewif hinzu: „Und nie und nimmer und von niemandem würde ich ein böses Wort über Euch dulden."

Wange an Wange mit Heilewif, die vor ihr niedergekniet ist, flüstert Yolanda der Kammerfrau etwas ins Ohr, während tiefes Schluchzen ihren Körper schüttelt.

„Nein, nein", antwortet ihr Heilewif mit beschwörender Stimme, „jetzt heißt es klug sein, um nicht den Zorn der Eltern zu riskieren. Lasst Euch von Euren Edelfräulein Beatrix und Jutta fein frisieren und Euren Schmuck anlegen. Wenn Irmengard zur Laute singt, übt Ihr Euch noch ein wenig in den Tanzschritten und schaut fröhlich in die Welt. Dann könnt Ihr ohne Furcht vor Anordnungen, die Euch nicht gefallen, vor den Eltern erscheinen. Bis Ihr alt genug seid, um in die Obhut eines Klosters zu kommen, ist noch Zeit genug."

„Heilewif, die Mutter wird mich heute wieder vor den Gästen mit der Wahl eines Ehegemahls bedrängen", flüstert Yolanda.

Die Kammerfrau drückt noch einmal die zierliche Gestalt des Mädchens fest an sich, vergessend wie schmerzhaft dieser Griff auf den Wunden des malträtierten Rückens sein muss: „Solange Ihr Euch den Eltern gehorsam zeigen müsst, bin ich Euch zur Seite. Bedenkt, dass der Franziskaner bald wieder Einkehr hält, dann leiht er Euch sein Ohr und gibt Rat. Jetzt vergesst Euren Kummer und geht den Tag fröhlich an, umso leichter werden die Stunden der Pflicht vergehen." Erneut flüstert Yolanda: „Nein, das kann nicht sein, dass ich jemals einem Mann gehören muss, der sterblich ist. Ich will Braut Christi sein so lange ich lebe, denn solange ich ihn als Geliebten habe, verschmähe ich alle Männer, was auch immer mir geschieht."

Heilewif antwortet ihr ebenso leise: „Solche Reden schmerzen Eure Eltern, denn ihre größte Freude ist auf ein prächtiges Leben für ihre schöne Tochter ausgerichtet."

Während Marie mit dem Mädchen das Gemach verlässt, dreht Heilewif die reich geschmückte Yolanda, sie an der hoch gestreckten Hand führend, im Kreis: „Die Schönste im ganzen Land, schön an Geist und Gestalt."

Yolanda lächelt: „Für Jesus Christus will ich es sein."

Heilewif antwortet singend: „Dieses Kind ist ein kleines, edles Fräulein, ein junges zartes Leben, was die Jahre angeht ein Kind, der Einsicht nach eine Frau, jung am Leib, reif im Geist."

Irmengard greift nach der Laute und stimmt mit feiner Stimme ein Lied an. Beatrix, Jutta und Yolanda drehen sich nach den Musikklängen und hüpfen vergnügt mit den gezirkelten Sprüngen der traditionellen Tänze umher.

Herz und Sinn werden ihnen leicht dabei und Jutta ruft: „Ich kann den Tanz mit den stolzen Herren kaum erwarten." Die Stunden bis zum Fest fliegen rasch dahin, denn für Yolanda und ihre Edelfräulein gibt es im großen Palas viel zu sehen und zu hören. Schon seit Tagen bringen die Bauern über die Eselspfade in kaum enden wollender Reihe auf ihren hoch bepackten Tieren alles auf die Burg, was zum Auftafeln notwendig ist. Es wird außerdem aufgetragen, was Küche und Keller hergeben. Die Stimme des Haushofmeisters klingt schrill durch die Räume. Kein Zweifel, das Geforderte zerrt an seinen Nerven.

Fast vergisst er Yolanda gebührend zu grüßen, die ihm ungestüm über den Weg rennt. Lachend äffen ihn Irmengard und Jutta nach, wie er prüfend über die Festtafel blickt, mit den Fingern schnippt und das eine oder andere tadelt.

Am frühen Nachmittag trifft Yolandas achtzehnjähriger Vetter Nithart auf der Hofburg ein, selbstverständlich mit einem Geburtstagsgeschenk im Gepäck. Mit ihren Eltern, Geschwistern und den Edlen des Hofstaates zur Seite beobachtet Yolanda am Tisch des Bankettsaales, wie ihr Bruder Heinrich seinem gleichaltrigen Vetter und Freund seit frühesten Kindertagen hilft, die in viele Tücher eingenähte Kostbarkeit zu enthüllen.

Als das letzte Tuch fällt, kommt ein Kreuzreliquiar zum Vorschein, dessen Gold wundervoll glänzt. Gefertigt mit Griff, wie ein kleiner Koffer zu tragen, lässt sich das Triptychon bequem auf Reisen mitführen und bei Bedarf zum kleinen Hausaltar aufklappen. Reich mit Edelsteinen bestückt steht es funkelnd auf dem Tisch.

„Eine Meisterarbeit aus dem Orient!"

Yolandas Vater betont es mit Nachdruck. Er hat einst selbst diese Kostbarkeit auf dem großen Kreuzzug in Jerusalem erworben und seinem Patensohn Nithart geschenkt.

Der bemerkt sehr wohl die fragenden Blicke des Grafen,

It was in dutschen landen ein
greve zů Vianden

deshalb gibt er geschwind Auskunft: „Mich hat die Andacht im Anblick des Holzsplitters vom Kreuz unseres Herrn Jesus Christus in meiner Absicht bestärkt, Templer zu werden und als Mönch und Ritter für unseren Herrn zu kämpfen, und sei es mit dem Schwert. Meine Cousine Yolanda, die mir so lieb ist wie eine Schwester und von der ich weiß, dass sie manche Stunde im Gebet verbringt, soll künftig an diesem Altar ihre Freude haben."

Aufjauchzend und stürmisch umarmt Yolanda ihren Vetter, der sich zu ihr beugt und lachend ihre innigen Küsse über sich ergehen lässt. Während Nithart Yolanda auf den Tisch setzt und ihr unter dem Beifall seiner Verwandten die Mechanik des Triptychons erklärt, öffnet Yolanda die vielen kleinen Goldtüren, die das Kreuz mit dem Holzsplitter im Mittelteil umgeben.

Nithart lächelt über ihren Eifer: „Noch sind sie leer, aber es liegt nun an dir, wie schnell sie sich mit Reliquien füllen. Du musst unsere Verwandten nur hartnäckig genug darum bitten. In ihren Kirchen und Klöstern haben sie gewiss reichlich Reliquien und können dir Splitter davon abgeben."

Der Beifall hat Nitharts Geschenk bestätigt. Auch der Graf ist sichtlich gerührt von dieser Geste.

„Damit hast du nicht nur Yolanda ein wunderschönes Geschenk gemacht, mir geht das Herz auf, wenn ich deine Worte höre."

Heinrich reicht Nithart die Hand: „Jetzt ist es an der Zeit, unseren Schwur aus Kindertagen einzulösen. Du gehst zu den

Templern und ich zu den Dominikanern. Meine Eltern haben bereits zugestimmt."

Beide umarmen sich, während sich die Gräfin und ihre Hofdamen mit seidenen Tüchern Tränen der Rührung aus den Augen wischen.

Nithart klappt das Triptychon wieder zusammen und reicht Yolanda den Griff. Jubelnd rennt sie mit ihrem kostbaren Geschenk die Treppe hinauf, umringt von ihren Edelfräulein. Atemlos stürmt sie in ihr Gemach und stellt Nitharts Geburtstagsgeschenk am besten Platz auf, der ihr in den Blick fällt. Voller Andacht öffnet sie das Triptychon und leicht geht ihr das Lieblingsgebet von den Lippen: „Herr, ich erinnere dich an die Liebe, die meiner gedachte, die dich vom Himmel zur Erde brachte."

Musik verkündet den Beginn des Festabends. Ungeduldig bitten die Mädchen Yolanda, endlich das Beten zu lassen.

„Die Zeit drängt", sagt Jutta, „Schleier und Kränzlein fehlen noch auf Eurem Haar."

Währenddessen haben sich im großen Festsaal längst Gäste versammelt, die Graf Heinrich von Vianden und seiner Gemahlin Margarethe von Courtenay ihre Aufwartung machen.

Das mächtigste Herrscherpaar zwischen Maas und Rhein, verwandt oder befreundet mit den großen Herrscherhäusern des Abendlandes, nutzt mit Vorliebe familiäre Feste zu Prachtentfaltung und Interessenverknüpfungen. An diesem Tag, dem Geburtstag Yolandas, versammeln sich im Festsaal alle, die Rang und Namen haben. Es ist die Gunst der Stunde, die sie auch nutzen wollen, um vorteilhafte Verbindungen zu erkunden.

Mit einem Blick voll Missgunst auf das Grafenpaar tuscheln zwei Vasallen in spöttischem, hinterhältigem Ton miteinander.

„Das Haus Luxemburg hat seine Gebietserweiterung mit kluger Heiratspolitik so gut wie abgeschlossen."

„Bedenkt, noch steht eine wichtige Heiratsvariante an, von der neuer Machtzuwachs für die eine oder die andere Grafschaft möglich wird."

„Ihr habt die Grafentochter im Blick?"

Beide sehen sich schmunzelnd an.

„Die Fäden sind längst geknüpft."

„Große Auseinandersetzungen sind ansonsten nicht mehr in Sicht. Umso mehr zählt der Besuch des Grafenpaares von Luxemburg."

Der eine Ritter bekräftigt: „Die Wogen sind geglättet."

Der andere unterstreicht: „Unsere Viandener sind nun ohne Zweifel die Mächtigeren. Der Graf ist ein Mann, der es versteht, in direkter Verbindung mit dem Kaiser zu handeln. Die Gräfin an seiner Seite ist nicht nur eine glänzende Erscheinung. Hochwohlgeboren als Tochter des Kaisers von Konstantinopel, mit dem Blut der französischen Könige in ihren Adern, weiß sie, entsprechend zu repräsentieren und Hof zu halten."

„Ja, vergesst nicht zu bedenken, ihr diplomatisches Geschick ist sprichwörtlich. Sie versteht es, Verbindungen zu knüpfen und ihrem Mann wichtige Beraterin zu sein."

„In ihrer Familie duldet sie allerdings keinen Widerspruch, erst recht nicht von Yolanda. Diese Tochter ist wahrhaftig ein Trumpf im Plan ihrer Heiratspolitik.“

Beide nicken sich grinsend zu.

Die Gräfin weiß Blicke und Getuschel ihrer Gäste zu deuten. Sie hat als Kaisertochter mit königlichem Blut in den Adern schon früh gelernt mit Missgunst und Neid zu leben. Es amüsiert sie, hinter Ehrerbietung und offener Anbiederung die säuerlichen Mienen der einen oder anderen zu sehen, die um ihre Zuneigung buhlen und dabei nicht den erwünschten Erfolg haben.

Neben den eigenen Familienmitgliedern scharen sich Neffen um das Viandener Grafenpaar, die sich in Gesprächen Vorteil für gesellschaftlichen Aufstieg mit entsprechenden Pfründen erhoffen. Die Viandenerin lässt ihren Blick über die Runde der festlich ausstaffierten Gäste schweifen und registriert mit Genugtuung den Eifer, mit dem viele unter ihnen die Nähe derer suchen, von denen sie sich Vorteile versprechen. Einer der Ehrgeizigsten in der Runde dürfte Konrad sein, eine der schillernden Figuren auf dem Schachbrett der Zeit. Sein Vater und seine Mutter Mathilde von Vianden, Schwester des Grafen Heinrich, genießen das Vorrecht neben dem Grafenpaar zu stehen.

Margarete sieht Konrad in seiner wichtigtuerischen Art in seiner Gesprächsrunde das Wort führen. Sie kann es sich nicht verkneifen, ihrer Schwägerin Mathilde das Machtstreben dieses Sohnes unter die Nase zu reiben: „Unser lieber Konrad ist nun schon seit zwei Jahren Erzbischof von Köln, und um dieses Amt zu erreichen, hat er sich sogar kurz davor zum Priester weihen lassen. Meine Anerkennung!“

„Ja, ja, das hat er klug getan“, antwortet Mathilde voller Mutterstolz, „mit gut gefüllten Taschen und Truhen ist er in Köln eingezogen und beglich zu allererst die immensen Schulden seines Vorgängers.“

„An den Haaren zerrte er ihn, der nicht weichen wollte, aus der Bistumskirche?“

„Nun ja, inzwischen sind diese Dinge geregelt“, besänftigt Mathilde die Worte ihrer Schwägerin.

Die Viandenerin blickt nachdenklich zu ihren Söhnen und Neffen hin, die immer wieder in Gelächter ausbrechen. Man scheint sich gut zu unterhalten. Konrads Umsicht und Geschicklichkeit im Umgang mit Macht will auch sie für eigene Pläne nutzen. Das steht längst fest.

Hat Konrad nicht schon die Fäden gezogen, um für die Viandener Grafentochter den entsprechenden Heiratskandidaten auszusuchen?

Als hätte sie die Gedanken ihrer Schwägerin gelesen, hakt Mathilde mit ihrer Frage nach: „Yolandas Geburtstag ist für Euch Gelegenheit, einen entsprechenden Ehemann zu wählen? Für ein Kind?“

Margarete zuckt nur mit den Schultern: „War nicht unsere liebe Ermesinde von Luxemburg schon bei ihrer Geburt mit dem Grafen von Champagne verlobt und ihm im Alter von drei Jahren übergeben worden? Und das nur, weil sich ihr Vater großen Gewinn davon versprach?“

„Ja, das ist wahr“, ereifert sich Mathilde, „aber wurde die arme Ermesinde nicht im zarten Alter von zehn Jahren kurzerhand zurückgegeben und an Graf Theobald von Bar verheiratet?“

„Was auf jeden Fall von größerem Nutzen war!“

Margarete lässt wieder ihren Blick über die Hofgesellschaft wandern. Zu sehen, wie sich ihre Gäste angeregt unterhalten, erfüllt sie mit Genugtuung.

Sie lächelt, als sie Ermesinde ins Gespräch vertieft an der Seite ihres Mannes sieht. Nach Bars Tod hatte die Luxemburgerin sofort Walram von Limburg geheiratet, der ihr als Morgengabe die Grafschaft Arlon präsentierte. Den Antrag des Grafen von Vianden hatte sie abgelehnt.

Mathilde war Margarets Blick gefolgt und forscht nach: „Ist die Luxemburgerin immer noch verbittert darüber, weil Ihr die Grafschaft Namur in die Viandener Ehe eingebracht habt, eine Grafschaft, die Ermesinde als eigenes Erbteil beansprucht?“

„Anspruch und Besitz ist nun mal ein großer Unterschied“, antwortet die Viandenerin.

Begleitet von festlichen Klängen schreitet Yolanda durch die Länge des Saales auf ihre erhöht stehenden Eltern zu. Zwei Schritte hinter ihr geben Beatrix, Irmengard und Jutta mit artig gesenktem Blick Geleit.

Ein Raunen geht bei diesem anmutigen Anblick der jungen Damen durch die Festgesellschaft. Heinrich breitet seine Arme aus, als Yolanda ihm entgegenfliegt. Sie ist das Kind, das ihm unter den Geschwistern das liebste ist.

Die Mutter dämpft mit beschwichtigender Hand dieses übermütige Lachen und Herzen: „Wir wollen den Geburtstag unserer lieben Tochter gebührend feiern und den Tag nicht beschließen, ohne ein festes Wort für ihre Zukunft verabredet zu haben.“ Lächelnd sieht die Mutter zu, wie Heinrich seine kleine Tochter stolz zum Tanz führt.

Im weiteren Festverlauf fällt es dann erst niemandem auf, dass Yolanda verstört in einer Ecke des Saales verharrt. Zu sehr ist jeder den Annehmlichkeiten des Abends zugetan. Beide Handflächen, die sie aus einem Blutschwall unter ihren Röcken hervorzieht, leuchten ihr feurig rot entgegen.

Nach einer Weile des unwissenden Staunens zerrt sich Yolanda das seidene Kleid und den reichen Schmuck vom Leib. Die weißen Untergewänder sind voller Blutflecken. Blut rinnt ihr an den Beinen entlang in die zierlichen goldfarbenen Schuhe.

Verblüfft überdenkt Yolanda ihren Zustand. Dann nestelt sie die goldenen Bänder und Perlenschnüre aus ihrem Haar, bis es ihre Gestalt umhüllt, und geht verhaltenen Schrittes durch die Mitte des Saales auf ihre Mutter zu.

„Seht Ihr es jetzt, liebe Mutter, dass ich eine Braut Christi bin“, schreit Yolanda und streckt Margarethe die blutbesudelten, wie stigmatisierten Handflächen entgegen, „seht Ihr es?“

Verwirrt blickt Yolanda in die Runde, als alle in Gelächter ausbrechen und ihre Mutter triumphierend feststellt: „Unsere Tochter ist Frau geworden und nichts steht mehr unserer Absicht im Weg, sie einem Gatten zur Seite zu geben.“

Mit diesem fröhlichen Lachen im Ohr läuft Yolanda davon, sucht Kammer für Kammer nach Heilewif und sinkt ihr schließlich weinend in die Arme.

Mit einem Blick über die blutverschmierte Yolanda erfasst Heilewif die Situation und versucht, sie ihrem Schützling behutsam zu erklären:

„Weißt du, liebes Kind, wenn das geschieht, was dir jetzt geschehen ist, dann ist man Weib und kann Kinder gebären. Du bist noch sehr jung, aber auch ich war schon in deinem Alter soweit, dass die Umarmung eines Mannes mich zur Mutter machen konnte."

„Kein sterblicher Mann wird meinen Leib je umarmen dürfen", schluchzt Yolanda, „ich bin nur einem einzigen verbunden in dieser Welt und das ist Jesus Christus."

Heilewif wiegt das Kind in ihrem Arm, wissend, dass künftig nichts mehr so sein würde wie zuvor.

Die Tage und Wochen fließen dahin, für Yolanda ist die große Sehnsucht, ins Kloster zu gehen, Inhalt ihres ganzen Denkens. Das Leben in der Burg geht unverändert weiter. Tagsüber schallen die Geräusche des Alltags aus dem Hof und der Stadt Vianden herauf in Yolandas Kammer. Wenn die Glocke der Burgkapelle erklingt, macht Yolanda gehorsam der Mutter ihre Aufwartung und geht in ihrer Begleitung zum täglichen Gebet oder zur Messe.

Die Nächte verbringt Yolanda ihrer Gewohnheit nach noch immer mit Wachen, Beten und Fasten in Gesellschaft ihrer Edelfräulein Beatrix, Jutta und Irmengard. Während die Mädchen die geforderten Anstrengungen nicht durchhalten, oft heimlich mitgebrachte Äpfel und Brotkanten verborgen unter der Bettdecke verzehren und auch dem Verlangen des Einschlummerns nicht widerstehen können, kasteit sich Yolanda mit doppelter Genugtuung.

„Das Kind ist dünn und schwach, sorge dafür, dass es wieder zu Kräften kommt", befiehlt die Mutter der Kammerfrau Heilewif, von der sie sehr wohl um die Vertrautheit mit Yolanda weiß.

„Bedenke, dass meine Tochter nicht irgendeine Adlige ist, sondern hochgestellt, und das nicht nur, weil sie die Enkelin des Kaisers von Konstantinopel ist. Yolanda steht meinem Herzen nahe, vielleicht sogar ein wenig mehr als ihre Geschwister, weil sie besondere Aufmerksamkeit fordert. Du bist mir verantwortlich für Yolandas Wohlbefinden."

Heilewif senkt den Kopf und knickst tief vor ihrer Herrin. Dann wird ihr heiß, als diese, sich bereits entfernend, über die Schulter hinweg leichthin verkündet: „Ich reise zu meinen Verwandten nach Namur, auch zu meiner Nichte Hymana, der Äbtissin des Klosters Salsine, ich werde Yolanda mitnehmen, sag ihr das."

Heilewif verharrt einen Moment, um nicht unziemlich zu erscheinen. Kaum ist ihre Herrin ihren Blicken entschwunden, rennt sie, die Röcke hoch raffend, so schnell sie kann in Yolandas Gemach.

„Die Gräfin, Eure teure Mutter, reist nach Namur und nimmt Euch mit!"

Fast außer Atem hat Heilewif die Worte gerufen. Das Herz geht ihr auf, als sie erst den ungläubigen Blick Yolandas sieht, dann die Freude, die in ihrem Gesicht aufleuchtet, und sich gleich danach umschlungen fühlt. Vor Freude drehen sie sich im Kreis, bis sie erschöpft nieder sinken, sich am Boden wälzen und immer noch lachen. Ihre Edelfräulein sehen sich verblüfft an und stürzen sich ebenfalls mit fröhlichem Geschrei auf Heilewif und Yolanda.

Jutta ist die Erste, die aufspringt und ruft: „Die Kleider ausgewählt und gepackt, genug Rosenwasser zur Erfrischung in Fläschchen gefüllt und dann schnell auf die Pferde."

Yolanda jedoch schüttelt den Kopf und gebietet: „Lasst uns erst niederknien und unserem Gott danken für die Güte, die er uns erweist."

So geschieht es. Während Yolanda ihr glücklich strahlendes Gesicht demütig mit ihren Handflächen verhüllt, scharren die Edelfräulein neben ihr ungeduldig mit den Füßen.

Dankbare Blicke treffen Heilewif, als sie Yolanda anmahnt, den Sinn jetzt auf weltliche Dinge zu richten und auch auf der Stelle das bisherige strenge Fasten aufzugeben, um für die Reise Kräfte zu sammeln.

„Eure Cousine, die Äbtissin Hymana in Salsine, soll eine glanzvolle junge Dame begrüßen und kein halb verhungertes Hühnchen. Bedenkt, dass sie ein vornehmes, reiches Kloster führt, in dem Töchter von Stand leben, und keine Hungerleider oder Bettelnonnen."

Kleinlaut lässt Yolanda es zu, dass vor ihr aufgetischt wird, dass niemand Mitleid mit ihr hat, wenn sie mit angeekelter Miene die Köstlichkeiten in sich hineinwürgt. Sie fügt sich ohne Widerrede, beflügelt von der Aussicht, dass es nun endlich Gelegenheit geben wird, ihren Wunsch, ins Kloster zu gehen, an gegebener Stelle vorzutragen. Sie ist überzeugt davon, dass ihre Cousine sie mit Freuden aufnehmen wird.

„Die Äbtissin wird nicht auf die reichen Zuwendungen meiner Familie verzichten wollen", flüstert Yolanda, als Heilewif sie am Abend zu Bett bringt.

Die Edelfräulein schlafen schon längst. Die Aufregungen der Reisevorbereitungen verlangen ihren Tribut.

„Komm, bleib", fordert Yolanda und rückt tiefer in die Kissen, „schlaf hier, eng bei mir, wie früher als ich noch ein kleines Kind war."

Heilewif folgt der Bitte, aber dann ermahnt sie ihren Schützling: „Eure Eltern, vor allem Eure Mutter, werden alles unternehmen, um Euch standesgemäß zu verheiraten. Bedenkt, der Graf und die Gräfin besitzen weit und breit die größte Machtfülle, die sie durch kluge Auswahl des Bräutigams noch zusätzlich untermauern wollen. Ist nicht die frühe, sorgsame Unterrichtung in Sprachen und Wissenschaften für Euch im Blick auf eine glänzende Verbindung geschehen?"

Yolanda schlingt ihre Arme um Heilewifs Hals. Auf diese Worte gibt es nichts weiter zu sagen.

„Gott wird es lenken", sagt Heilewif mit einem Seufzer, umarmt tröstend den hageren Leib Yolandas und drückt ihr einen Kuss auf die Stirn.

„Schlaft jetzt schön", flüstert Heilewif und spürt Yolandas ergebenes Kopfnicken. Schon gleich danach zeigen ihr die gleichmäßigen Atemzüge, dass sie eingeschlafen ist.

Kaum je zuvor war die Grafentochter so glücklich und aufgeregt, wie in diesen Stunden des Reiseaufbruchs. Voller Ungeduld lässt sie sich in den frühen Morgenstunden das Haar bürsten und mit Haube und Bändern schmücken, das samtene Reisekleid überstreifen und mit goldenen Spangen den Mantelumhang auf den Schultern befestigen. Als sie mit ihren Edelfräulein die Treppe zum Hof hinab schreitet, kommt ihr aus dem Gewirr von Rittern, Knappen und unruhig scharrenden Pferden Graf Heinrich entgegen.

„Einen Abschiedskuss von der schönsten jungen Dame, die es auf dieser Erde gibt, fordert ein liebender Vater", ruft Heinrich. Lachend fliegt ihm Yolanda in die Arme und lässt sich kosen.

„Pferd oder Wagen?" fragt er und gibt sich sofort selbst die Antwort. „Hoch zu Ross muss sich meine schöne Tochter zeigen und nicht versteckt im Wagen reisen."

Mit starken Armen hebt er Yolanda in den Sattel des prachtvoll gezäumten Schimmels und legt ihr die Zügel des tänzelnd verharrenden Pferdes in die Hände. Die Mauern des Burghofes hallen wider vom Wiehern der Tiere, vom Hundekläffen und Klirren der Waffen der Ritter, die den Zug nach Namur begleiten werden.

„Mit Gottes Segen und dem Schutz unserer Ritter sollt ihr reisen und wiederkehren", ruft Heinrich seiner Frau zu. Bevor

Yolanda dem Pferd die Zügel gibt, neigt sie Abschied nehmend artig den Kopf vor ihrem Vater, der blitzschnell die große Pfauenfeder aus seinem Hut reißt und sie eben so schnell, übermütig lachend, an Yolandas Haube steckt. Auch sie lacht, während die Feder über ihrem Kopf wippt.

Die Reise geht zügig voran. Der Monat Juni war bisher ungewöhnlich trocken. In den Talauen des Ardenner Waldes sind Landleute damit beschäftigt, das Heu zu wenden. Auf den Hochflächen steht das Korn schon fahlgelb auf hohem Halm. Das Wetter ist angenehm und doch sehnt sich jedermann danach, bald das Ziel zu erreichen. Im langen Tross der Reitenden und der Wagen, hinter denen eine gewaltige Staubwolke aufwirbelt, sorgen die jungen Leute für Schabernack und fröhliches Lachen. Der lärmende Zug, der sich gemächlich durch die Landschaft windet, lockt schon weit vor den Dörfern die Neugierigen an, die ihre Köpfe entblößen und staunend am Wegesrand das prachtvolle Schauspiel beobachten.

Yolandas Edelfräulein genießen die fröhliche Unterhaltung mit den jungen Herren. Besonders die jüngeren Reiter machen sich einen Spaß daraus, immer wieder die Position im langen Tross zu wechseln, um sich mit kesser Rede hervorzutun.

Yolanda ist gefangen vom Glücksgefühl, endlich Gelegenheit zu haben, ihren Fuß über die Schwelle eines Klosters zu setzen. Den Habit einer Nonne wird sie bald tragen, dessen ist sie sich sicher.

Am frühen Abend, an guter Stelle am Rande eines Dorfes, wird gerastet. Die Knappen stellen die Lederzelte auf, versorgen die Pferde und entzünden Lagerfeuer, an denen schon bald der Duft von Gebrutzeltem und Gebratenem den Hungrigen das Wasser im Mund zusammen laufen lässt.

Lautstark erzählen die Kreuzfahrer unter den Männern von ihren Erlebnissen, scheuen dabei nicht die derbe Ausdrucksweise und machen sich einen Spaß daraus, die landesüblichen Tänze der orientalischen Frauen vorzuführen, obwohl die Damen dabei verschämt die Köpfe senken. Aber selbst die Gräfin von Vianden sagt kein Wort des Tadels. Der Nimbus der Kreuzfahrer bleibt unangetastet. Allerdings scheucht sie ihre weibliche Begleitung schon bald in die Zelte.

Yolanda liegt eng zwischen ihren Edelfräulein, der Mutter und ihren Damen und kann lange nicht einschlafen. Sie lauscht den lärmenden Männern, die bis in die Morgenfrühe kein Ende finden. Eines ist ihr so gewiss wie nie zuvor, kein sterblicher Mann wird sie je besitzen. Sie wird als Braut Christi in ein Kloster einziehen. Und sei es gegen den Willen der Mutter.

Beim Anblick der Burg von Namur, hoch über dem Zusammenfluss von Sambre und Maas, erschallt lautes Geschrei aus allen Männerkehlen und signalisiert damit auch dem Letzten am Ende der Reisegesellschaft, dass das Ziel erreicht ist.

Die Tage bei den Verwandten sind für Yolanda fast unerträglich. Zu sehr wünscht sie sich ins Kloster einzuziehen. Aber ihre Mutter hat vieles zu bereden. Es geht um Handelsaustausch, um die Nutzung von Ländereien und Jagdgebieten und nicht zuletzt um das „Heiratsprojekt Yolanda“. Außerdem lassen es sich die Verwandten nicht nehmen, für die Gräfin von

Vianden und ihre Gefolgschaft Feste auszurichten.

Tag für Tag vergeht. Yolanda ist das Tanzen und Feiern zuwider. Sie kann den Abschied von Namur kaum erwarten. Der Aufbruch zur Weiterreise nach Salsine lässt sie jubeln. Flink ist alles in Kasten und Truhen verpackt. Die Zeit des Abschieds zieht sich jedoch in die Länge. Yolandas Geduld wird auf eine harte Probe gestellt.

Als sich der lärmende Tross der Reisegesellschaft endlich in Bewegung setzt, um der aufgehenden Sonne entgegen zu ziehen, kann Yolanda kaum mehr ihre Aufregung verbergen. Die Rast, die unbedingt notwendig ist, um die Pferde zu tränken und zu füttern, die auch den Reisenden Gelegenheit gibt, sich zu stärken, ist für Yolanda unnötige Verzögerung. Sie fiebert dem Moment entgegen, der Erfüllung ihrer Sehnsüchte sein wird, der Schritt über die Schwelle des Klosters Salsine.

Als es endlich soweit ist, die Mutter mit ihrer Begleitung von Äbtissin Hymana empfangen wird, läuft Yolanda sofort zu den jungen Nonnen und bestürmt sie, ihr alles zu zeigen.

„Bringt mir das Ordensgewand, legt es mir an, denn ich will als Nonne bei euch bleiben, nichts wünsche ich mir sehnlicher", ruft sie, „zeigt mir einen Ort, wo ich mich verbergen kann."

Die jungen Nonnen erschrecken über diese Reden des Kindes, laufen zu ihrer Äbtissin und erzählen ihr Wort für Wort, was Yolanda fordert. Die Äbtissin hat Mühe, die Aufregung zu dämpfen und unbemerkt von ihren Gästen ihren Nonnen zu folgen, um sich selbst um ihre kleine Verwandte zu kümmern.

Mit tränenerstickter Stimme stammelt Yolanda die Bitte

um Aufnahme ins Kloster.

Die Äbtissin blickt verwundert auf die Flehende: „Nimm meinen Rat, du bist zu jung, mein liebes Kind, du weißt nicht, was der geistliche Stand bedeutet. Deine Mutter hat zu bestimmen, was mit dir geschehen wird. Wie gern ich dich auch aufnehmen wollte, sie würde sich sehr erzürnen, und das könnte uns und auch dir Schaden zufügen."

Erschrocken weicht die Äbtissin einen Schritt zurück, als sich Yolanda vor ihr niederwirft und den Saum ihres Gewandes küsst: „Nein, liebe Herrin, hört mir zu. Gebt mir das Klostergewand, Schaden und Zorn mögen sich auf mich richten. Ist irgendein heimlicher Schlupfwinkel hier in der Nähe? Verbergt mich dort. Vielleicht hat meine Mutter Mitleid mit mir und gibt meinem Willen nach."

Ratlos blickt Hymana auf das jammernde Mädchen zu ihren Füßen. Ein Kind, reich gekleidet, geschmückt mit Gold und Juwelen, außergewöhnlich schön von Gestalt und Gesicht, umhüllt von blondem Lockenhaar, in dem kostbare Bänder die Fülle bändigen. Dieses Kind fleht sie an? Fast unwirsch reagiert die Äbtissin auf Yolandas Worte: „Du weißt nicht, wovon du redest, unterlasse das Getue, du kommst jetzt mit mir zurück zu deiner Mutter."

Ohne ein weiteres Wort geht die Äbtissin wieder in den großen Saal zu ihren Gästen und Yolanda bleibt nichts übrig, als zu gehorchen und wie ein Hündchen hinter ihr her zu trotten.

Noch ein zweites Mal hat Yolanda Gelegenheit, ihre Cousine Hymana auf ihren Wunsch anzusprechen, aber die Antwort ist die gleiche, sogar schärfer: „Du bist noch ein Kind und niemand kann heute sagen, wie sich deine Gesinnung noch entwickeln wird."

„Ich kenne mein Herz besser als Ihr", ruft Yolanda.

Aber sie erntet nur ein amüsiertes Lächeln, als ob man es mit einem ungezogenen Kind zu tun hätte.

Enttäuscht und verzagt muss Yolanda die Rückreise zur elterlichen Hofburg antreten. Die Gefühle, die sie auf der Reise nach Namur und Salsine erfüllt hatten, waren tiefer Traurigkeit gewichen. Das Tränen überströmte Antlitz unter Tüchern verborgen, ihr Triptychon fest umklammernd, überlässt sie sich dem Schritt ihres Pferdes.

Auf den Hochflächen der Ardenner Landschaft schwingen die Schnitter die Sensen, während Frauen und Kinder die Halme des Kornes raffen und gebündelt zu Kasten aufstellen. Weder die heiter gesungenen Lieder dringen an Yolandas Ohren, noch sieht sie das fröhliche Winken. Kaum nimmt sie die Ankunft in Vianden wahr. Heilewif führt ihren tief aufschluchzenden Schützling ins Gemach und richtet fürsorglich die Kissen in der Bettstatt.

Niemand kümmert sich um das stille Mädchen. Die Tage vergehen mit gewohntem Festtrubel der Hofgesellschaft, die sich wohl zu unterhalten weiß. Lachen und Musik klingen durch Flure und Säle.

Heilewif betrachtet besorgt das blasse Kind, das oft tagelang nur am Fenster sitzt und hinab ins Tal schaut.

„Was ist nur geschehen? Ihr habt Euch so sehr auf diese

Reise gefreut, aber seit Ihr zurück seid, sehe ich Euch nur betrübt und voller Herzeleid. Gebet und unselige Züchtigung mit Ruten sind vergessen, Gott sei Dank. Hier in Trübsinn zu versinken, bringt aber auch nichts."

Yolanda schweigt. Es gibt nichts mehr zu sagen. Selbst ihrer Heilewif nicht. Ihr Wille kann nicht geschehen, das Ordensgewand muss sie lassen, die Ordensschwestern haben es ihr ganz und gar verweigert. Ihre Mutter wünscht, dass sie fröhlich sei, bei Hof in prächtigem Gewand und geschmückt erscheine, dass sie tanze und Kurzweil habe, lächle und Freude bringe.

„Die Welt verlangt das", sagt die Gräfin und konfrontiert ihre Tochter mit dem Hinweis, dass die Verwandten sich mit Eifer nach einem Gemahl für sie umsehen.

Die Edelfräulein Beatrix, Jutta und Irmengard werden angewiesen, ihre junge Herrin aus ihrer Trübsal zu reißen.

Die Gräfin sagt ungerührt: „Die Jugend gibt sich oft sehr reinen Herzens den Bestrickungen der Welt hin. Auch unsere liebe Tochter wird der Vielfalt von Versuchung nicht entkommen."

Damit ist Yolandas Sehnsucht, ins Kloster zu gehen, abgetan. Um sie aufzuheitern, singt Irmengard zur Laute die schönsten Lieder. Sie ist es auch, die damit ein erstes Lächeln auf Yolandas Gesicht zaubert. Danach ist schnell der Weg zu Tanz und Fröhlichkeit geebnet. Die Mutter lässt neue prächtige Kleider aus Samt und Seide für ihre schöne Tochter anfertigen. Sie lässt Bänder, Borten und Kränzlein machen und, weil sie es der weltlichen Zierde entsprechend findet, ein Kleid aus

Pfauenfedern.

Die Kindertage entschwinden schnell. Wo ist die Sehnsucht nach dem Ordenskleid geblieben? Die Sehnsucht nach dem Leben im Kloster? Heilewif beobachtet ihren Schützling sehr genau. Misstrauisch sieht sie die neue Lebensfreude. Nur manchmal, wenn sich ihre Blicke unverhofft treffen, erkennt Heilewif die Zerrissenheit Yolandas. Dann wird ihr bang und eng ums Herz.

Mit Genugtuung sieht dagegen die Mutter Yolanda das Leben führen, das sie sich für diese Tochter wünscht.

Zu den schönsten Stunden des Tages zählt Yolanda die Zeit in der Gesellschaft des Vaters. Bei der Jagd durch Wald und Flur reitet sie furchtlos an seiner Seite. Beim Tanz führt sie an seiner Hand den Reigen an, beobachtet von der zufrieden lächelnden Mutter.

Am Vergnüglichsten findet es Yolanda, wenn sie in der Falknerei unterrichtet wird. An der Seite ihres Vaters steht sie auf der Burgterrasse und folgt begierig seinen Anweisungen. Jeder kleine Erfolg wird von der Hofgesellschaft begutachtet und anerkennend beklatscht. Niemand lässt sich dieses Schauspiel entgehen, weder Burgleute noch Viandener, die von den Schreien der Falken angelockt neugierig auf die Straßen laufen.

„Der Kaiser ist der Meister der Falknerei und an seiner Seite haben wir, seine besten Freunde, die Jagd mit dem Falken studiert", erzählt der Vater. Er freut sich über die Fortschritte, die seine gelehrige Schülerin in schneller Folge aufweisen kann.

Für Yolanda steht fest: „Mit diesem Vogel einen Hasen zu erlegen, ist treffsicherer als mit Pfeil und Bogen, und außerdem weniger barbarisch!“

Der Vater führt die Abrichtung, das Lockemachen und auch das Abtragen des Beizfalken vor, wie es Kaiser Friedrich in seinen Schriften über die Falknerei festgehalten hat. Während Heinrich seine Tochter anleitet, erinnert er sich wehmütig der geselligen Stunden an der Seite des kaiserlichen Freundes, auch an die Zeit des Kreuzzuges, der mit der Krönung Friedrichs zum König von Jerusalem endete.

Er macht immer wieder Mut, wenn Yolandas Geduld bei diesem langwierigen Unterricht hin und wieder nachlässt. Umso strahlender leuchtet ihr Gesicht, als sich ihr Falke endlich gezähmt zeigt. Den Kopf bedeckt mit der kleinen Lederhaube, lässt er sich auf ihrer mit einem ledernen Handschuh geschützten Faust tragen.

Der Vater beobachtet stolz, wie Yolanda flink die Haube entfernt und den Falken in die Luft wirft. Umringt von der jubelnden Hofgesellschaft sieht sie ihrem Falken zu, wie er ins Ourtal hinabschwebt, pfeilschnell über die Wiesenaue fliegt und wieder hoch in die Luft steigt. Sie hört ihren Falken kreischen, während er ihre Faust anfliegt, auf die ein Knappe ihres Vaters blitzschnell ein Fleischstück legt.

„Meine Tochter ist nicht nur wunderschön, sie hat auch ein furchtloses Herz“, ruft Graf Heinrich in die Runde.

DIE BOTEN GOTTES
2. Kapitel

Die Zeit verfliegt, die Suche nach einem Gemahl für Yolanda findet neuen Auftrieb. Eine Beratung unter Verwandten wird festgesetzt. Der Erzbischof von Köln, Yolandas Vetter, ist dabei, Dompropst Heinrich, ihr Bruder, und Lehensleute. Die Wahl eines Ehegemahls für Yolanda fällt auf Walram von Monschau. Sein Land grenzt an die Grafschaft der Viandener. Diese Verbindung könnte künftig nur von Vorteil sein. Erzbischof Konrad hat die Fäden geknüpft, die Viandener sind nun mit einer entsprechenden Heiratsgabe in der Pflicht.

Yolanda, die in Vianden zurückgelassen wurde, versorgt mit liebreicher Aufmerksamkeit, mit Festen bei feinstem Wildbret und allem, was dem Gaumen schmeichelt, genießt indessen Tanz und Kurzweil. Mit glockenheller Stimme singt sie, leichtfüßig führt sie die Tänze an, auch mit großer Würde und Eleganz die unterschiedlichen Virelaistänze.

Am liebsten tanzt sie die Farandole, bei der sie den Tanzenden Geh-, Lauf-, Hüpf- und Wechselschritte vorgibt. Mit diesem Schlängelreigen sieht man die Viandener Jugend bei Festen auf der Straße voller Lebenslust durch Gassen, über

Plätze, durch Wiesen und in den Wald tanzen. Sehr zum Unmut der Kleriker ist dieser Tanz am Hof wie beim Volk beliebt.

Der rasche Springtanz rötet die Gesichter und lässt die Tänzer außer Atem kommen. Der mit Honig oder Himbeersaft gesüßte Wein trinkt sich hinterher umso schneller. Mit überschäumender Lust reiht sich die fröhliche Gesellschaft auch oft hinter Yolanda ein, um mit ihrem Lieblingstanz, dem „Fille de la Meunière", durch Säle und Flure zu ziehen.

Danach finden sich schnell Paare zusammen, die zum Atemholen in den Fensternischen verweilen und mit Redewendungen der Minnesängerlieder versteckte Anspielungen austauschen.

Yolanda liebt das Spiel der Worte, verweigert auch nicht einen Kuss. Sie führt die Tänze an, sonnt sich in Bewunderung und Verehrung und sprüht vor guter Laune.

Bis in die späten Nachtstunden gibt sich Yolanda diesem Wirbel des Vergnügens hin, umringt von der feiernden Jugend des Viandener Hofstaates.

Bis zum hellen Mittag liegt die Grafentochter dann jeden Tag mit ihren Edelfräulein in tiefem Schlaf im großen Bett ihres Gemachs.

Verschlafen und ein wenig unwirsch reagiert sie, als Heilewif eines Mittags versucht, sie wachzurütteln.

„Kommt, schaut aus dem Fenster und seht, wer Euch gesandt wird", flüstert Heilewif, „seht doch."

Und dann steht Yolanda im Sonnenlicht des Mittags und blickt blinzelnd hinunter auf die beiden Männer, die der Schlossburg zustreben.

Dominikaner, Prediger.

„Die Boten Gottes", flüstert Yolanda.

„Die Boten Gottes", wiederholt Heilewif und blickt Yolanda prüfend ins Gesicht.

„Es ist an der Zeit", sagt Yolanda.

Und Heilewif antwortet: „Es ist an der Zeit."

Hatte sich das Kind nicht Gott geweiht? Von den Gefährtinnen mit Ruten peitschen lassen um des Leidens Jesu Christi Willen? Gebetet, gefastet und auf Schlaf verzichtet? War die Zeit darüber hinweggegangen? Längst alles vergessen? Das üppige Leben, das Genießen von Tanz und Tafelfreuden – hatte dies alles den einst sehnlichsten Wunsch nach Entsagung und Bescheidenheit im Kloster hinweggefegt?

Die Glocke läutet zur Messe, ein Zeichen, dass die Prediger bereits in der Kapelle sind. Heilewif hilft Yolanda ein einfaches wollenes Kleid und einen Umhang überzuwerfen, dann streben sie eilig der Kapelle zu.

„Es ist Walther von Meysemburg, der Beste im Land", flüstert ihr jemand zu, als Yolanda sich fragend umblickt. „Er ist Prior des Trierer Dominikanerklosters." Ihm zur Seite steht der Dominikaner Thomas von Cantimpré, dem der Ruf vorausgeht, Tiere, Steine, und Pflanzen zu studieren. Er wisse alles über die Bienen zu berichten und vertiefe sich in die Zusammenhänge der Dinge, die das Geheimnis des Lebens ausmachen. Er verlange, die Natur als Buch zu sehen, in dem der Mensch die Offenbarung Gottes lesen könne.

Sie sind Bettelmönche, Prediger, die zu Fuß das Land

durchstreifen, um die Botschaft Gottes zu verkünden. Essen und Schlafstatt müssen sie jeden Tag aufs Neue erbitten. Soviel weiß Yolanda. Sie weiß auch, dass diese Männer ihr nicht nach dem Mund reden werden.

„Sie sind mir die Hilfe im Herrn, sie werden mir den Weg bereiten", dessen ist sie sich gewiss.

Und so geschieht es, dass Yolanda sich in der Sehnsucht ihrer Kindheit wieder findet und dem Dominikaner Walther von Meysemburg im Beichtgespräch ihren Kampf um das Ordenskleid schildert, vom Widerstand der Mutter berichtet und von ihrer Verzagtheit erzählt, die sie dazu brachte, dem Willen der Eltern gemäß ihrem Stand gleich zu leben, mit Tanz, Spiel und Kurzweil, mit allem, was das Herz erfreut.

„Ich sehne mich danach, endlich als Nonne in einem Kloster leben zu dürfen", gesteht sie ihm.

Im Dämmerlicht des Beichtstuhles sieht Yolanda durch die Gitterstäbe hindurch das schöne Gesicht des Dominikaners, das sich ihr zugewendet hat.

„Lasst uns die Beichte zu Ende bringen und draußen offenen Herzens über Euer Begehren reden, Braut Christi zu sein", flüstert Walther. Und so geschieht es.

Allerdings geht der gesamte Hof, dem Yolanda in der Abwesenheit der Eltern vorsteht, noch zu Tisch. Sie erscheint in einem ihrer schönsten Kleider, reich geschmückt, wie es ihr Stand gebietet, im Kreise ihrer Edelfräulein. Am oberen Ende des Tisches nimmt sie Platz und winkt mit einem leichten Kopfnicken die Dominikaner an ihre Seite.

„Der Glanz der Grafschaft Vianden steht Euch gut“, sagt Walther lächelnd.

Sein Blick sucht dabei den ihren, trifft die hellen Augen, bleibt nachdenklich in diesem glitzernden Licht hängen, kann sich nicht lösen und sieht sich gefangen in Gefühlen, die er bisher immer an sich abgleiten ließ. Und während sich ihre Blicke festhalten, unterhalten sie sich ausgezeichnet – aufmerksam beobachtet von allen im Saal.

Als sich die Gesellschaft auflöst und Walther mit seinem Gefährten Thomas der zugewiesenen Kammer zustrebt, um dort ein wenig zu ruhen, ahnt er schon, dass sein Begleiter ihm noch einiges zu sagen hat. Und so ist es auch.

„dy zarde ist ein zunder,
dat al ze balde vur entfeit
und du gude man, bist gereit
der minne vur ze slane?“

Walther, der sinnend am Fenster steht, möchte nicht über die Dinge reden, die ihn beunruhigen. Er sieht Yolanda an den Stamm der Linde gelehnt, die den Hof am Eingang des Gartens beschattet. Er faltet die Hände vorm Gesicht, nicht unschlüssig. Längst weiß er, dass er ihre Nähe suchen wird. Es ist eine Geste, mit der er überströmende Gefühle dämpfen will.

Wie hatte Thomas ihn soeben gefragt?

„Die Zarte ist ein Zunder, der schnell Feuer fängt und du, guter Mann, bist auch bereit, der Liebe Feuer zu schlagen?“

Ja, er ist bereit.

Der Weg über die Wendeltreppe hinab in den Hof ist

schnell überwunden. Der Gedanke, diesem zauberhaften Wesen gleich nahe zu sein, beflügelt Walthers Schritte. Ohne die geringste Verlegenheit blickt ihm Yolanda entgegen. Für sie ist es die Stunde, in der sie sich Hilfe von ihm erhofft. Sie will seinen Rat hören, wie sie es anstellen soll, damit die Eltern sie in ihr ersehntes Klosterleben ziehen lassen.

Der Dominikaner bleibt überwältigt vom Anblick der jungen Frau stehen. Die Sonnenflecken des Blätterdachs der Linde tanzen auf ihrer Gestalt, lassen Gold und Edelsteine glitzern. Ein Kränzlein aus Perlen und Bändern hält einen zarten Schleier, der blonde Locken bedeckt. Das kostbare Kleid, das zwar keinen Deut bloßer Haut freigibt, aber dennoch die makellose Schönheit des Leibes verrät, ergänzt das verführerische Bild. Der Gürtel umschließt eine zarte Taille. Walther sieht mit schnellem Blick, dass die goldenen Gürtelenden, die auf der Vorderseite das eingravierte Familienwappen zeigen, genau an der Stelle enden, an der sie dem Wissenden Zeichen sind für jedwede Verlockung. Ob die Rückseiten der kleinen Goldplatten das Bild eines Eichhörnchens oder eines Einhorns zeigen?

Gefesselt von diesem malerischen Bild, schiebt er den letzten Gedanken der Vernunft zur Seite.

Dicht bleibt er vor ihr stehen, dicht, aber ohne dass sein Habit ihr Gewand berührt. Die Kapuze tief ins Gesicht gezogen, die Hände in die weiten Ärmel seiner Kutte verbergend, verharrt er einen Moment lang, dann beginnt er mit gesenktem Blick und bebender Stimme Worte des Hohen Liedes Salomons zu beten: „Du, meine Freundin, bist schön wie Tirza, lieblich wie Jerusalem! Wende weg von mir deine Augen; denn sie greifen mich an! Einer Granatapfelscheibe gleicht deine Schläfe hinter deinem Schleier. Einem karmesinroten Bande sind gleich deine Lippen und lieblich ist dein Plaudermund. Bis Kühle weht, der Tag und die Schatten ausgreifen, ergehe ich mich am Myrrhenberg und am Weihrauchhügel."

Walther hält inne und schaut in die Augen des Mädchens, das jedes Wort mit wissendem Lächeln von seinen Lippen liest.

Leise spricht er weiter: „Alles ist schön an dir, meine Freundin und kein Makel haftet dir an! Du, meine Schwester Braut, hast mein Herz berückt. Hast mein Herz berückt. Mit einem einzigen Blick deiner Augen. Ein verschlossener Garten bist du, meine Schwester Braut, ein verschlossener Garten, ein versiegelter Quell. Deine Triebe sind ein Garten von Granatbäumen mit köstlichen Früchten."

Walther zögert und sucht wieder den Blick des Mädchens, um die Wirkung seiner Worte zu deuten. Die Unbefangenheit, die er sieht, lässt ihn ohne Scheu zu Ende beten:

„Meine Schwester Braut, ich komme in meinen Garten, ich pflücke meine Myrrhe samt meinem Balsam."

Yolanda hat ihm schweigend zugehört. Sie kennt Salomons Worte, die denen der Minnesänger gleichen, die jedem auch noch so flüchtigen Gespräch zwischen Mann und Frau vibrierende Schwingungen verleihen. In den heiteren Stunden am Hof hat sie mit diesen Worten schon selbst manches Männerherz betört.

Unsicher darüber, ob sie es tut, weil der Dominikaner für

sie der Weg ist, den sie bisher vergeblich suchte, oder weil sie sich von seinen Gefühlen einfangen lässt, antwortet sie mit den Versen des Hohen Liedes: „Nordwind erhebe dich, und Südwind eile herbei! Durchwehe meinen Garten, dass seine Düfte strömen! Mein Geliebter möge kommen in seinen Garten und seine köstlichen Früchte genießen. Dass er mit seines Mundes Küssen mich küsste! Ziehe mich dir nach! Lass uns enteilen! Jauchzend wollen wir uns und deiner uns freuen, deine Liebkosungen höher rühmen als Wein! Man liebt dich wirklich mit Recht!"

„Stört doch die Liebe nicht, und weckt sie nicht auf, bis es ihr selbst gefällt!"

Noch während er den eben gesprochenen Worten des Hohen Liedes nachsinnt, schießt Walther die Röte ins Gesicht, als er begreift, wie gefangen und gebunden er schon ist durch diese junge Frau.

Ihre schnelle Antwort mit passenden Versen, die ihr so leicht von den Lippen perlen, lässt ihn erkennen, dass es für sie im höfischen Leben häufig gebrauchte Worte sind, dass sie trotz ihrer Jugend das Spiel beherrscht, ohne ihrer Tugend zu schaden.

In ihren Blick versunken steht er vor Yolanda. Er möchte ihn festhalten, diesen Augenblick, der alles in ihm aufwühlt, er möchte ihn auskosten. Zugleich wird ihm bewusst, dass die junge Frau wie eine Ertrinkende an seinen Augen hängt, dass sie sich seiner Entscheidung ausliefert. Wie hat sie in der Beichte gesagt?

„Nein, das kann nicht sein, dass ich jemals einem sterblichen Mann gehören könnte. Ich will nach dem streben, der immer mit mir leben wird. Solange ich ihn als Geliebten habe, verschmähe ich alle Männer!"

Walther schiebt die Kapuze zurück, zögert einen Moment, aber dann greift er nach Yolandas Händen und fragt: „Sag mir, liegt es immer noch in deiner Absicht Nonne zu werden? So wie du es dir von Kindheit an ersehnt hast? Nun sag mir deine Absicht."

Yolanda spürt den Druck seiner Hände, hört genau auf das Schwingen seiner Stimme, die eine Antwort fordert, auch eine, die ihm in dieser Sekunde nicht gefallen mag.

„Ja, ich habe noch dieselbe Absicht", sagt Yolanda ein wenig ängstlich, weil sie noch nicht abschätzen kann, wie er reagieren wird.

„Willst du wirklich eine Nonne werden?"

„Ja, ich wäre glücklich, wenn meine Mutter damit einverstanden wäre."

„Willst du meinem Rat folgen, wenn ich es dahin bringen kann, dass mir deine Mutter die Einwilligung nicht versagt?"

Yolanda zögert, aber dann antwortet sie heftig: „Ich weiß, dass meine Mutter niemals zustimmen wird. Sogar, wenn sie ja sagte, wie immer das auch geschehen kann, so brauche ich doch noch die Zustimmung meines Vaters. Überdies würde mein Vetter Konrad diesen Entschluss zunichte machen. Er hat bereits andere Verpflichtungen für mich geknüpft."

Walther zieht ihre Hände, die er noch immer fest umschlingt, an seine Brust und zieht damit Yolanda dicht an sich heran, sodass er mit gebeugtem Haupt Stirn an Stirn mit ihr steht: „Liebes Kind, glaube mir, wenn nur deine Mutter es will, so werden dein Vater und auch Erzbischof Konrad gute Hilfe geben."

Als Yolanda zu ihm aufschaut, berühren sich fast beider Lippen: „Wenn meine Mutter zustimmen würde, wie du sagst, dann will ich Gott allein mein Herz und auch mein Leben widmen. Die gute Hilfe der anderen wird mir gewiss zuteil. Ich will mich aber dir ganz überlassen. Du sollst mein Zeuge sein vor Jesus Christus, dass ich nur seine Dienerin sein will."

Walther nimmt die junge Frau fest in seine Arme, als sie zu weinen beginnt. Erst jetzt bemerkt er beim Blick über sie hinweg, dass die Kammerfrau Heilewif wohl schon die ganze Zeit über lauschend am Torbogen auf der anderen Seite des Hofes steht. Er zögert aber nicht, die Weinende noch zärtlicher zu umfassen und tröstend sein Gesicht an ihre von Tränen nasse Wange zu schmiegen.

Noch schluchzend flüstert Yolanda: „Steh mir bei, ich bitte dich, ich will Nonne werden. Erwähle du mir einen Orden, der für das Heil meiner armen Seele am besten taugt. Ich meinerseits bin bereit, zu tun, was du mir sagst. Ich gebe dir den Leib und auch das Leben. Ich will in allem deinem Gebot folgen. Gib mir nach Gottes Willen den besten Rat. In welchen Orden ich eintrete, das soll dir auf der Seele liegen, damit will ich dich auf Gedeih und Verderb belasten. Also gib mir den besten Rat."

Walther hält Yolanda umschlungen, während ihm tausend Gedanken zu schaffen machen. Als er noch überlegt, trägt ein leichter Wind Stimme und Lautenklang eines Liedes zu ihnen her. Der Liebe Feuer? Wie weit geht dieser jungen Frau der Sinn? Wird sie sich gleich spöttisch lachend seinem Arm entwinden? Ist sie ein störrisches Weib, das keinem Mann gehorchen will, weder Vater noch Ehegemahl, und deshalb in ein Kloster flüchten will? Ein ränkevolles Weib, das ihn umgarnt, um sein Ziel zu erreichen?

Prüfend lässt er noch einmal ihre Worte des Hohen Liedes in sich nach klingen: „Mein Geliebter möge kommen in seinen Garten und seine köstlichen Früchte genießen. Dass er mit seines Mundes Küssen mich küsste."

Als ob sie es spürt, welchen Gedanken er gerade nachhängt, drängt sich Yolanda an ihn. Er nimmt ihr Gesicht in beide Hände, küsst sie zärtlich auf ihren Mund und verspricht: „Da du wahrhaftig Rat von mir willst, so rede ich für meinen Orden. Ich verbürge mich dafür, dass er der Beste ist. Willst du mir folgen?"

Prüfend blickt er Yolanda an. Als sie nickt, erklärt er ihr: „Hier in der Nähe ist ein kleines Nonnenkloster, in dem Frauen fest eingeschlossen leben und gewillt sind, bis in den Tod zu bleiben. Sie sind sich bewusst, dass sie nicht wieder in die Welt kommen können. Ihr Leben ist gänzlich auf Gott gerichtet. Sie leben nach strengen Regeln. Dort sollst du ins Kloster gehen. Das soll mir jetzt auf die Seele gelegt sein."

Er hält Yolanda, die sich an ihn schmiegt, fest umschlungen.

Aber längst bewegen sich seine Gedanken weg von vordergründigen Gefühlen, die ihn fortzuschwemmen drohten. Die lauschende Kammerfrau jenseits des Hofes hat ihm bewusst gemacht, welche Kostbarkeit der mächtigen Viandener ihren Kopf vertrauensvoll an seine Brust lehnt, wer ihn da in seinem Arm um Hilfe anfleht.

Walther drückt die junge Frau, die sich so zuversichtlich in seine Arme schmiegt, fest an sich. Wenn es ihm gelingen würde, sie an das Kloster Mariental zu binden? Er wagt es nicht, sich diese Situation weiter auszudenken. Es wäre ein Aufschwung ohnegleichen. Kaum 30 Jahre zählt sein Orden, ein Bettelorden. Noch bedarf es der großen Familien, noch ist es nicht verboten, klug zu sein. Walther lächelt. Dieser Spruch gefällt ihm.

„Wirst du denn tun, was ich dir rate", fragt er leise.

Yolandas Kopfnicken an seiner Brust ist wie ein Versprechen. Er drückt einen Kuss auf ihr Haar. Er spürt unter seinen Händen die kostbare Seide ihres Gewandes, er blickt auf den reichen Schmuck, auf Rubine und Perlen. Nicht davon wird ihm schwindlig – ihn überwältigt von neuem Yolandas Anmut und Ausstrahlung. Es bedarf keiner Worte mehr, dessen ist er sich gewiss. Das Band ist geschmiedet.

„Willst du, dass ich deiner Mutter von deinem Wunsch berichte, ins Kloster zu gehen?"

„Ja, denn wie wäre ihr zu Mute, wenn ich ohne ihre Erlaubnis diesen Schritt wage?"

„Dann musst du noch warten, bis wir sie von deiner Absicht

unterrichtet haben."

Yolanda blickt ihn an: „Mein Wille ist, dass ich mich immerdar Gott ergebe. Danach will ich mit meiner ganzen Kraft streben, so gut ich kann."

„Was soll geschehen, wenn deine Mutter nicht zustimmt?"

Walther streicht mit zärtlicher Geste durch Yolandas Haar und gibt seinem Verlangen nach, erneut einen Kuss in die blonden Locken zu drücken. Yolanda löst sich aus seiner Umarmung, blickt ihm in die Augen und stößt heftig eine Flut von Worten hervor: „Da mir Gott den Willen gegeben hat, dass ich aus der Welt fliehen will, von der ich doch sehe, dass sie mir diesen Entschluss vereitelt, lehrt mich meine Einsicht, dass ich meine ganze Kraft aufwenden muss. Deshalb werde ich meinen ganzen Schmuck und meine Kleidung in ein Bündel schnüren, mich von der Mauer niederlassen und ganz heimlich zu dem Kloster gehen, das du mir genannt hast, dem ich mich nun als Nonne verspreche!"

Der Dominikaner ist verblüfft, mit welcher Inbrunst das Mädchen sein Ziel verfolgt. Er erkennt zugleich, dass die Verwirrung seiner eigenen Gefühle für Yolanda keine Rolle spielt, oder vielmehr nur so weit, wie es ihrem Plan dient. Eine reiche Tochter im Schoß der Dominikaner? Walther zweifelt nicht daran, dass es ihm gelingen wird, Yolanda nach seiner Absicht zu lenken, und sagt: „Gott stärke dich!"

Mit diesem Wort Walthers gehen sie auseinander.

Für Walther ist die Stunde danach nicht weniger verwirrend als die vorherige, denn während sein Gefährte über jedes

Wort, das er mit der Grafentochter gewechselt hat, Auskunft haben will, kämpft er mit dem Überschwang der Gefühle, die ihn beseelen.

Zum einen sind es welche, mit denen er in seinem mönchischen Leben gelernt hat umzugehen, zum anderen erfüllt ihn ein Siegesgefühl, das ihn zu überwältigen droht. Die Tochter des mächtigen Grafen von Vianden hatte ihn in ihrer Lebensentscheidung um Rat und Beistand angefleht!

In den Stunden des Gebetes versucht er das Geschehene zu überdenken. Immer wieder übermannen ihn die Gefühle, die in ihm nachklingen. Wie dieses schöne Mädchen in seiner Not bei ihm, in seinem Arm Hilfe und Trost suchte. Wie schön ihre Gestalt, wie verführerisch ihr ganzes Wesen ist. Andererseits misstraut er Yolanda, denn ihr höfisches Leben in Reichtum und Geborgenheit eines glänzenden Elternhauses, ein Umstand, der sie zur begehrten Braut macht, steht ihm vor Augen. Sie ist ein wichtiger Zug im Schachspiel der Mächtigen. Sitzen nicht gerade ihre Verwandten zusammen, um einen Ehegemahl für sie zu wählen?

Es wird sich zeigen, wie Gott die Wege fügen wird, besänftigt Walther den Widerstreit seiner Gefühle. An der Seite Cantimprés verlässt er die Hofburg und wandert mit ihm auf die Hochebene hinauf, ins Eischtal hinunter, dem Kloster Marienthal entgegen. Noch ist das Grafenpaar nicht zurückgekehrt. Das Gespräch mit der Gräfin muss warten. Erst wenn er zurück nach Trier geht, wird Gelegenheit sein, bei ihr auf der Hofburg Vianden vorzusprechen. Diese Verzögerung ist ihm lieb, denn die Verwirrungen haben Leib und Seele noch fest im Griff.

Während seine Gedanken um Yolanda kreisen, steigt ihm immer wieder Röte ins Gesicht. Was sein Blut wallen lässt, sind Erinnerungen an die innige Umarmung, die er sich mit jeder Phase der Berührungen immer wieder ins Gedächtnis ruft. Zugleich überschwemmt ihn der Stolz, Macht über die Viandener Tochter zu haben. Sie wird nichts ohne seinen Rat unternehmen.

Walther spürt den forschenden Blick des Gefährten. Er weicht den fragenden Augen aus und ist froh darüber, nicht weiter bedrängt zu werden. Das Ausbleiben spöttischer Bemerkungen sagt ihm jedoch, wie genau der andere die tiefe Verwirrung seiner Gefühle erkennt. Cantimpré scheint zu ahnen, wie wund geschlagen Leib und Seele sind. Schweigen ist in dieser Stunde wie ein Geschenk.

Auch Yolanda ist gänzlich aufgewühlt von den Geschehnissen des Tages. Nachdenklich sitzt sie an einem der Fenster der byzantinischen Galerie und vergisst beim Überdenken von Worten und Gefühlen die Welt um sich herum. Heilewif ist Zeugin der Gespräche und Umarmungen des Dominikaners gewesen. Sie hat bisher keine Fragen gestellt, nur heimlich forschend nach ihr geblickt.

Als der Abend naht, verharrt Yolanda immer noch in Gedanken versunken, während die Edelfräulein Beatrix, Jutta und Irmengard sich in der höfischen Gesellschaft dem Vergnügen von Tanz und Geplauder widmen.

In der Nacht liegt Yolanda wach neben ihren Gefährtinnen im großen Bett. Der Widerstreit zwischen ihrer Liebe zu Gott und dem Genuss, den ihr die Welt gibt, lässt sie nicht einschlafen. Wenn sie sich ihr höfisches Leben vorstellt, ergeben sich viele Fragen.

Vorbei wären die Tage, an denen es Fürsorge und Liebe der Eltern in Fülle gibt. Ohne ihre Geschwister sein? Der Grafschaft Vianden mit ihren prächtigen Burgen und dem angenehmen Leben für immer den Rücken kehren? Für allezeit nicht mehr die Freude erleben, Freunde zu sehen, mit ihnen zu tanzen und zu lachen? An der Seite des Vaters in wilder Jagd durch die Wälder zu reiten, ihren Falken hoch in die Lüfte zu werfen und sein Kreischen im Anflug auf ihre Hand zu hören, das alles wäre vorbei. Von diesen Freuden soll sie sich auf immer trennen? Dies alles soll sie verlassen?

Walther hat ihr Leben in vielerlei Hinsicht in Aufruhr gebracht. Er ist für sie der Weg, endlich ihr Versprechen aus der Kindheit zu erfüllen. Längst hat der Genuss der weltlichen Dinge sie aus früherer Kasteiung herausgeführt. Nun reicht der Dominikaner ihr die Hand und will sie in die Einsamkeit eines Klosters führen, in ein Leben, das sie sich immer wünschte. Warum noch dieses Hadern? Dieses Zögern, Abwägen?

Tränenüberströmt liegt sie wach im Widerstreit mit ihren Gefühlen. Unruhig wälzt sie sich hin und her. Schließlich steht sie auf und kniet betend vor ihrem Triptychon nieder: „Veni, creator spiritus, mentes tuorum visita, imple superna gratia, quae tu creasti pectora. Qui diceris paraclitus, altimissi donum

Dei, fons vivus, ignis, caritas, Et spiritalis unctio …"

Yolandas Gedanken schweifen wieder ab. Ihr ganzes Denken dreht sich im Kreis. Sie muss sich entscheiden!

Es geht ihr ans Herz, wenn sie daran denkt, wie sie Vater, Mutter, Schwester, Brüder und Freunde, die große Behaglichkeit hier und alle Freude, die sie Tag für Tag hat, dann lassen muss.

Wenn sie aber daran denkt, was sie gelobte, und dass sie nun in Walther einen Mitstreiter für ihr Gelöbnis hat, fühlt sie sich stark. Trotzdem wird ihr die Nacht in dieser Not ihres Herzens lang.

Mit der aufgehenden Sonne erstarkt Yolandas Wille zusehends. Der Ruf nach Stille und einfachem Leben im Kloster, nach Anbetung und Hingabe für Jesus Christus hat sich in ihrer Seele eingebrannt. Sie wird Vianden verlassen. Ihre Entscheidung steht unwiderruflich fest – sie wird sofort dem Dominikaner nach Mariental folgen.

Heilewif, die ihr immer wieder versprochen hat, ihr überall hin zu folgen, mit ihr ins Kloster zu gehen, wohin es auch sei, zu den adligen Schwestern oder zum Bettelorden, Heilewif erkennt an diesem Morgen Yolandas Bedrängnis.

Flüsternd beraten sie sich. Dann gehen sie, um zu prüfen, wo sie den besten Abstieg über die Mauer finden, um die Burg heimlich zu verlassen. Aber es ist über die Mauer hinab so weit und steil bis zur Erde, dass niemand, ohne sich zu verletzen, den Sprung wagen kann.

Heilewif schaudert und sagt zu Yolanda:

„Eines ist gewiss, diesen Weg muss ich Euch verweigern. Geht Ihr voraus zum Tor, so werde ich Euch folgen, wohin Ihr verlangt, sei es für mich gut oder schlecht. Aber hier falle ich nicht hinunter!"

Damit ist Yolandas ungeduldiger Versuch gescheitert, heimlich im Schatten des Dominikaners ins Kloster Mariental zu flüchten. Hatte er ihr nicht aufs Herz gebunden, erst die Einwilligung der Mutter abzuwarten? Das ist ihr Trost in dieser Stunde.

„Geht Ihr voraus zum Tor, so werde ich Euch folgen", hat Heilewif gesagt. Zum ersten Mal wird Yolanda bewusst, dass Heilewif immer sorgend an ihrer Seite war. Solange sie denken kann.

Heilewif?

Yolanda sieht ihr zu, wie sie Holzscheite ins Kaminfeuer legt, wie sie nach Kamm und Bürste greift, um dem wundervollen Haar der Grafentochter Glanz zu geben. Geschickt dreht Yolanda den Handspiegel, um Heilewifs Gesicht einzufangen. Zum ersten Mal sieht sie die Zartheit der Gesichtszüge und die schönen Konturen von Wangen und Mund.

„Heilewif, immer habe ich nur an mich gedacht, immer nur daran, wie ich in klösterlicher Abgeschiedenheit mit meinem göttlichen Bräutigam leben kann. Seit ich denken kann, warst du mir liebevoll zur Seite. Verzeih mir, nie habe ich dich gefragt, wie dein Lebenstraum aussehen könnte."

Yolanda sieht im Handspiegel Heilewifs Lächeln. Erst nach einer Weile antwortet Heilewif: „Es ist Heinrich, Euer Bruder,

den ich seit Kindestagen inniglich liebe. Er weiß gar nicht, dass es mich gibt."

„Du hast es ihm nie gesagt? Nie gezeigt? Nie gestanden, dass du ihn liebst?"

Heilewif hält inne und schaut nachdenklich auf Yolanda, deren Gesicht sie im Handspiegel sehen kann.

„Das gehört sich nicht", antwortet sie.

„Aber ein Wort hätte genügt. Ich kenne Heinrich, bis tief in Herz und Seele. Er und mein Vetter Nithart sind neben meinem Vater die einzigen Männer unter Gottes Sonne, die ich von Herzen liebe. Glaube mir, niemand hat Liebe mehr verdient als mein Bruder Heinrich, niemand mehr als du!"

„Ich bin nur ein Viandener Mädchen."

„Aber du lebst schon eine Ewigkeit hier bei uns auf der Burg, bist im gleichen Alter wie Heinrich und musstest doch allzu oft die derben Jungenstreiche ertragen, die er sich mit Nithart ausdachte. Und du liebst ihn wirklich von Herzen? Zu wissen, dass man geliebt wird, das tut jedem Menschen unter der Sonne gut, auch Heinrich."

Erneut hält Heilewif im Bürsten inne: „Wir alle sind in Gottes Hand. Er bestimmt unsere Wege."

Überwältigt schließt Yolanda die Augen. Sie weiß, wie schwer diese Worte wiegen.

„Meinen Bruder Heinrich muss man lieben, er ist der zärtlichste und einfühlsamste Mann, dem ich ein Mädchen wie dich gern zur Seite wünschte. Er hat sich aber Gott versprochen von Kindheit an, bestärkt durch unseren Vetter Nithart."

Yolanda blickt Heilewifs ebenmäßiges Gesicht im Handspiegel nachdenklich an. Zum ersten Mal werden ihr die Standesunterschiede bewusst, die das Leben der Menschen bestimmen. Ihr ältester Bruder Friedrich war als Erbe der Grafschaft bestimmt. Die Brüder Peter und Heinrich durften den geistlichen Stand wählen. Ihr Bruder Philipp stand in der Nachfolge Friedrichs, falls das Schicksal es erforderlich machen würde. Für ihre kleine Schwester Richardis würde die Mutter schon rechtzeitig nach dem besten Bräutigam Ausschau halten.

Und Heilewif?

Sie würde mit ihr ins Kloster gehen.

„Geht Ihr voraus zum Tor, ich werde Euch folgen, wohin Ihr verlangt!"

Das war ein Versprechen.

Schon früh am Abend geht Yolanda zu Bett. Sie liegt wach. Ihre Gedanken kreisen um Walther, um ein klösterliches Leben in Mariental, um den Abschied von allem, was ihr lieb ist. Heilewif hat die schweren Vorhänge an der Bettstatt zugezogen. Sie spürt den Kampf, den Yolanda mit sich austrägt.

„Da muss sie durch, ohne Einfluss von außen, sonst wird sie ihres Lebens nicht mehr froh." Dessen ist sich Heilewif bewusst.

Irmengard singt wie immer Lieder zur Laute. Beatrix und Jutta wiegen sich im Tanz. Yolandas Kummer bringt nur Verdruss. Darin sind sie sich einig.

Als die Mutter heimkehrt und den Raum betritt, befiehlt sie den Edelfräulein, ihre Tochter schlafen zu lassen. Dicht am

Bett sitzend erzählt sie Jutta, Beatrix und Irmengard von den Gesprächen mit ihrem Neffen Konrad und dem Ergebnis: „Wir haben unserer Tochter einen Bräutigam gewonnen, der liebreich, stolz, von edler Geburt und mächtig ist. Für seine Zustimmung haben wir eine hohe Bürgschaft hinterlegt."

Während die Gräfin die Mädchen triumphierend anschaut, rufen diese wie aus einem Mund: „Walram von Monschau! Er ist der schönste und mächtigste Erbe weit und breit!"

Yolanda reißt den Vorhang des Baldachins zur Seite und ruft: „Nein, Mutter, das kann nicht sein. Mein Herz verspreche ich wahrlich keinem anderen Mann, als dem, den ich selbst erwählt habe. Ich bin bereits angetraut! Der mich von Kind an zur Braut für sich bestimmt hat, der ist noch tausendmal besser als der, den Ihr mir wählt. Lasst ab von Eurem Plan, es muss nach meinem Willen geschehen und sollte ich deswegen sterben. Ich will nur nach Gott streben!"

Die Gräfin, erschreckt von diesem leidenschaftlichen Ausbruch, beherrscht sich und gibt keine Antwort darauf. Aber in dieser Nacht schläft sie sehr wenig, die Worte ihrer Tochter bedrücken sie. Sie weiß nicht, wie sie mit diesem Kind, das sich so störrisch anstellt, umgehen soll.

Am Morgen kommt sie mit ihren Hofdamen, die Arme voller kostbarer Stoffe und Kassetten mit Geschmeide tragen, in Yolandas Gemach.

„Meine liebste Tochter, nun sieh, wie lieb ich dich habe, das Beste, was zu finden ist, das bringe ich dir. Nun komm, komm her zu mir, und sag, was dir gefällt."

Doch Yolanda erwidert: „Mutter, lasst die Borten und den Kopfschmuck, die Bänder und auch die Spangen, denn ich will keinen Mann und auch keinen Schmuck."

Und wieder beherrscht sich die Gräfin, sagt keinen Ton. Noch ist sie nicht wütend, sondern nur traurig.

Natürlich wird ihr erzählt, dass gerade gestern noch zwei Prediger da waren, der Prior des Dominikanerklosters von Trier, Walther von Meysemburg, und Thomas von Cantimpré, von dem man weiß, dass er ein Schüler von Albertus ist, dem großen Kirchenlehrer von Köln. Auch dass der eine von ihnen, der Prior, lange mit Yolanda gesprochen habe, wird der Gräfin berichtet.

Sogleich schickt sie Boten nach ihm. Da die beiden Prediger noch nicht allzu weit von der Burg Vianden entfernt sind, sie haben die Nacht im Haus des Diekircher Pfarrers verbracht, ist Walther schon bald zur Stelle. Er und sein Gefährte werden freundlich empfangen und zu Tisch geladen. Erst nach dem Essen beginnt die Gräfin über alles zu reden, was sie bedrückt, von der guten Wahl eines Ehegemahls für Yolanda und den Geschenken, die sie ihr gemacht habe.

Walther spürt sehr wohl, um was es ihr wirklich geht, aber er gibt ihr zu bedenken: „Herrin, Euch hat Gott viel Ehre und irdisches Gut gegeben. Nun sagt, wie wollt Ihr ihm das danken? Ihr habt noch eine Tochter, die Ihr einem reichen Mann geben könnt. Will Yolanda Nonne werden, dann sollte das auch so sein, dazu rate ich."

Es ist nicht zu übersehen wie der Gräfin die Zornesader

schwillt. Ihre Dankbarkeit für ihren Wohlstand einzufordern, Gott ins Spiel zu bringen, wenn es um Familienentscheidungen geht?

Was denkt sich dieser Bettelmönch? Wie viel Gewalt hat er schon über Yolandas Gefühle?

Die Gräfin beendet das Gespräch ohne ein weiteres Wort.

Während sein Begleiter in der Gesindestube um Reiseproviant bittet, sucht Walther Yolanda auf den Gängen der Burg. Er hört die Mädchen fröhlich lachen und erblickt sie endlich unten im Garten. Als er sieht, wie sie ihre Röcke weit hoch, fast bis zum Gürtel raffen, um leichtfüßiger über die Beeteinfassungen springen zu können, bleibt er im Schutz der Fensterbrüstung, um nicht dabei gesehen zu werden, wie er besonders Yolanda bei diesem Spiel beobachtet.

Am anderen Morgen geht die Gräfin zur Beichte, beredet sich mit dem Dominikaner und lässt danach Yolanda kommen. Gänzlich ohne Schmuck, in einfachem Gewand steht Yolanda vor ihr und Walther, um die Entscheidung der Mutter zu hören.

Demütig sagt die Tochter: „Mutter, es ist Zeit, dass ich diesen Zwist mit Euch beende. Ihr wollt mich einem Mann geben, auch wenn ich das nicht will. Ich habe mich Gott ergeben, versprochen, immer ein reines Leben zu führen. Ich bitte Euch, seid nicht dagegen."

Schroff fragt die Mutter: „Tochter, ist das Scherz oder Ernst, was du hier sagst?"

Yolanda blickt ihrer Mutter fest in die Augen. Ihre Antwort

klingt wie ein Schwur: „Nein, Mutter, ich scherze nicht, ich will keinen Mann. Davon kann mich niemand abbringen. Ich bitte Euch, dass Ihr vor Gott jederzeit meine Zeugin seid, dass ich mein Leben aus freien Stücken ihm hingeben will. Ich muss die Welt verlassen und nur Gott und seiner Mutter gewidmet sein. Ihnen will ich mein Herz darbieten!"

Yolanda blickt Walther kurz in die Augen, dann lässt sie sich vor ihm auf den Boden gleiten, streckt beide Arme aus und bleibt in Kreuzesform vor ihm auf der Erde liegen.

Mit einem Aufschrei sinkt ihre Mutter ohnmächtig zusammen.

Der Dominikaner weiß einen Moment lang nicht, was er tun soll. Während auf seinen Hilferuf hin die Hofdamen und Kammerfrauen herbeieilen, um der Gräfin beizustehen, hilft er Yolanda auf.

Kaum, dass ihre Mutter wieder bei Sinnen ist, sagt Yolanda zu ihr: „Tröstet Euch, es muss sein, ich habe mich Gott versprochen. Ich will von der Welt und auch von allen Männern erlöst sein, begreift das endlich."

Ohne etwas zu erwidern, lässt sich die Gräfin in ihre Kemenate führen.

Aber Yolanda folgt ihr und lässt nicht nach in ihren Reden, die die Mutter tief verletzen und wütend machen.

„Wer hat dich so dreist auf diese Lebensweise gebracht? Sag mir das! Warum folgst du einem Rat ohne den meinen zu hören?"

Graf Heinrich wird gerufen. Schweigend hört er sich alles

an. Dann nimmt er Yolanda in die Arme und tröstet sie: „Es wird sich alles finden."

Wütend reagiert seine Frau: „Walter von Meysemburg ist es, der sie beredet, der sie im Kloster Mariental haben will. Sieht niemand außer mir, welches Ränkespiel im Gange ist? Muss ich daran erinnern, wie nah die Dominikaner den Luxemburgern stehen? Mariental liegt in deren Grafschaft. Haben wir nicht selbst Klöster genug in unserem Land, die sogar eher unserem Stand entsprechen? Dieser Dominikaner ist der Ursprung allen Übels!"

Heinrich versucht seine aufgebrachte Frau zu beruhigen: „Es wird sich alles finden."

„Sich alles finden? Mehr hast du nicht darauf zu sagen? Siehst du nicht, welche Folgen dieses dreiste Vorgehen für uns hat? Wenn du nichts unternehmen willst, werde ich es tun."

Das Geschrei und Toben seiner Frau ist Heinrich sichtlich unangenehm. Er streicht Yolanda zärtlich über die Wange, dann geht er mit Ausflüchten davon, ohne auf weitere harte Worte seiner Frau zu achten.

Schon bald danach lässt die Gräfin den Franziskaner Elias aus Luxemburg kommen, ihren langjährigen Beichtvater, damit er Yolanda zur Besinnung bringe. Haarklein wird ihm das un-gehorsame Verhalten der Tochter geschildert. Auch Walthers Vorgehen wird angeprangert. Dann wird Elias auferlegt, heimlich die Absichten der Tochter zu erforschen.

Der Franziskaner wartet in der Schlosskapelle auf die Grafentochter. Die Vorstellung, sie künftig in der Obhut des Meysemburgers zu sehen, widerstrebt ihm. Ist nicht dessen Vater der vertraute Berater des jungen Grafen von Luxemburg? Muss sich dieser Prediger nun auch noch bei den Viandenern einschmeicheln? Nein, das darf auf keinen Fall geschehen.

Bisher hat diese Grafentochter auf seine Worte gehört, ihn als Beichtvater gehabt. Ja, da war schon immer diese schwärmerische Hingabe an Gott. Wenn die Eltern die Geschicke ihres Kindes aber anders planen, wie kann dieses Mädchen dagegen sein?

Yolanda lässt sich Zeit. Als sie endlich kommt, nimmt er sie ins Gebet und legt ihr seine Ansichten über die Sorge ihrer Mutter vor: „Wie kannst du uns alle nur so kränken? Mit dem Dominikaner schmiedest du Pläne, die ganz und gar gegen den Willen deiner Eltern gehen. Besinne dich Kind. Du warst bisher eine folgsame Tochter. Man hat dir den liebenswerten Monschauer für den Ehebund gewählt, einen Mann, der wichtige Güter besitzt. Was willst du mehr?"

Yolanda, die seine Vorwürfe nicht hören will, schweigt. Der Franziskaner tadelt sie, weil sie sich seinem Rat ganz und gar verschließt. Ohne durchblicken zu lassen, wie weit er über ihre Begegnung mit Walther Bescheid weiß, will er von ihr hören, wer sie im Kloster Mariental haben möchte: „Wer ist es, der dir geraten hat, den Orden und jenen Ort zu wählen? Ich möchte sehr gern wissen, wessen Ratschlag du folgst, wem zuliebe du mich verlässt und dich an diesen Ort begibst, wo mein Orden weder Rechtsprechung noch Verbindung hat?"

Elias fasst grob nach dem Arm des Mädchens und faucht:

„Ich fürchte, du wirst es bereuen. Sobald du dort bist und mit mir nicht mehr sprechen kannst, bist du ganz allein. Unsere trauten Gespräche über alles, was dich bedrückt, sind dann nicht mehr möglich. Lass diesen Orden sein, hör auf mich!"

Yolanda überdenkt seine Worte. Nachdenklich betrachtet sie diesen Mann, der ihr von Kindesbeinen an die Beichte hörte, auch die der Eltern und der übrigen Familie. War er nicht ebenfalls der Beichtvater der Gräfin von Luxemburg und ihrer Angehörigen?

Prüfend schweift ihr Blick über seine Gestalt. Sie sieht nur einen geifernden Mund, den großen Kragen und die Schnur um seine Taille. Knuedler wurden die Franziskaner wegen dieser geknoteten Schnur genannt. Warum verursacht er ihr Unbehagen mit seinem Gerede? War es die Begegnung mit Walther, dass sie ihn nun mit anderen Augen sieht, seine Worte anders deutet?

Elias redet weiter auf Yolanda ein, dass sie, wenn überhaupt, in den Zisterzienserorden ihrer Cousine eintreten müsse, denn da könne er sie besuchen und ihr weiter raten, wie seit Kindestagen.

Yolanda ist dieses Drängen zuviel.

Sie beginnen heftig miteinander zu streiten. Die Grafentochter ist für keines seiner Worte mehr zugänglich. Elias bebt vor Zorn. Wie kann sie nur so verstockt sein? Er bricht das Streitgespräch ab, um sofort der Gräfin vom ungebührlichen Verhalten ihrer Tochter zu berichten.

Die Gräfin schmerzt das alles sehr. Sie beruft ein Treffen der Familie und der Vasallen ein. Sie hören mit Trauer und Betrübnis von diesem Streit. Yolandas ältester Bruder versucht ebenfalls von ihr zu erfahren, wer sie darauf gebracht hat, ins Kloster Mariental zu gehen: „Nun sag, liebe Schwester, ist das dein ehrliches Verlangen, eine Nonne zu werden?"

Yolanda, die den Erben der Grafschaft weit weniger mag, als ihren Bruder Heinrich, erwidert heftig: „Ja, das ist wahr. Ich habe den Willen Nonne zu werden, das ist alles, was ich begehre."

Er schaut sie prüfend an und fährt spöttisch fort: „Nun sag, liebe Schwester, wer hat dich darauf gebracht? Hast du das selbst erdacht? Ist es dir Ernst damit?"

Empört antwortet Yolanda auf diese Rede: „Es ist mir ernst und Gott will es."

Ihr Gesicht hat sich gerötet und wird bei den nächsten Worten ihres Bruders schamrot, denn er sieht ihr frech in die Augen: „Ja, Schwester, ich kann gut erkennen, warum du ins Kloster gehen willst. Es scheint mir, dass du zu lange als Jungfrau ohne Mann lebst."

Als er bemerkt, wie zornig sie über diese Worte wird, redet er von dem vornehmen Mann von hohem Stand, der ihr die Hand reichen möchte. Bei ihm und seiner Familie stehe man bereits im Wort. Aber Yolanda will davon nichts hören.

„Für mich gibt es nur einen Weg und der führt mich zu Jesus Christus."

Zu ihrer Überraschung gibt die Mutter zu bedenken, dass

der Vater zu entscheiden habe, ob sie ins Kloster Mariental gehen dürfe.

Graf Heinrich schweigt zu diesen Worten. Ihm steht nicht der Sinn nach einer Entscheidung in dieser Sache. Als er bemerkt, dass sich alle Augen auf ihn richten, sagt er leichthin: „Es wird sich alles finden!"

Dann macht er sich davon.

Die Viandenerin bemüht sich sichtlich darum, ihre Fassung zu bewahren. Begreift denn nur sie allein, dass Yolandas Eintritt ins Kloster den Weg zu Machterweiterung versperrt? Dass dieser Schritt den Untergang der Grafschaft Vianden bedeuten kann? Ins Haus der Bettelnonnen will sie? In ein Kloster im Herrschaftsgebiet der Luxemburger?

Sie zittert vor Wut.

Ihr Blick wandert von einem Gesicht zum andern. Keiner ihrer Söhne ist imstande, die Tragweite dieser Stunde zu begreifen. Ausgerechnet ihre Tochter Yolanda ist aus ihrem eigenen Holz geschnitzt. Eines ist gewiss – sie wird diese Tochter in die Knie zwingen, ihr den Gehorsam abverlangen, den Kinder ihren Eltern schuldig sind. Sei es im Gefecht mit Worten oder mit List.

„Lasst uns ein anderes Mal erneut über Möglichkeiten beraten, wie wir dieser Sache Herr werden, es muss nicht heute sein", ruft sie der Runde von Verwandten und Freunden zu.

Beifall bekräftigt diesen Vorschlag. Sichtlich erleichtert wird der Aufschub der Entscheidung beredet. Dann geht man in der Gewissheit auseinander, nichts erreicht zu haben. Ein

Schulterzucken, ein ratloser Blick zurück auf Yolanda, dann strebt jeder Dingen zu, die mehr Vergnügen versprechen.

Die Mutter bleibt vor Yolanda stehen und betrachtet sie nachdenklich.

„Der Meysemburger hat dir den Kopf verdreht?"

„Nein, Ihr wisst, dass Jesus Christus immer meine Sehnsucht war."

„Der Dominikaner ist nicht ungeschickt, er weiß, wie er ein Mädchen wie dich für seine Pläne einfangen kann."

„Mir geht es nur um meine Hingabe an Gott."

„Ich kenne die Ränkespiele seines Vaters, der sich als Berater der Luxemburger hervortut."

„Liebe Mutter, glaubt mir doch endlich, mein Herz und meine Seele streben nur nach Gott."

„Dann kannst du auch in eines der Klöster unserer Verwandten in unserem Herrschaftsbereich eintreten."

Yolanda schweigt. Der wunde Punkt ist getroffen.

Ihre Mutter geht langsam um sie herum, umkreist sie wie eine Löwin, die den besten Ansatz zum Angriff sucht.

„Du liebst diesen Bettelmönch."

Es gibt nichts mehr zu sagen.

„Gut, ich will dir helfen, es muss in dieser Sache ein Ende geben", sagt die Gräfin.

Sie rät Yolanda, so vergnügt wie bisher, freudiger noch am Hofleben teilzunehmen und nicht spüren zu lassen, wie es ihr ums Herz stehe, nicht erkennen zu lassen, was man heimlich vorbereite. Sie wolle ihr helfen, aber nur, wenn sie ihr gehorchen würde.

Yolanda überdenkt den Vorschlag der Mutter und glaubt ihren Worten.

Sie singt, tanzt und ist fröhlich, wie man es von ihr erwartet. Aber je mehr Zeit vergeht, desto zerrissener fühlt sie sich und ihre Sehnsucht nach dem Leben im Kloster Mariental wächst. Wenn sie kurz mit ihrer Mutter allein in deren Kemenate ist, dann weint sie und bittet, endlich ihren Weg gehen zu dürfen. Aber die Gräfin reagiert jedes Mal unwillig und verlangt Geduld.

Yolanda beginnt heimlich Briefe an Walther zu schreiben, in denen sie ihm ihr Leid klagt. Heilewif ist es, die nach vertrauenswürdigen Boten Ausschau hält, um die Botschaften an die richtige Adresse zu übermitteln. Der Meysemburger hat schon auf Nachricht von Yolanda gewartet und versucht sie zu trösten. Manchmal gelingt es ihm, mit ihr selbst zu sprechen, aber nur, wenn die Eltern abwesend sind. Als diese Treffen entdeckt werden, unterbindet man jeden Kontakt zwischen beiden.

Während Heilewif ihren Schützling zu beruhigen versucht, sind es Beatrix, Jutta und Irmengard Leid, immer wieder tieftraurige Stunden hinnehmen zu müssen. Umso erstaunter sind sie, als Yolanda, getröstet und beraten von Walthers heimlichen Briefen, wieder fröhlich an jeder Kurzweil teilnimmt. Unbemerkt von jedermann gelingt es Yolanda, neue Möglichkeiten zu finden, um Walther nach Trier oder Mariental Nachrichten zu schicken.

Als eines Tages zwei Dominikaner auf die Burg kommen,

Yolanda aber von ihren Aufpassern genau beobachtet wird, lässt sie sich in listenreicher Absicht ein Schachbrett mit Figuren bringen. Sie bittet den einen Dominikaner, ihr Unterricht im Schachspiel zu geben, während der andere ihre Edelfräulein in ein Gespräch verwickelt. Längst führt sie ein Doppelleben, das sie einerseits hasst, weil sie sich immer mehr in Lügen verstrickt, andererseits will sie endlich selbst über ihr Leben bestimmen.

Und so kommt es, dass sie vor den Augen der anderen ihrem Schachpartner über alles, was sie bedrängt, Nachricht gibt für Walther. Sie sitzen auf dem Boden, das Schachbrett zwischen sich, flüstern miteinander oder reden laut über Schach, um die Gesellschaft ringsum zu täuschen.

„Es ist die Kurzweil der Ritter, Schach zu spielen", sagt der Dominikaner. „Schach, es wird schon seit mehr als tausend Jahren gespielt, ist uns erst seit hundert Jahren durch einen persischen Dichter und die Araber bekannt. Ich zeige Euch, wie die Figuren aufzustellen und zu ziehen sind."

Mit den Köpfen nahe beieinander redet Yolanda über ihren Kummer.

Der Dominikaner lauscht aufmerksam, dann sagt er laut: „Für Euch ist wichtig zu wissen, dass zwar die Dame nach allen Richtungen schlagen, der König jedoch seinen Standpunkt durch die Rochade verändern kann. Ein Bauer ist in seiner Bewegung eingeschränkt, dennoch ist es manchmal möglich, dass er sich in seine Dame, einen Turm, Läufer oder Springer verwandelt und dem König ein Schach matt abringt."

So sitzen sie dicht beieinander, ziehen die Figuren über das

Schachbrett und reden von Dingen, die das Grafenpaar nicht wissen darf. Betrügt Yolanda Verwandte und Aufpasser?

Unverhoffter Trost kommt von Juliana von Lüttich.

Yolandas Bruder Peter, Domherr der Bischofskirche St. Martin in Lüttich, hat Freundschaftsbande geknüpft zwischen seiner Schwester und Juliana. Es rührt ihn, dass sich beide durch ihre Gottesverehrung so nahe sind. Er besorgt den Briefwechsel, in dem Juliana und Yolanda sich gegenseitig Mut machen.

„Du bist eine Grafentochter von Rang, dir wird niemand einen Wunsch abschlagen", schreibt Juliana.

Manchmal sind es mehrere Schreiben auf einmal, die Peter aus Lüttich mitbringt. In der Schlosskapelle ist Gelegenheit, ungestört Julianas Mitteilungen zu lesen und über ihre Vision und die Anfeindungen zu sprechen, die sie deshalb ertragen muss.

Peter berichtet vom heiligmäßigen Leben der Lütticherin: „Bereits als kleines Mädchen war sie vom heiligen Sakrament der Eucharistie begeistert, hat oft stundenlang vor dem Tabernakel gekniet und dabei die ganze Welt um sich herum vergessen."

Yolanda ist beeindruckt von Peters Erzählungen, besonders von der Vision, die Juliana im Alter von 16 Jahren hatte.

„Sie sah einen leuchtenden Mond, der am Rand eine dunkle Stelle aufwies und Christus selbst offenbarte ihr, was das bedeutet. Der Mond stelle das Kirchenjahr dar und die dunkle Stelle symbolisiere, dass noch ein Dank- und Sühnefest fehle, nämlich ein besonderes Fest zu Ehren des heiligsten

Altarsakraments. Sie sei dazu auserkoren, das Kirchenjahr um dieses Fest zu bereichern."

Yolanda denkt gern an Juliana, von der sie wusste, dass sie bereits als Kind das Lesen und Schreiben und sogar die lateinische Sprache mit großem Fleiß erlernt hatte. Ihre Lieblingslektüre waren die Schriften des heiligen Augustinus und des heiligen Bernhard. Aber besonders in der Anbetung Gottes waren sie sich gleich.

„Vertraue auf die Vorsehung, dann wird dein Wunsch, in Mariental zu leben, eines Tages in Erfüllung gehen", schreibt Juliana ein übers andere Mal.

Peter bestätigt seiner Schwester, dass der Bischof von Lüttich Juliana in seine Obhut genommen habe und mit ihr über ihre Vision rede.

„Bei ihm ist ihr Begehren in den besten Händen. Er hat sich die ganze Angelegenheit reiflich überlegt und hat für das nächste Jahr schon beschlossen, ein Fronleichnamsfest in unserer Diözese einzuführen."

Peter lächelt verständnisvoll, als Yolanda ihn bittet, sie unbedingt für dieses erste Fronleichnamfest nach Lüttich zu holen.

„Wir werden sehen, ob unsere Mutter dir diese Reise erlaubt", sagt er beim Abschied.

Trotz der innigen Worte aus Lüttich, wird es Yolanda un-behaglich beim Gedanken an das große Turnier, zu dem die Eltern geladen haben. Sie wird wieder tanzen und singen müssen, anstatt im Gebet verharren zu können. Die Unrast der Festvorbereitungen erfasst Hofgesellschaft und Bedienstete. Die Schlossburg gleicht einem Ameisenstaat. An Einkehr und Ruhe in ihrem Gemach oder in der Schlosskapelle ist für Yolanda nicht zu denken. Von überall her treffen Gäste ein.

MÖHTE ZERSPRINGEN MÎN HERZE MIR GAR

3. Kapitel

Aus Köln sendet Albertus einen Boten zu den Dominikanern nach Trier und lässt ihnen seinen Reiseplan nach Vianden übermitteln. Er werde sich in Begleitung seines Schülers Thomas von Aquin auf den Weg machen, und er bittet Walther, zusammen mit Thomas von Cantimpré ebenfalls auf die Hofburg des Grafen Heinrich zu kommen.

„Die Viandener richten ein Turnier aus und wollen das große Fest nutzen, um für den Kreuzzug des französischen Königs zu werben, und unsere Worte werden zünden, wenn wir unsere Stimme erheben", heißt es in Alberts Botschaft.

„Treffen wir uns also an Johannis oberhalb des Flusses."

Walther kennt die Stelle auf der Höhe gegenüber der Hofburg von Vianden. Sie hat den Vorteil, unmittelbar vor einem Bauernhof zu liegen. Dort lässt es sich gut rasten und bequem abwarten, bis die Gefährten eintreffen.

Er wird Yolanda wiedersehen. Dieser Gedanke beflügelt ihn. Cantimpré kann ein Lächeln über Walthers Ungeduld nicht verbergen. Flink sind die Bündel geschnürt, die Jakobsmuschel am Gürtel und der Stock fest in der Hand. Die Strecke vom Kloster der Dominikaner in Trier hinab zur Mosel ist schnell überwunden. Vor der Brücke sitzt ein Troubadour, der ein melancholisches Liebeslied zum Besten gibt. Seine Worte treffen Walthers Gemüt.

„Möhte zerspringen mîn herze mir gar
von leiden sachen, ich wær lange tôt,
daz diu vil reine mîn nimt keine war
und ich unmære ir, daz ist ein nôt;
daz ich an ir armen sol niemer erwarmen:
sol ich an ir armen nie mêr ruowen niht;
owê ruowen niht, owê ruowen niht,
ach, sendez herze, der leiden geschiht!
Tantalus geselle bin ich nu gesîn,
den türstet vil sêre unde tuot hunger wê:
doch sô fliuzet ofte vor dem munde sîn
grânât manger leie und ein tiefer sê.
alsô sên ich dicke lieplîche ougen blicke,
dâ von ich erschricke, ach die tuont mir wê.
ach daz tuot mir wê, ach die tuot mir wê.
rât edele Minne, daz sorge zergê."

Während manche der Umstehenden dem Troubadour mit einer Münze danken oder Beifall klatschen, schmunzelt Cantimpré, denn es entging ihm nicht, dass Walther den Schritt verlangsamte, um zu lauschen. Der Gute hatte wohl auf der Hofburg Vianden vergebens der Liebe Feuer geschlagen? Hatte er ihn nicht gewarnt?

Cantimpré beginnt pathetisch zu singen:

„Könnte mein Herz mir ganz zerspringen von leidigen Dingen, ich wär lange schon tot. Dass die Reine mich nicht beachtet und ich ihr zuwider bin, das ist eine Not; dass ich in ihren Armen nie soll erwarmen: soll ich in ihren Armen nie mehr ruhen je, o weh, ruhen nie, o weh, ruhen nie."

Als Walther ihm mit dem Stock droht, müssen beide lachen.

Der Weg nach Vianden führt die Dominikaner durch Wald und Flur. Oft gehen sie schweigend, hängen ihren Gedanken nach, oder vertiefen sich in Gespräche. Cantimpré ist es, der immer wieder den Schritt verhält, weil er sich eine Pflanze genau ansehen möchte oder ein Tier, einen Salamander oder einen winzigen Käfer.

„Weißt du, lieber Walther, das Wesen Gottes ist zwar nicht zu erkennen, seine Existenz jedoch beweisbar, denn er offenbart sich dem Menschen in der Natur und in unserem Glauben."

Der Prior lächelt und beobachtet nachsichtig, wie der Gefährte an einem hohlen Baum verharrt und das Ein- und Ausfliegen von Bienen verfolgt.

„Es ist erstaunlich, wie sehr dich die Dinge der Natur fesseln, wie du aus den kleinsten Geschehnissen weise Folgerungen ziehst."

Cantimpré schneidet einen Zweig, schält die Rinde und flacht die Spitze ab. Dann steckt er dieses gerade geschaffene Gerät in die Baumhöhlung bis zu den Waben und schabt auf diese Weise Honig auf den Stab. Vergnügt wie Kinder lutschen beide die süße Fracht vom Zweig.

„Und es ist erstaunlich, wie du allem das Beste abgewinnst", schmunzelt Walther.

„Das eine schließt das andere nicht aus. Ist es nicht das Ziel der Philosophie, durch Beobachtung und Denken und nicht durch Experimentieren zur Wahrheit zu gelangen? Für mich ist in jedem Tun der Atem Gottes zu spüren, deshalb bin ich ihm in der Natur so nahe."

Der Prior runzelt die Stirn: „Mir gehen solche philosophischen Betrachtungen ab."

„Du bist unter uns Dominikanern der Praktikus, der sich auch um weltlichen Besitz sorgt, während der Aquinat und ich auf die Worte von Albertus lauschen und ihnen neue philosophische Überlegungen abgewinnen. Sei deshalb nicht gekränkt, Gott schuf die Menschenkinder auf vielfältige Art und jede Art erfüllt ihren Sinn."

Walther muss über diese Auslegung lächeln. Er ist sich bewusst, dass sein Eifer um irdische Dinge unter den Dominikanern oft beredet wird. Seit seinem 16. Lebensjahr lebt er als Bettelmönch, gepriesen und verehrt wegen seiner tiefen Gläubigkeit und seinem Gebetseifer. Er sieht keinen Fehler in seiner Sorge um Amt und Würden. Seine Familie hat ihn so geprägt.

Der Weg nach Vianden lässt sich für ihn an der Seite des Gefährten angenehm wandern, obwohl Walther die Ungeduld seines Herzens und seiner Sinne spürt. Die Sehnsucht nach dem Wiedersehen mit Yolanda beschäftigt seine Gedanken. In welcher Stimmung wird er sie antreffen?

Bei den letzten Schritten aus dem Saum des Waldes öffnet sich vor ihren Augen der wunderschöne Blick hinab ins Tal der

Our und auf die prächtige Hofburg der Viandener, die hoch aufragend auf dem gewaltigen Felssporn über der Stadt thront. Der Bauernhof dagegen schmiegt sich bescheiden in die Mulde des Berghanges gegenüber der mächtigen Burg. Das Dach, mit Ginster gedeckt, überspannt Wohn- und Stallgebäude, tief herabgezogen bis auf Manneshöhe. Außer einem Dutzend gackernder Hühner mit Hahn und einer schlafenden Katze ist kein Lebewesen zu erspähen. Nur ab und zu ist aus dem Stall ein Muhen zu hören. Das Lebendigste scheinen die Schwärme von Fliegen über dem großen Misthaufen zu sein, über die sich die Schwalben hermachen, die ohne Unterlass an der offenen Stalltür ein- und ausfliegen.

Auf der Wiese vor dem Bauernhof erwarten die beiden Dominikaner die Ankunft der Gefährten aus Köln. Sie waschen ihre Füße im kühlen Quellwasser und schöpfen mit der Jakobsmuschel einen Schluck nach dem anderen, um sich zu erfrischen. Zum Schluss gießen sie sich gegenseitig Wasser über die Köpfe und benehmen sich wie übermütige Kinder.

Danach durchforstet Cantimpré die Flur ringsum auf der Suche nach Heilpflanzen. Mit einem Büschel der unterschiedlichsten Kräuter kehrt er zurück und setzt sich, seinen Fundus sortierend, neben Walther nieder.

„Der Blick ins Flusstal ist wie ein Blick ins Paradies", sagt er schwärmerisch.

„Ja, so ist es", antwortet Walther versonnen.

„Schade, dass du den kleinen Garten unseres Predigermeisters noch nicht gesehen hast. Albertus genießt von einer

Ruhebank aus den Blick auf eine winzige Wiesenfläche, um die Augen zu erfrischen, eine Quelle und ein Kräuterrund als Duftgarten zur Belebung der Sinne. Das alles ist von Bäumen gegen Sonne und kalte Winde geschützt. Dieses Stückchen Erde ist etwas ganz Besonderes, denn Albertus hat sich damit einen Gar-ten geschaffen, der nicht zur Nutzung, sondern zur Erholung dient. Dabei berücksichtigt er Sonnenstand und Wind, Duft- und Farbwirkung der Pflanzen."

Walther zerreibt nachdenklich Stiele zwischen den Handflächen, aus denen sich milchiger Saft löst.

„Reib dir nun die Füße damit ein, und du wirst die Erfrischung genießen, die dieser Saft verursacht", rät ihm Cantimpré.

Walther lächelt und fragt schelmisch:

„Gibt es wirklich für jedes Unbehagen ein Gegenmittel?"

„Ja, du musst nur die Natur studieren, dann findest du Heilmittel."

„Auch gegen den Kummer des Herzens, gegen den Zweifel der Seele und gegen Ungeziefer, das uns quält?"

Beide müssen herzhaft lachen.

In der Stille des sonnigen Tages übermannt sie der Schlaf an ihrem schattigen Platz am Waldessaum. Erst durch das Poltern des Ochsenkarrens und die Stimmen der heimkehrenden Bauersleute werden sie wach. Während die Frau mit den kleineren Kindern im Haus verschwindet, spannt der Bauer mit zwei seiner größeren Jungen die Ochsen aus. Gleich danach beginnen Vater und Söhne den Stall auszumisten. Der warme Dung, der auf dem Misthaufen landet, verströmt seinen strengen Geruch bis in die Nasen der beiden Mönche.

„Vom Duft des Weihrauches umschwebt zu werden, ist weit angenehmer“, seufzt Walther.

Cantimpré grinst, aber dann kniet er neben dem Gefährten nieder, um das Magnificat zu sprechen.

Sie haben gerade ihre Gebete beendet, als die Kölner eintreffen. Während jene sich am Brunnen erfrischen, gehen Walther und Cantimpré zu den Bauersleuten ein Vesperbrot erbitten. Es kränkt sie keineswegs, dass der Bauer seinem Weib laut zuruft: „Die Bettelmönche sind wieder da!“

Brot, dazu Salz und frische Milch wird ihnen gebracht. Schweigend essen sie, aber dann drängt es die Dominikaner zu reden. Sie haben sich vieles mitzuteilen. Vor allem der Aufruf für den Kreuzzug liegt Albertus am Herzen. Noch ist ungewiss, wer alles die Stimme erheben wird.

„Die Knuedler aus Luxemburg werden diese Stunde nicht versäumen wollen“, spottet Walther.

„Es wird sich zeigen“, besänftigt Albertus die Gefährten, „wir sind die Predigermeister, auf unsere Stimme wird man hören.“

Um der Kühle der Ardenner Nacht zu entgehen, erlaubt ihnen der Bauer in der Scheune im warmen Heu zu nächtigen. Eingemummt in ihre weiten schwarzen Mäntel liegen sie beieinander und reden über die Dinge der Welt. Durch die Ritzen der Scheunenbretter fällt das fahle Licht des Mondes, der fast seine volle Scheibe erreicht hat.

„Erzähl mir von den Steinen", fordert Walther den großen Lehrmeister Albertus auf, „man sagt, dass du darüber ebenso viel schreibst, wie über die Natur mit ihrer Vielfalt von Pflanzen und Tieren."

Der Aquinat fragt: „Geht es wieder um den Waisen?"

„Ja, natürlich auch um den."

Albertus lacht schallend: „Wäre nur die Neugier auf unsere philosophischen Betrachtungen ähnlich groß, wie sie auf unsere Forschungen nach dem Übersinnlichen ist, dann wäre das Lehren doppelt erquicklich. Dürstet die Seele nicht nach Gott? Ja, lautet die Antwort, aber die Magie fesselt die Menschen weit mehr."

Cantimpré besänftigt: „Sei nicht ungerecht, Albertus, nicht jedem Menschenkind erschließt sich unser Schöpfer über die Auslegung der Bibel und das Wort der Philosophen. Ich selbst sehe ihn täglich in jedem Ding, das er geschaffen hat. Dabei tauchen Fragen über Fragen auf, denn was gibt den Pflanzen ihre Heilkraft? Und warum sollen Steine, vor allem Edelsteine, von dieser Wirkung ausgeschlossen sein?"

Albertus erwidert: „Ich sehe sehr wohl die Vielfalt der Schöpfung und die unterschiedlichen Erkenntnisse, die sich aus ihrem Studium ergeben. Bist nicht du unter meinen Schülern mir in meinen Forschungen am ähnlichsten? Unser Aquinat überflügelt uns in den philosophischen Betrachtungen, während wir uns doch manches Mal in Dinge vertiefen, die mit der Materie und ihrer Magie zu tun haben."

Nach einer Weile des Schweigens greift Albertus Walthers

Frage auf: „Die Geschichte des Waisen ist schnell erzählt, aber das Geheimnis der Edelsteine zu lüften, die heilen und Wohlbefinden verursachen, das ist die wahre Wissenschaft."

„Was ist mit dem Waisen?" bedrängt ihn Walther.

„Also gut. Der Waise ist ein Edelstein in der Kaiserkrone. Weil niemals sonst irgendwo ein solcher Stein zu sehen ist, wird er der Waise genannt. Diesen Namen trägt er auch, weil er völlig einzigartig ist. Er hat eine Farbe wie Wein, wie zartes Weinrot, und es ist, wie wenn das blendende, leuchtende Weiß des Schnees in das helle Weinrot eindringt und dabei doch das Rot beherrschend bleibt. Dieser Edelstein glänzt stark, und es heißt, er habe einst sogar bei Nacht geleuchtet, doch das tut er in unserer Zeit nicht mehr. Wohl aber wird gesagt, dass er die Ehre des Reiches bewahre."

„Edelsteine glänzen verführerisch", flüstert Walther einschlafend.

„Der Glanz der Grafentochter von der Hofburg Vianden begleitet ihn jetzt in seine Träume", spottet Cantimpré leise.

Und ebenso leise flüstert der Aquinat zurück: „Auch Träume sind ein Geschenk Gottes."

In der Frühe des nächsten Tages sehen sie den nicht enden wollenden Tross von Rittern und Knappen über die Brücke der Our ziehen. Die Wiesenflächen am Ufer des Flusses sind schon seit Tagen für das Turnier hergerichtet, und das alles zusammen bietet dem Auge ein prächtiges, buntes Bild.

Albertus ermuntert seine Prediger: „Dann lasst uns für die Sache Gottes das Podium der großen Redner betreten, mögen sich die edlen Ritter für ihre Eitelkeiten die Köpfe einschlagen."

Inmitten von Pferden, Wagen und sonstigem Fußvolk wandern die Mönche durch die Stadt zur Burg hinauf.

DAS TURNIER

4. Kapitel

Sie kommen, sie kommen", kreischen die Edelfräulein, die am Fenster stehen.

„Meinolf ist mit dabei", ruft Beatrix, „seht ihr nicht seine Farben?"

Jutta beugt sich vor, um den Einzug der Ritter besser zu sehen, die von weither zum Turnier nach Vianden kommen. Sie versucht die flatternden Fähnchen an den Lanzen zu deuten, um zu erkennen, wer da unten auf die Hofburg zureitet.

„Gerlach von Veldenz und Walther von Geroldeck reiten in der dritten Reihe", sagt Irmengard mit leuchtenden Augen und winkt den Rittern zu, die gerade das Tor erreichen. „Seht ihr das Veldenzer Wappen mit dem aufrecht stehenden blauen Löwen?" fragt Jutta, „seht ihr Walthers rotgelbe Streifen?" Für Beatrix steht fest: „Der Veldenzer wird das Geroldecker Milchgesicht im Gestech mit Leichtigkeit zu Boden stoßen. Der Veldenzer, berühmt für seine Siege, gegen einen halbwüchsigen Hitzkopf? Da ist auf den ersten Blick schon alles entschieden."

Der Türmer hatte schon zuvor Signal geblasen, die Knappen künden jetzt mit Businen den festlichen Empfang. In bunter Fülle wehen über der Hofburg und vor dem Tor die Fahnen.

Der Graf und die Gräfin von Vianden eilen zur großen Treppe, umringt von ihren Söhnen Friedrich und Philipp, der kleinen Tochter Richardis und dem gesamten Hofstaat.

„Kommt, schnell, den goldenen Kranz mit den Perlen aufs Haar und noch schneller hinunter", ruft Jutta.

Heilewif zupft Yolandas prächtiges Kleid zurecht, während Beatrix den Kranz auf Yolandas Kopf richtet. Irmengard dreht und wiegt sich: „Gerlach oder Walther? Mir sind sie gleich lieb! Beide werden um meine Gunst buhlen."

Jutta schüttelt den Kopf: „Der Veldenzer ist ein gestandener Mann, verheiratet, und kümmert sich nur um große Politik. Der Geroldecker ist ein Heißsporn, der von Turnier zu Turnier zieht und sich die Hörner abstoßen will."

Irmengard antwortet keck: „Auch der große Veldenzer sucht nach Politik und Turnier die Wärme eines weiblichen Wesens."

„Sieh nur das prachtvolle Bild", winkt Jutta vom Fenster her.

Wahrhaftig, der Einzug der Ritter ist ein prächtiger Anblick. Die Edelfräulein verstummen bei diesem Blick. Selbst Yolanda, die diesem höfischen Prunk nichts abgewinnen kann, gesellt sich mit Heilewif ans Fenster und betrachtet nachdenklich das glanzvolle Schauspiel.

„Seht, die Pracht der edlen Ritter", flüstert Jutta Yolanda zu.

„Lasst uns endlich gehen, lasst uns gehen", fleht Irmengard.

Und alle eilen hinter ihr her, durch Flure und über unzählige Stufen hinab bis zur großen Treppe, an der die Ritter den Grafen von Vianden und seine Familie mit Ehrerbietung grüßen. Yolanda lässt sich Zeit und geht gemessenen Schrittes hinunter. Sie weiß, dass sie spätestens am Abend in der großen Tafelrunde im Festsaal im Prachtgewand erscheinen muss. Viel lieber würde sie in ihrer Kammer bleiben, aber sie weiß auch, dass sie ihre Mutter jetzt nicht herausfordern und reizen darf, wenn sie ihr Ziel Mariental erreichen will.

Das farbenprächtige Bild der Ritter mit ihren kostbar aufgezäumten Pferden ist ein überwältigender Anblick. Der Lärm im Burghof hallt von den hohen Mauern wider. Pferdegetrappel, Hundegebell, fröhliches Rufen, der Klang der Businen – das alles zusammen kündigt die Zeit des großen Turniers an.

Knappen und Knechte stellen die prunkvollen Lederzelte ihrer Herren auf. Die Kinder hindern sie manchmal mit ihrem übermütigen Herumrennen bei der Arbeit. Sie stören mit den Fragen, welchem Ritter welches Zelt, Wappen und Wimpel gehören.

Um einen großen Feuerstoß herum – die Nächte sind oft feucht und kühl in den engen Tälern der Ardenner Landschaft – lagern Gaukler, Bänkelsänger, Wahrsager und Magier, Schwertschlucker und Seiltänzer. Sie werden an den Abenden der Turniertage in den Rittersaal gerufen, um ihre Künste vorzuführen. Die Troubadoure dagegen dürfen sich im Bering der Hofburg aufhalten. Mit Leier, Cifon oder Salterion begleiten sie ihre Erzählungen von den Heldentaten der Ritter und von den Martyrien der Heiligen. Im Wettstreit singen sie bis in die tiefe Nacht, übertreffen sich zuletzt noch gegenseitig mit derben Liebes- und Trinkliedern.

Früh am Tag darauf ziehen die Ritter mit Gefolge auf den Turnierplatz. Der Graf von Vianden erscheint mit seinen Gästen auf der großen Tribüne, von der aus man das Geschehen verfolgen wird. Für die jungen unverheirateten Damen hat man stoffüberzogene Altane errichtet. Dorthin reiten einige der Ritter, erweisen den Damen ihre Referenz und nehmen ein seidenes Tuch oder den Handschuh ihrer Angebeteten entgegen. Mit fröhlichen Zurufen wollen die Damen sie für den Kampf ermutigen, aber ihre Stimmen werden von den Klängen der Businen und dem Jubel der Zuschauer übertönt.

Bevor der Graf mit Handzeichen den Beginn des ersten Turnierkampfes anzeigt, reiten die Ritter in geordneten Linien vor ihm auf. Yolanda, die mit ihren Edelfräulein neben ihren Eltern und Geschwistern auf der Tribüne sitzt, nimmt dieses grandiose Schauspiel gelassen zur Kenntnis. Jutta ruft: „Seht doch, die Ritter und die Pracht ihrer Pferde!"

„Seht nur den schönen Meinolf", seufzt Beatrix.

Die Gräfin von Vianden neigt sich ihrer Tochter zu und sagt laut:

„Wenn jetzt Walram von Monschau hier wäre, würde er glanzvoll für seine Braut, unsere Tochter Yolanda, in den Kampf gehen."

Während sich alle Blicke Yolanda zuwenden, verzieht sie zwar keine Miene, kann es sich aber nicht verkneifen, ebenso laut zu antworten: „Ihr wisst, dass ich Braut Christi bin, nur lasst Ihr mich verzweifelt um meinen himmlischen Bräutigam kämpfen.“

Jedermann sieht, wie der Gräfin die Zornesader schwillt, der Graf jedoch beschwichtigend die Hand auf ihren Arm legt.

Die Pferde sind in Gold, Silber und Seide gezäumt. Goldene Schmiedearbeiten zieren die Sattelbogen, die Decken darunter sind aus fein gewirkter Seide, die Steigbügel aus Gold, die Zügel mit Goldstoff verbrämt, an den Pferdegebissen blinken kostbare Edelsteine. Hunderte von silbernen Glöckchen säumen jeweils das goldene Brustblatt.

An den Rittern fällt zuerst das lange auf Stirn und Schultern herabfallende Haar in den Blick. Ihre Helme sind mit Edelsteinen geschmückt und auf den Spitzen glitzern goldene oder aus buntem Glas gegossene Kugeln. Die seidenen Hemden über den farbigen Unterkleidern sind an den Ärmeln gebauscht. Darüber sind Kettenhemde gezogen und über sie schließlich ärmellose Wappenröcke. Der Schild ist nach außen geschweift und mit goldenen oder farbigen Löwen, Adlern, Kreuzen oder Blumenwerk geschmückt. Auf den eisernen Beschlägen sind rosa Edelsteine angebracht.

Lächelnd genießen die Ritter den Jubel über ihren prächtigen Anblick, dann senken sie ihre mit Fähnchen geschmückten Lanzen zum Gruß vor der Tribüne und den Schönen auf dem Altan.

Meinolf lenkt sein Pferd bis an die Balustrade der Tribüne, verneigt sich und senkt die Lanze vor Beatrix. Unter den Zurufen von ringsum errötend löst sie ein Seidenband aus ihrem Haar und windet es um die Lanzenkrone. Während die Herrschaften klatschen und ihm aufmunternd zurufen, verneigt er sich noch einmal. Irmengard hat den Blick auf ihre Hände im Schoß gesenkt, nachdem sie mit fragenden Augen Gerlach und Walther angesehen hat. Aber keiner der beiden entschließt sich zu der Geste, die Meinolf gerade zelebrierte. Yolanda legt tröstend den Arm um Irmengards Schultern, als sie bemerkt, dass Tränen aus ihren schönen Augen rinnen. Fast schämt sich Yolanda, dass sie selbst das innige Gefühl genießt, einem Mann anzugehören, der sie nie und nimmer vernachlässigen und betrügen wird – Jesus Christus.

Der Graf von Vianden gibt das Zeichen für den ersten Kampf.

Einer sprengt auf den anderen zu, sie umjagen sich, suchen die Blößen der Gegner, prallen aufeinander und heben sich gegenseitig vom Pferd. Dann bilden sich ganze Gruppen, die gegeneinander kämpfen. Der Grasboden erdröhnt vom Gestampfe der Pferde, vom Fallen der Besiegten, ja er rötet sich auch vom Blut der Verletzten. „Im großen Turnier von Neuss sind vor acht Jahren sechzig Ritter und Knappen umgekommen, die meisten von ihnen zerstampft oder erdrückt von den Pferden“, flüstert eine Zuschauerin ihrem Nachbar zu. Der antwortet beschwichtigend: „Noch verläuft der Turniertag glimpflich, im üblichen Maß.“

Graf Gerlach von Veldenz hat seinem Herausforderer Walther von Geroldeck ein Gestech zum Abschluss des Turniertages zugesagt. Ihm ist der junge Mann längst lästig. Wie oft will er noch im Staub zu seinen Füßen liegen? Wie ist diesen Herausforderungen des Heißsporns ein Ende zu setzen? Die Regeln des Lanzenstechens verlangen, dass nur auf Helm oder Schild gezielt werden darf. Diese Form des Kampfes ist bei den Zuschauern sehr beliebt. Deshalb ist es selbstverständlich, dass sich alle erheben und jubeln, als der Veldenzer auf dem Feld erscheint. Auf seinem Topfhelm wippt ein Hundekopf mit hängender roter Zunge. Das Helmtuch, das bis auf die Schultern des Grafen herab reicht, ist gelb und leuchtend rot wie die Pferdedecke, die fast bis zu den Hufen des Tieres schwingt. Der aufrecht stehende blaue Löwe ist auf der Brechscheibe in seiner Linken zu sehen. Blauweiß schmückt eine Spirale die Lanze, an der statt einer Eisenspitze das gebräuchliche Krönlein angebracht ist. Beim „Rennen mit dem Rost" sind die Kämpfer, die barhäuptig und ohne Harnisch antreten, nur mit einem Brustgitter geschützt. Dieser Schutz ist leicht herab zu reißen. Der Veldenzer ist fest entschlossen: „Wenn dieses Milchgesicht keine Ruhe gibt, wird er um einen Rost nicht herumkommen. Wer dann am Ende noch fest in den Steigbügeln steht, kann sich dieser unruhige Kopf schon jetzt hinter die Ohren schreiben."

Jenseits am anderen Ende der Planke, an der die Pferde zwangsläufig ihre Linie einhalten werden, wenn sie aufeinander zustürmen, steht bereits der Geroldecker. Er trägt einen Helm mit rotem Spitzhut, den ein kurzer Federwisch krönt. Das Wappen auf seiner Brechscheibe ist beeindruckend. Es zeigt ein goldenes Schild mit rotem Querbalken, das von einem aufrecht stehenden Löwen und einem Drachen gehalten wird.

Auf der Schildmitte thront ein Spangenhelm mit Spitzhut und kurzem Federwisch. Die Pferdedecke ist gelbrot gestreift und am Saum ringsum geschlitzt.

Das Gejohle und Geschrei der Menge bricht plötzlich ab, als Graf Heinrich von Vianden mit Handzeichen den Beginn des Stechens anzeigt. In der folgenden Stille ist der Kampfschrei des Geroldeckers zu hören, der in der klassischen Haltung des Turnierkämpfers in den Steigbügeln steht und das Gleichgewicht mit Hilfe des Handgriffs am Schutzgestell wahrt, während er mit der Lanze fest unterm Arm auf den Veldenzer zuprescht.

Der Kampfschrei des Heißsporns bringt Gerlach nicht aus der Ruhe. In harmonischem Einklang mit seinem Pferd spurtet er los, spürt die Kraft des Tieres, das sich dem Gegner entgegenkatapultiert, und rammt dem Geroldecker die Lanze voller Wucht gegen Brechscheibe und Brust. Dabei trifft er zuerst das Krönlein des Gegners und zerreißt dabei das Holz, an dem seine eigene Lanze entlang schrammt, bevor sie Schild und Brust trifft. Der junge Mann stürzt zu Boden und bleibt übersät von den Holzsplittern seiner Lanze liegen.

Erst als der Besiegte sich wieder rührt, durchbricht ein tosendes Geschrei die Stille. Ohne einen weiteren Blick auf den jungen Mann zu werfen, reitet Gerlach gelassen auf die Tribüne der Viandener zu und nimmt unter dem Jubel der Zuschauer Anerkennung und Lob des Grafenpaares entgegen. „Sein Vater hat ihn zum Bischof von Straßburg bestimmt, vielleicht habt Ihr dann bald Ruhe vor dem Grünschnabel“, ruft Heinrich von Vianden. Ein anderer brüllt: „Sein Hab und Gut könnt Ihr leicht durch kluge Heiratspolitik Eurer Familie bekommen. Das Mütchen muss doch zu kühlen sein."

Yolanda ist froh, als endlich der erste Turniertag zu Ende ist. Zwar hat sie keine Freude daran, sich ihren Feststaat anlegen zu lassen, um am großen Bankett teilzunehmen, aber ihre Edelfräulein brennen darauf, neben ihr der Glanz des Festabends zu sein.

Die Ritter versammeln sich im Saal, lassen die Humpen kreisen und die Würfel rollen. Jan von Brabant-Gambrinus ist der fröhlichste Zecher unter ihnen. Von ihm wird erzählt, dass er 300 Humpen am Tag leere, dass er der Stolz der Brüsseler Brauergilde sei und berühmte Sänger Verse auf ihn dichteten. Nun ist er gewillt, den Beweis für seinen Ruf anzutreten.

Wie immer wachsen sich auch diesmal in der Ritterrunde schnell Gier, Neid und Groll über unsinnige Spielverluste zu Tätlichkeiten aus, die der Hausherr beim Eintritt mit dem Gefolge seines Hofes kaum schlichten kann. Auf der Empore spielen die Musikanten zum Tanz, den Yolanda nur ungern anführt. Ihren Edelfräulein zuliebe tut sie es. Sie sieht auch mit Vergnügen, wie Gerlach und Walther sich endlich der armen Irmengard erbarmen und sie mit tiefer Verbeugung für die Dreiergruppe des Reigentanzes auffordern. Es rührt Yolandas Herz, als ihr Blick auf Meinolf fällt, der die strahlende Beatrix zum Tanz führt.

Danach winden sich die Tänzer mit schnellen Hüpfschritten bei Yolandas Lieblingstanz „La Fille de la Meunière" wie eine Schlange durch den Saal. Mit erhitzten Köpfen und lachenden Gesichtern kehren sie zur Tafel zurück.

Der Franziskaner Elias, der bei diesem Fest in der Nähe des Grafenpaares sitzen darf, sagt grimmig: „Der Tanz ist ein Kreis, in dessen Zentrum der Teufel ist."

Die Viandenerin lächelt und besänftigt ihn: „Die Jugend hat so wenig Kurzweil, auch sonst wenig Gelegenheit sich gegenseitig kennen zu lernen, also gönnen wir den Tänzerinnen und Tänzern das Hüpfen und Drehen, zumal es für uns ein eleganter und glanzvoller Anblick ist."

Der Franziskaner wiegt nur bedenklich den Kopf.

Abseits, von Yolanda unbemerkt, steht der Dominikaner Walther mit seinen Gefährten und beobachtet die Grafentochter, wie sie ausgelassen und mit überschäumender Freude den Tanz genießt. Auch als die Reihe der Tanzenden an ihm vorbei wirbelt, sodass Yolandas wehendes Haar sein Gesicht streift, bemerkt sie ihn nicht.

Walther versucht die Eifersucht zu unterdrücken, die ihn beim Blick auf die muntere Gesellschaft überkommt. Als er bemerkt, dass Cantimpré ihn prüfend anschaut, setzt er ein Lächeln auf und zuckt mit den Schultern. Er fühlt sich ertappt. Aber dennoch verfolgen seine Blicke Yolanda bei den übermütigen Tänzen, bis die Runde jedes Mal erschöpft zu ihren Plätzen zurückkehrt.

Das ist die Stunde, in der Graf Heinrich von Vianden in die Hände klatscht und damit den Einzug der Gaukler, der

Troubadoure, Bänkelsänger, Wahrsager, Magier, Schwertschlucker und Seiltänzer erlaubt. Die Fahrenden bevölkern den Saal, Leute, die man nirgends abweist, obwohl man sie verachtet.

Im Trubel des Geschehens schleicht sich Yolanda davon und strebt müde ihrer Kammer zu. Als sie die Tür öffnet, sieht sie im sanften Kerzenlicht Beatrix und Meinolf, wie sie eng umschlungen auf die Bettstatt sinken. Yolanda schließt lächelnd die Tür und kuschelt sich seitlich vor der Kammer in eine Nische, ihre Röcke um sich schlagend. Irgendwann in der Nacht spürt sie wie sie aufgehoben und neben Beatrix gelegt wird. Ganz nah ist ihr der Duft von Schweiß, nicht unangenehm, auch das Gefühl starker Männerarme bleibt ihr im Einschlafen in Erinnerung.

Der nächste Turniertag hat eine gewisse Schärfe bei den Kämpfen. Die Händel beim Karten- und Würfelspiel sind noch nicht vergessen. Das Blut fließt schneller und heftiger. Als der Tag zu Ende geht, liegt ein Toter auf dem Turnierfeld. Ein Ritter wollte seinen Gegner mit einem festen Stoß aus dem Sattel heben, aber die Lanze trifft zufällig einen vorbei reitenden Ritter ins Auge. Der tot am Boden liegt, ist Meinolf.

Meinolf wird in der Kapelle aufgebahrt. Es wird nach seinen Verwandten geschickt und eine Messe gelesen. Yolanda und ihre Edelfräulein Irmengard und Jutta versuchen die in Tränen aufgelöste Beatrix zu trösten. Aber nichts kann die Schluchzende beruhigen.

Die Gaukler und Spaßmacher hat man fortgeschickt, die Troubadoure hält man an, nur noch ihre Heldengesänge vorzutragen. Das Würfelspiel ist beendet, der Ton der Reden ist gemessener, nicht mehr lärmend.

Fast wie ein Sakrileg tönt am Tag danach das Signal des Wächters über die Zinnen der Hofburg bis hinab ins Tal. Neue Gäste streben der Burg zu. Ihre weißen wallenden Mäntel mit dem aufgestickten roten Kreuz auf der linken Seite weisen sie als Tempelritter aus. Darunter sind sie mit kniekurzem weißen Habit oder in Grau über dem Kettenhemd gekleidet. Nichts blinkt und funkelt an ihnen. Auch auf den Schutzschilden prangt das blutrote Kreuz der Templer. Der Ruf eilt ihnen voraus, Beschützer im Dienste der Pilger auf dem Weg ins Heilige Land zu sein. Die Kunde von ihrer Tapferkeit im Kampf gegen räuberische Sarazenen und um die Befreiung des heiligen Grabes in Jerusalem ist weit verbreitet.

In der Tafelrunde im Festsaal der Burg Vianden geben sie mit ihren sonnengebräunten Gesichtern, den kurz geschorenen Haaren und ihren schlichten Ordenskleidern ein beeindruckendes Bild ab.

Dompropst Heinrich hat schon beim Einzug der Templer seinen Cousin und Freund aus Kindertagen Nithart erspäht. Schnell sind die beiden groß gewachsenen Männer, die alle anderen überragen, umringt von Verwandten. Auch die Kinder laufen herbei, um vor allem Nithart aus nächster Nähe zu betrachten. Den Schwertschaft des Templers zu berühren oder auch nur seinen Mantel anzufassen, das ist der sehnlichste Wunsch. Die größeren Jungen drängen sich um die Ehre, Nitharts Handschuhe und Helm an seinen Tischplatz zu bringen.

Nach den ersten Umarmungen und einer Flut von Fragen wehrt Nithart beschwichtigend ab, verspricht später Rede und Antwort zu stehen, aber vorerst möchte er in einem ruhigen Winkel mit Heinrich sprechen.

In einer der Fensternischen der byzantinischen Galerie ist dazu Gelegenheit. Obwohl das Kommen und Gehen in dieser großen Halle Unruhe verbreitet, sind die Vettern in der Nische ungestört. Schweigend sitzen sich der Templer und der Dompropst gegenüber, blicken hinunter ins Tal auf den Fluss, wo sie in ihrer Kinderzeit angelten, Krieg spielten und Schabernack trieben. War da nicht auch die Erinnerung an erstes Küssen und Streicheln?

Als ob sie aus den gleichen Gedanken auftauchten, sehen sie sich an.

„Wenn ich weit fort bin, den entbehrungsreichen blutigen Weg ins Heilige Land bestreiten muss, um unseren Templern in Jerusalem Geld und Gold zu bringen für ihren Unterhalt, wenn mein Blick auf diesem mühseligen Weg über fremde Erde schweift, dann fliegt mein Herz hierher an die Stätte unserer Kindheit. Dann bist du mir ganz nah. Weißt du noch, wie wir uns Gott versprachen? Wie wir heilige Schauer spürten, bei den Gedanken an unsere Weihe, an unsere Gelübde?“

Heinrich greift nach Nitharts Hand: „Letztendlich lebt keiner für sich allein und doch bleibt keinem Menschen die Stunde der Erkenntnis erspart, dass er auf dieser Erde allein steht. Gut, wenn er sich dann in Gott geborgen fühlt."

Ein fester Händedruck, ein befreiendes Lachen, dann drängt es beide die Zeichen der Zeit zu deuten.

„Die Zeit ist reif", sagt Nithart, „der Blutsverwandte deiner Mutter, König Ludwig, ist bereit, zum Kreuzzug aufzurufen, um endlich das heilige Grab wieder in Christenhand zu bringen. Der Tod unseres Großmeisters Armand de Périgord kam überraschend für uns, aber glaube mir, in Richard Bures haben wir einen tatkräftigen Nachfolger."

„Und in dir hat dein Orden einen vorzüglichen Großkomtur, der Aufsicht führt über den sagenhaft reichen Ordensschatz."

Sie lachen beide.

„Wir haben es weit gebracht im Dienste Gottes", stellt Heinrich fest.

„Vergiss nicht, wir heißen Arme Ritter Christi und des Tempels von Salomon zu Jerusalem."

„Pauperes Commilitones Christi templique Salomonici Hierosalemitanis", nickt Heinrich und reibt Daumen und Zeigefinger. „Man erzählt sich, dass eure Tempelhäuser eigentlich eher vollen Schatzkammern ähneln?"

Nithart tippt die geballte Faust scherzhaft auf Heinrichs Brust:

„Geld zu verleihen ist inzwischen eines unserer einträglichsten Geschäfte. Unser Ruf ist in diesen Dingen so gut, dass selbst die Moslems sich Geld bei uns leihen. Wir haben jetzt einen Geldbrief geschaffen, außerdem führen wir genauestens Buch, was ich anderen nur anraten kann. Natürlich ist es ein großer Vorteil, dass wir keine Steuern zahlen müssen, sondern im Gegenteil, Steuer erheben dürfen."

Heinrich schüttelt den Kopf: „Vielleicht ist es ein Fehler, dass wir Christen uns selbst Geldgeschäfte verbieten und dieses einträgliche Geschäft den Juden überlassen. Ihr Templer gebt euch in dieser Sache eigene Gesetze. Wenn du Buch führst, kannst du mir bestimmt feste Zahlen nennen?"

Der Templer streicht sich sinnend über den blonden Bart, während er seinen Blick über das Flusstal hinweg schweifen lässt.

„Wir haben zurzeit 15.000 Ordensmitglieder, die 9.000 Besitzungen im Bereich unseres christlichen Abendlandes verwalten."

Heinrich folgt dem Blick hinunter auf die Our: „Mein Vater hat den Templern schon vor zwanzig Jahren, als wir noch Kinder waren, das Dorf Roth samt Schloss, Kirche, Begräbnisstätte und weiteren sechs Altären zugeeignet. Ein Kleinod im reichen Templerschatz?"

Nithart erwidert schmunzelnd: „Roth liegt mir am Herzen, das ist ein Stück Heimat, aber die Siedlung Tempelhove und unsere beiden Hauptquartiere Paris und London sind im Abendland die Perlen in der Reihe unserer Güter."

Dann zeigt er mit schelmischem Augenzwinkern auf die Edelfräulein, die auffällig oft durch die Galerie schreiten und die beiden Mönche, im Gelächter tuschelnd, neugierig betrachten.

„Was macht uns nur für das andere Geschlecht so begehrenswert?“

Heinrich grinst spitzbübisch: „Du sagst uns, aber diese schönen Damen meinen dich. Wir haben beide die gleichen Gelübde von Armut, Keuschheit und Gehorsam abgelegt, aber Tempelherr zu sein, erfordert gewiss noch mehr Kraft, um diesen in Seide und Fehpelz gehüllten Versuchungen zu widerstehen.“

Nithart bleibt die Antwort schuldig. Er hat ganz andere Sorgen und er vermutet, dass es Heinrich ebenso geht.

„Du wirst Köln bald verlassen?“

„Ja, gewiss, der Gedanke gefällt mir sehr gut, Fürstbischof von Utrecht zu werden und dort eine Kathedrale zu bauen.“

Nithart grinst: „Habe ich richtig gehört, mein mächtiger Bruder ist nur noch mit Bauplänen in den Händen zugange und will schon bald den Grundstein legen für seinen neuen Dom in Köln? Selbst mein Bruder Friedrich schwärmt davon, Erzbischof von Xanten zu werden und dort ebenfalls einen Dom zu bauen.“

Heinrich nickt: „Eine neue Zeit bricht an und mit ihr kommt ein Baustil, der sich löst vom Bild unserer alten Wehrkirchen. Jetzt strebt Stein schwerelos zur Ehre Gottes dem Himmel entgegen. Du musst es dir in Frankreich ansehen, wie schön sich die filigrane Auflösung von Stein und die dominierenden Farben Blau und Rot zu einem wunderbaren Bild verweben. Das Evangelium und die Kirchenlehre werden zu Steinbildern, gut zu deuten von allen, die nicht lesen können. Kurz gesagt, sie werden zur Bibel für Einfältige und Unwissende.“

Heinrich und Nithart vertiefen sich in die Gegensätze der Kultur von Okzident und Orient. Nithart schwärmt vom Geist Jerusalems, von der einstigen Pracht des Tempels Salomons.

Er beredet mit Heinrich die Situation im Heiligen Land, die erfolgreichen Kreuzzüge und den Aufschwung des Templerordens durch den Beitritt des Grafen Hugo von der Champagne.

„In seinem Freund, Abt Bernhard von Clairveaux, gab es den sprachgewaltigen Prediger für die Sache der Templer und für den zweiten Kreuzzug vor hundert Jahren. Ich hoffe, dass uns ein solcher Prediger in Albertus erwächst. Immerhin bietet er meinem Bruder Konrad in der Auseinandersetzung mit der Kölner Bevölkerung tapfer und unnachgiebig die Stirn."

„Vor rund 50 Jahren habt ihr in Richard Löwenherz einen König in eurem Orden gehabt."

Nithart lacht und schüttelt sein kurz geschorenes Haupt: „Nein, nein, Richard war nur Ehrentempler in unserem Orden, denn er brachte damals die Anerkennung des Deutschherrenordens zustande. Er kleidete sich wegen seiner Feindschaft mit dem Staufer wie ein Templer und ritt unerkannt in ihrer Mitte. Er residierte in unseren Festungen und segelte auf unseren Schiffen mit. In seinem Bruder Johann hatte unser Orden den wahren Freund. Er machte gar unser Londoner Ordenshaus zu seinem Regierungssitz, unterzeichnete dort die Magna Charta und sorgte dafür, dass unser Großmeister Guillaume de Chartres einen Sitz im Parlament bekam und dort sogar den Platz des obersten Barons innehatte."

Heinrich kann sich ein Lachen nicht verkneifen: „Wer genau hinschaut, sieht, dass eure Oberen alle aus den führenden Familien des Abendlandes stammen, und damit seid ihr mit den mächtigsten Verwandten ausgestattet. Kein Wunder, dass ihr immer über die neuesten Nachrichten verfügt und ihr Templer außerdem eine eigenständige politische Macht darstellt."

Nithart zwinkert Heinrich zu: „Vergiss nicht, Papst Innozenz hat unseren Orden nur sich selbst unterstellt und mit der Bulle Omne datum optimum für weltliche Herrscher unantastbar gemacht."

Heinrich sieht seinem Vetter fest in die Augen: „Ich hoffe, dass euch eure Macht, eure Geldgeschäfte, euer Reichtum und die üblen Gerüchte nicht eines Tages zum Verhängnis werden. Neider lauern sicher schon in allen Ecken. Ich kenne die Gelüste unserer französischen Verwandten nach euren Schätzen zur Genüge. Anklagen lassen sich schnell erfinden."

Nithart legt spontan seine Hand auf Heinrichs Schulter: „Vergiss nie, lieber Vetter, wir Templer sind die Hüter des heiligen Grabes, wir sind die wahrhaften Verteidiger des Christentums."

Schweigend und nachdenklich sitzen sie Aug in Aug. Es drängt Nithart in der Offenheit seines Herzens, Heinrich an Verrat und Schmach des Templerordens zu erinnern, die jedem Templer auch noch nach einem halben Jahrhundert auf der Seele brennen: „Wir vereinen die Ideale der Ritter und der Mönche. Unsere Ordensregeln sind augustinisch geprägt, daran änderte der Einfluss der Zisterzienser nicht viel.

Eine große Schmach, ein schwarzer Fleck auf unseren

weißen Mänteln ist die Niederlage vom 4. Juni 1187 bei Hattin. Bei diesem Sieg Sultan Saladins brachte unser Großmeister Gérard de Ridefort Schande über unseren Orden. Während die Templer, die die Schlacht überlebten und in Gefangenschaft gerieten, sich lieber hätten häuten und enthaupten lassen, zog es ihr Großmeister vor, sich frei zu kaufen, und übergab die Festung von Gaza, um sein eigenes Fell zu retten, an Saladin. Widerwillig folgten die Templer dem Befehl ihres Großmeisters, obwohl es ein grober Verstoß gegen unsere Ordensregeln war. Mein Schicksal bewahre mich davor, im Namen Gottes jemals ein Feigling zu sein."

Heinrich sieht Tränen in Nitharts Augen.

„Du warst zu allen Zeiten in meinem Gebet geborgen, so wird es für immer sein, so lange ich lebe!"

Für einen Moment treffen sich ihre Blicke, dann sinken sie sich in inniger Umarmung entgegen. Wange an Wange verharren sie, atmen die Wärme des anderen. Die Zeit scheint still zu stehen. Keiner von beiden nimmt die Blicke Neugieriger in der byzantinischen Galerie wahr. Doch dann richten sie sich wieder auf, fassen sich an beiden Händen, als wollten sie alte Schwüre erneuern.

„Die Zeit ist reif", wiederholt Nithart, „die Prediger sollen ihre Stimme erheben für Ludwigs Kreuzzug. Unser Großmeister Richard Bures wird heute Abend den Kampfgeist seiner Templer für die Sache Gottes schildern und gewiss auch in anderen das Feuer der Begeisterung entfachen. Das Grab Christi darf nicht länger in der Hand der Heiden bleiben. Im Hafen von Aigues Mortes liegen Schiffe bereit, jetzt gilt es hier im Abendland die Herzen zu entzünden für die Befreiung Jerusalems."

So geschieht es, dass es am Abend nur ein Gesprächsthema gibt – das Heilige Land, das Königreich Jerusalem und der Wunsch nach einem neuen Kreuzzug.

In hitzigen Reden ereifern sich die Männer der Tafelrunde, auch die Franziskaner melden sich zu Wort. „Kein Wort des Unmuts und der Widerrede", fordert Albertus von den Gefährten, „unsere Stunde kommt noch, das ist gewiss." „Unsere lieben Knuedler wissen sehr genau, wie sie sich Vorteile verschaffen", sagt Walther.

Thomas von Aquin steht in Gedanken versunken. In solchen Händel und Zwist will er sich nicht einbinden lassen. Er sinnt über die Erkenntnis von Wahrheit nach. Er kann es kaum erwarten, in einem stillen Winkel die Worte nieder zu schreiben, die ihn bewegen. Was ist die Wahrheit? Was bedeutet das Verschweigen von Wahrheit? Hatte Albertus nicht erst kürzlich gesagt: „Das Gerücht ist immer größer als die Wahrheit!" Er forderte auch: „Findet die Wahrheit, denn die Wahrheit macht euch frei."

Walther bedrängt seine Gefährten, das Feld nicht allein den anderen zu überlassen, sondern die Kraft der Rede zu zeigen, wie sie ihrem Predigerorden eigen ist. Albertus pflichtet ihm bei, legt dem Aquinaten, als dieser abwinkt, beschwichtigend die Hand auf den Arm und sagt nachsichtig lächelnd: „Dir sei Bescheidenheit gegönnt, lieber Thomas, ich werde der Runde die Kunst der Rhetorik vorführen."

Albertus hält eine flammende Rede, verweist auf gescheiterte Unternehmungen, aber auch auf den Kreuzzug von 1228, als Kaiser Friedrich kampflos durch geschickte Verhandlungen mit dem ägyptischen Sultan die Freigabe der christlichen Pilgerstätten erreichte. Das Blatt habe sich aber wieder gewendet. Jerusalem müsse erneut von der Herrschaft des Islams befreit werden.

„Das Heilige Land wartet auf euch. Im Namen Gottes werdet ihr siegen", ruft Albertus.

In der Runde seiner Templer hört Großmeister Richard Bures dem Redner aufmerksam zu. Erst als die begeisterte Zustimmung für Alberts Worte verstummt, erhebt er sich und fordert mit ausgestrecktem Arm Ruhe.

„Der Kriegsruhm misst sich nicht nach der Gewalt der ausgeteilten Hiebe, sondern nach der Gerechtigkeit der Sache, die man verteidigt. Gibt es aber einen edleren und gerechteren Kampf, als den Kampf des Herrn zu kämpfen, wie wir Templer es tun? Wenn es ein glückliches Los ist, in Gott zu sterben, wie viel glücklicher ist es dann, für Gott zu sterben."

Nithart bekreuzigt sich. Heinrich blickt seinen Freund nachdenklich an.

„Du hast meine Bewunderung. Ich gäbe viel darum, an deiner Seite für die Sache Gottes das Schwert zu führen."

Nitharts Blick, der erst ihn streift und dann hinüber zu Heinrichs Eltern geht, bleibt rätselhaft für ihn. Er folgt dem Blick, der auf der Mutter verweilt, die prächtig gekleidet und

Juwelen geschmückt residiert. Keine ihrer Gesten verrät, dass sie das Heft in der Hand hat, nur die Bewegung ihrer Lippen lässt erahnen, dass sie ihrem Gemahl Anweisungen gibt.

„Die Gräfin von Vianden versteht es, eine kluge Hauspolitik zu betreiben, die auf jeden Fall Machtzuwachs bedeutet", sagt Nithart grinsend.

„Die Sache, auf die du anspielst, wird nicht gelingen."

„Du hast Recht. Aber diese Kröte wird mein lieber Bruder Konrad nicht schlucken und deine Mutter erst recht nicht. Unsere liebe Yolanda wird den schönen Walram heiraten müssen. Der Machtzuwachs für Vianden ist zu verführerisch. Wenn Yolanda ins Kloster geht, wird die Gräfin von Luxemburg nicht säumen und ihre eigenen Fäden knüpfen. Ist da nicht diese schöne Enkeltochter aus erster Ehe? Walram als Schwiegersohn entscheidet die künftige Hausmacht – Vianden oder Luxemburg."

Heinrich nickt zustimmend.

„Niemand zweifelt daran. Aber Yolanda ist wie Parsifal auf der Suche nach dem Gral, den sie nach eigener Meinung nur in ihrer Gralsburg Marienthal finden kann. Sie ist mir das Liebste auf der Welt. Ihr gehört mein Herz seit frühesten Kindertagen. Sie hat sich Gott versprochen, so wie du und ich."

Der Abend wird lang, das Thema Kreuzzug hat gezündet. Aus allen Kehlen erklingt zum Abschluss das Kreuzfahrerlied:

„In Gottes namen faren wir,
siner gnaden begeren wir,
nu helf uns in die Gotteskraft

und das heilge grab
da Gott selber inne lag.
Kyrie eleis, Christe eleis.
Das helf uns der Heilig Geist
Und die war Gottesstimm,
dass wir fröhlich farn von hinn.
Kyrie eleison."

DER SINN DES LEBENS

5. Kapitel

Am Tag danach wird Meinolf zu Grabe getragen. Für das Grafenpaar von Vianden ist es eine Ehre, dem Toten in der Krypta der Hofburg eine Grabstatt zu schaffen.

Yolanda ist erschüttert von dem Leid, das Beatrix überwältigt. Sie ist sich mehr denn je bewusst, dass ihr eigenes Leben nur auf die Berufung ausgerichtet sein kann, Braut Christi zu werden.

Sie folgt dem Wunsch Heinrichs und Nitharts und geht mit beiden hinab zur Our. Sie benutzen den Eselspfad, der in kleinen Bögen von der Burg hinabführt in die Talaue. Dicht nebeneinander setzen sie sich auf den sandigen Boden in den Schatten einer schräg wachsenden Weide, deren Zweige im Wasser schleifen.

Nithart ist der Erste, der Worte zitiert, die Yolanda traurig stimmen: „Am Ufer eines Flusses in fernen Landen saß ich und weinte."

„Warum Tränen?"

„Für Gott zu sterben ist leicht gesagt. Wenn ich nach der Schlacht noch stehe und unversehrt gehen kann, um im Gewühl der Verwundeten und Toten den Freund zu suchen, dann bin ich Christus in diesem Chaos von Schmerz und Sterben näher als sonst irgendwo. Dann spüre ich den Hauch der Ewigkeit. Und wenn der Freund mir stirbt im Arm, so weiß ich doch, dass er und ich das höchste Gut verteidigen, das wir Menschen haben, unseren Glauben."

Heinrich sagt leise: „Selig die Friedensstifter, denn sie werden Söhne Gottes heißen."

Nithart blickt schweigend auf den Fluss. Unter den überhängenden Zweigen der Weide kräuselt sich das Wasser.

Hand in Hand sitzt Yolanda zwischen den beiden Männern. Den Blick auf das flimmernde Wasser gerichtet, beginnt sie zu zitieren:

„Bei einem Fluss ist es nicht möglich,
zweimal hineinzusteigen in denselben,
auch nicht ein sterbliches Wesen zweimal zu berühren
und zu fassen im gleichen Zustand,
es zerfließt und wieder strömt es zusammen
und kommt her und geht fort."

Nithart lächelt: „Du bist so schön und klug und willst künftig im Verborgenen hinter Klostermauern leben?"

Yolanda erwidert: „Seit ich denken kann, bin ich Braut Christi. Wäre ich ein Mann, dann würde ich an deiner Seite ins Heilige Land ziehen. An deiner Seite dort zu sein, wo Jesus Christus lebte, wo sein Fuß die Erde berührte, das wäre meine ganze Sehnsucht."

„Die grausamste Art zu sterben kann dort dein Schicksal sein."

Als Tränen aus Yolandas Augen quellen, beugt er sich vor und küsst sie ihr geschwind weg.

„Verzeih mir, es gibt Dinge, über die man nicht reden sollte. Ich verspreche dir, bei deinen Eltern gute Worte für deinen Weg ins Kloster einzulegen. Du musst nur Geduld haben, dann wendet sich alles zum Guten.“

Heinrich zitiert tröstend: „Alles hat seine Stunde, und eine Zeit ist bestimmt für jedes Vorhaben unter dem Himmel. Es gibt eine Zeit fürs Geborenwerden und eine Zeit fürs Sterben. Eine Zeit zu weinen, und eine Zeit zu lachen, eine Zeit zu lieben …“

Nithart ergänzt: „…eine Zeit zu hassen. Glaubt mir, es gibt für den Menschen kein anderes Gut, als sich zu freuen und es sich wohl sein zu lassen in seinem Leben. Ich erkannte, alles, was Gott tut, das ist für immer. Dem gibt es nichts hinzuzufügen, und davon ist nichts wegzunehmen. Gott hat es so gemacht.“

Als seine Worte verklingen, schweigen alle drei, verlieren sich in Erinnerungen, auch in Erinnerungen an ihre Kindertage hier unten am Ufer der Our. Und dabei sind sie sich unendlich nahe. Nithart ist es, der nach einer Weile sagt: „Ein Engel ging gerade vorbei.“

Heinrich setzt lächelnd hinzu: „Wir haben unsere heiligmäßig lebende Yolanda zur Seite, da wird der Teufel sich nicht an uns heran wagen. Er streut vielleicht immer wieder Zweifel in unsere Herzen, versucht uns hartnäckig zum Bösen zu verführen, aber an unserer Yolanda beißt er sich die Zähne aus.“

„Ich möchte nur in der Gnade Gottes leben, an Armen Gutes tun und beten. Wenn ihr von Zweifel redet, weiß ich nicht, was es bedeutet. Ich will im Gebet Gott nah sein“, sagt Yolanda.

Nithart antwortet: „Im Gebet werden wir immer zusammen sein, gleichgültig wohin Gott unsere Schritte lenkt.“

Yolanda legt ihre Arme über Nitharts und Heinrichs Schultern. Nachdenklich blicken sie auf den Fluss, in dem sich die Sonnenstrahlen glitzernd brechen.

Heinrich ist es dann, der Yolandas Worte wiederholt:

„Bei einem Fluss ist es nicht möglich,
zweimal hineinzusteigen in denselben,
auch nicht ein sterbliches Wesen zweimal zu berühren
und zu fassen im gleichen Zustand,
es zerfließt und wieder strömt es zusammen
und kommt her und geht fort.“

Besinnlich und heiter zugleich ist ihre Stimmung. Sie sehen den Schwalben zu, die dicht über der Wasserfläche fliegen, nach Insekten schnappen oder einen Schnabel voll Wasser schöpfen, bevor sie sich wieder in die Lüfte schwingen.

„Wenn sie an Mariä Geburt zur großen Reise in warme Länder aufbrechen, dann schwirren sie uns danach im Orient um die Köpfe“, erzählt Nithart. „Manchmal frage ich mich dann, ob es unsere Schwalben hier aus Vianden sind.“

„Kann das sein?“ fragt Yolanda. Nithart lächelt sie an und zuckt die Schultern.

Als die beiden Männer später ihre Hände unterschieben und Yolanda in ihrer Mitte auf ihren Armen den Berg hinauftragen, ist ihr silberhelles Lachen weithin zu hören. Prustend und lachend setzen sie Yolanda vor die herbeieilende Heilewif auf den Boden.

„Werden die hohen Herren denn nie erwachsen?“ fragt Heilewif spitz.

Heinrich sieht sie grinsend an: „Heiterkeit ist keine Sünde, Griesgrämigkeit viel eher!“

Heilewif zieht eine Schnute, während die beiden Mönche lachend die Treppe hinaufgehen.

Nithart lädt Heinrich für den letzten Abend vor der Abreise nach Roth ein.

„Du kannst auch bei mir übernachten, ich habe meine Sarjanz de mestier und Knappen zur Seite, die sich um unser Wohl kümmern, die allesamt froh sind, wenn sie mir im Frieden dienen können und nicht im blutigen Kampf gefordert sind, mir den Rücken zu decken.“

Heinrich ist nicht abgeneigt, aus dem umtriebigen Lärm der Burg in die Ruhe des Templerschlosses zu flüchten. In später Stunde brechen sie auf und reiten im Licht des Vollmondes nach Roth hinüber, das hoch über der Biegung des Flusses liegt.

Es ist ein wahrhaft mystisches Bild. Nitharts weißer Mantel mit dem blutroten Kreuz leuchtet hell neben dem schwarzen Mantel Heinrichs und den braunen und schwarzen Mänteln des Dutzend Templer-Sergeanten und Knappen. Es ist nur eine geringe Wegstrecke von Vianden nach Roth. Während die Pferde nach der Ankunft im Schlosshof versorgt werden, gehen Nithart und Heinrich hinüber in die Kirche.

Der schlichte Raum ist durch den Mondschein und die Fackeln, die Nithart am Altar entzündet, in ein gespenstisches Licht getaucht. Auf den Altarstufen knien sie nebeneinander nieder und sprechen laut das von Kind an vertraute Vaterunser und Ave Maria.

Danach sitzen sie auf den Altarstufen, wie einst als Kinder nach der Messe in der damals als Mutterkirche von Vianden geltenden Pfarrkirche.

„Wirst du mir von den Geheimnissen eures Ordens erzählen", fragt Heinrich. Fast zaghaft klingt seine Stimme, denn er kann nicht einschätzen, wie der Templer seine Neugier aufnimmt.

Nithart legt den Arm um die Schultern des Freundes:

„Alles, was du hören willst, werde ich dir sagen. In keinem Herzen sonst werden meine Worte so gut behütet sein, wie in deinem."

„Dann berichte mir, was Baphomet bedeutet."

Nithart senkt den Kopf, streicht mit der Linken, den Ellbogen auf seinem Knie abgestützt, über sein Stoppelhaar, dann lächelt er Heinrich an.

„Man erzählt sich, Baphomet gelte als unser Idol. Er ist doppelgesichtig, androgyn, mit Augen aus Karfunkelstein. Es heißt, er schütze vor den Dämonen der Lüfte, vertreibe Gift aus der Luft. Er sei eine Art Orakel, das Fragen verschlüsselt beantwortet. Baphomet gilt als Gral, als Stein der Weisen, identisch mit des Menschen innigster Sehnsucht. Im Orient kannst du das Symbol des Baphomet in Silber oder Elfenbein als kleinen Wendekopf erwerben."

„Bist du dir bewusst, dass solche Geheimniskrämerei mit unbegreiflichen Dingen euch in Verruf bringen könnte?"

Nithart antwortet nicht sofort. Er zündet erst neue Fackeln an. Dann umarmt er Heinrich.

„Glaube mir, mein Heil ist in Gott, der Gral, nach dem so viele streben, ist für mich das Himmelreich."

„Dann sind wir in Gott vereint, das schwör ich dir", beteuert Heinrich.

Noch lange bleiben sie in dieser Vollmondnacht auf den Altarstufen sitzen, um vieles zu bereden, bevor sie am Templerfriedhof vorbei hinüber ins Schloss gehen, um den Rest der Nacht miteinander zu verbringen.

Vigiliae oder matutinae? Nachtgebet oder Morgenlob? Sie hatten die Zeit vergessen.

Noch war der Mond nicht untergegangen. In einem der angenehm eingerichteten Räume hatte die Sarjanz de mestier ein Kaminfeuer entzündet.

Im flackernden Licht der brennenden Scheite sitzen sie nebeneinander auf dem Boden vor dem Kamin.

„Du hast vom Gral gesprochen und von Parzival und dem Urbild des christlichen Ritters, der in schweren Kämpfen Ritterpflicht und Pflicht gegen Gott, Frauen- und Gottesminne zu vereinigen sucht, erzähl mir mehr davon", bittet Heinrich.

„Parzival ist der unerfahrene Jüngling, der auszog, den Hof des Königs Artus zu suchen, aber auf der Gralsburg versagt er, als er es versäumt, die Mitleidsfrage zu stellen. Er wird von der Tafelrunde ausgeschlossen. Jahrelang irrt er umher, von

Trotz gegen Gott erfüllt. Wie Wolfram von Eschenbach berichtet, vollzieht er aber seine Versöhnung mit Gott und erfährt das Gralsgeheimnis."

„Werden wir das Geheimnis je erfahren?"

„Wir kennen es doch längst."

Heinrich lehnt sich an Nitharts Schulter: „Nur weil wir die Dinge nicht sehen, bedeutet es nicht, dass sie nicht da sind."

Nithart zögert, doch dann sagt er: „Weißt du noch, wie wir als Knaben über diese Geheimnisse wisperten, mit der Angst vor dem Bösen im Nacken. Aber glaube mir, während du als Dompropst die Machtansprüche meines Bruders Konrad erlebt hast, seine Machenschaften um den Titel und Besitz des Erzbistums von Köln aus nächster Nähe erfahren hast, war ich unterwegs auf dem Weg der Traumvisionen der Christenheit."

„Traumvisionen?"

„Ja, lieber Heinrich, ich will es dir nicht verschweigen, dass ich nicht wirklich an einen Erfolg dieses neuen Kreuzzugs glaube. Ich kenne zu genau die Lage. Trotzdem werde ich mich nicht verweigern, im Gegenteil, ich habe es mir auf meine Fahne geschrieben, das Heilige Land, vor allem das Grab Christi für die Christenheit zu verteidigen."

„Mit Einsatz deines Lebens?"

Nitharts Antwort kommt sofort: „Im Namen Gottes!"

„Ich bin stolz darauf, dein Freund zu sein", sagt Heinrich.

Und Nithart stößt ihn an der Schulter an und antwortet: „Unsere Freundschaft ist für mich das große Versprechen, dass ich in Gottes Hand geborgen bin."

„Amen", sagt Heinrich.

Sie reden noch viel miteinander, bevor sie das Morgenlob beten und sich im Bewusstsein trennen, dass sie sich vielleicht nie mehr wiedersehen werden.

In der gleichen Nacht steht Yolanda im Licht des Vollmondes am Fenster ihres Gemaches und blickt hinauf in die silbern schimmernde Scheibe mit den seltsamen Konturen eines Gesichtes. Das Atmen ihrer Edelfräulein verrät ihr deren tiefen Schlaf. Auch Beatrix ruht endlich, umarmt von Irmengard und Jutta, erschöpft vom vielen Weinen in der Wärme der großen Bettstatt.

Die Nacht ist keineswegs still, denn immer noch lärmen Knappen und Knechte im Licht des Vollmondes und einiger Fackeln unten im Burghof beim Trinkgelage. Auch vor den Zelten der Ritter gibt es noch lautes Reden und Lachen. Einer der Troubadoure singt ein melancholisches Lied vom Lieben und Sterben.

Yolanda schlägt sich ein wollenes Tuch um die Schultern und begibt sich auf den Weg in die Burgkapelle. Dort will sie die Nacht in der Nähe des Allerheiligsten verbringen. Sie geht durch den Flur, wo sich der eine oder andere in eine Felldecke gehüllt eine Schlafstatt geschaffen hat. Als sie die byzantinische Galerie durchquert, geht sie auf Zehenspitzen an den schlummernden Templern vorbei, deren helle Mäntel, in denen sie eingehüllt schlafen, im Mondlicht leuchten. Irritiert bemerkt sie einen Blick, hört das schnelle Atmen des Templers und seines Gefährten, der dicht an ihn geschmiegt hinter ihm liegt, das Gesicht an seinem Rücken geborgen. Yolanda huscht vorbei und sieht zu, dass sie schnell aus dem Blick dieser Augen verschwindet.

Sie muss bei dem Gedanken lächeln, dass sie vielleicht im Gedächtnis dieses Templers als das Gespenst einer weißen Frau auf der Burg Vianden in Erinnerung bleiben wird.

In der Burgkapelle geht sie an die Altarstufen und lässt sich zu Boden gleiten, ganz wie sie ihre vollkommene Hingabe an Gott von frühester Kindheit her zelebriert. Yolanda betet mit ausgebreiteten Armen am Boden liegend und spricht sich die große Sehnsucht ihres Lebens von der Seele. Tränen rinnen ihr über die Wangen, als sie immer und immer wieder um Erfüllung ihres Wunsches fleht, in Keuschheit und unberührt von den Versuchungen der Welt im Kloster Mariental leben zu dürfen.

„Lass uns miteinander reden", sagt eine Stimme, „du bist eine Frau, aber deine Worte in deinem innigen Gebet haben mir gezeigt, dass du Gott um die gleiche Gnade anflehst, wie ich es einst getan habe."

Aus dem Dunkel zwischen Säulen und Wänden löst sich die Gestalt des Dominikaners Thomas von Aquin. Yolanda, die sich erschreckt aufrichtet, sieht den Aquinaten vor sich stehen, hoch aufgerichtet, im flackernden Licht der Fackeln wirft er einen großen Schatten. Während er sich seitlich vor ihr auf den Altarstufen niederlässt, erhebt sich Yolanda und setzt sich zu seinen Füßen nieder.

In heimlich ausgetauschten Briefen hatte Walther ihr mit den Questiones disputatae de veritate das philosophische Denken des Aquinaten erschlossen, Untersuchungen über die Wahrheit, die sie in eine ihr bisher unbekannte Gedankenwelt entführten. „Zum ersten Mal erlebe ich lebendige Philosophie“, hatte sie zurück geschrieben, „es öffnen sich nun mühelos Türen.“

„Wie stehst du zu Walther“, will Thomas wissen.

Wie aus tiefen Träumen auftauchend, blickt ihn Yolanda verwirrt an.

„Wie stehst du zu ihm?“ fragt er erneut.

„Er ist ein Weg für mich.“

„Nichts anderes?“

„Die Sehnsucht meines Herzens und meines Lebens heißt Gott und nie, nie wird mich ein sterblicher Mann berühren dürfen.“

„Er liebt dich, du bist die Versuchung seines Lebens.“

Yolanda senkt schweigend den Kopf.

„Hast du gehört, was ich gesagt habe?“

„Er ist nur ein Weg!“

Fast zornig klingt Yolandas Antwort.

Der Dominikaner betrachtet sie nachdenklich. Hatte sein Predigermeister nicht davon gesprochen, dass man sie wegen ihres Ungehorsams in den Turm werfen will? Dass ihre Mutter und ihre Geschwister gegen ihre Hingabe an Gott sind, und dass sie alles tun, um sie von Mariental abzubringen? Heißt es nicht, dass bereits ein Bräutigam feststeht, durch den Macht und Ansehen der Familie noch gemehrt werden?

Seine Blicke gleiten über das schöne Gesicht, das von den offenen Haaren eingerahmt ist. Die Augen gesenkt, die gefalteten Hände im Schoß, ganz und gar eingehüllt in das wollene Tuch sitzt das Mädchen vor ihm.

Braucht es seinen Zuspruch? Sollte er Mut machen? Im Gebet Stärke und Zuversicht erbitten? Er beschließt, von seiner eigenen Geschichte zu reden. Mit leiser Stimme beginnt Thomas zu erzählen: „Schon als kleiner Junge beschäftigte ich mich mit den göttlichen Dingen, von anderen Dingen hörte ich schon im zartesten Alter nicht gerne reden. Fiel gar ein Wort, das der Ehrfurcht gegen Gott abträglich schien, entfernte ich mich immer aus jener Gesellschaft. Frömmigkeit und Demut waren mir die wichtigsten Tugenden.

Unter der Anleitung der Dominikaner in meiner Heimatstadt Neapel widmete ich mich den höheren Studien und trat in den Predigerorden ein. Meine Mutter ist eine gottergebene Frau, aber sie wünschte eine längere Prüfung meines Entschlusses, auch meine Brüder waren vollkommen gegen meinen Eintritt ins Kloster.

Während einer kurzen Reise lauerten sie mir auf, ergriffen mich und warfen mich in den Turm unserer Burg. Ich nutzte diese Gefangenschaft zum Studium der Philosophie und festigte mit innigem Gebet meinen Entschluss, ganz und gar nur Gott zu dienen. Auch mit Gewalt gelang es niemand, mir mein Ordensgewand zu entreißen.

Meine älteste Schwester redete mir zu, in die Welt zurückzukehren. Aber in unseren Gesprächen brachte ich sie Gott näher, mit dem Erfolg, dass sie Benediktinerin wurde.

In der Versuchung, in der es zwar viele Kämpfer, aber wenig Sieger gibt, bekam ich von Gott die Gnade des Sieges geschenkt. Meine Brüder hatten in schlimmer Absicht ein schönes Mädchen zu mir geschickt, das mich umgarnen wollte. Obwohl ich keine andere Liebe kenne, als die zur himmlischen Weisheit, fühlte ich doch beim Anblick dieses Mädchens, wie mich sinnliche Gefühle zu übermannen drohten. Ich nahm ein brennendes Scheit aus dem Kamin und verjagte damit die Versucherin. Zur heilsamen Erinnerung zeichnete ich mit dem Ruß des glimmenden Holzstückes ein Kreuz an die Wand und bat Gott, er möge mich in Zukunft vor allen Versuchungen bewahren.

In der Nacht träumte ich, dass zwei Engel mich unter brennenden Schmerzen umgürteten und mir versprachen, dass, solange ich lebte, meine Keuschheit keine Verletzung erfahren würde. Fortan vermied ich aufs Peinlichste jedes einsame Zusammensein mit einer Frau.

Aber längst habe ich durch meine Studien andere Welten kennengelernt und Erkenntnisse gewonnen, die mir mehr Glück geben, als es der Verlust meiner Keuschheit tun könnte.

Mein Verhalten und meine Versunkenheit in Gott wandelten schließlich den Sinn meiner Mutter. Meine Schwestern ließen mich in einem Korb vom Turm herunter. Unten warteten bereits einige der Prediger, die mich ins Kloster zurückbrachten und so vor meinen Brüdern beschützten. Unser Ordensgeneral schickte mich nach Köln zu meinem Predigermeister Albertus, dessen Schüler ich jetzt bin."

Eine Weile schweigen beide. Wie ähnlich unsere Geschichten sind, denkt Yolanda. Gewiss hat er von Albertus in den vielen Stunden des Weges von Köln nach Vianden alles über den Streit mit der Mutter und den Verwandten erfahren. Sie ist sich sicher, dass auch Walther viel von ihr erzählte. Er wird ihren Willen geschildert haben, in Keuschheit und unberührt im Kloster leben zu wollen.

„Ich will nichts anderes, als Gott zu dienen, Braut Christi zu sein und die Muttergottes zu verehren. Die Lust der Welt ist mir zuwider."

Thomas sagt leise: „Alle Dinge werden zu einer Quelle der Lust, wenn man sie liebt. So sind Gott und das Klosterleben für dich längst die süßeste Lust geworden."

Der Blick des Aquinaten ruht prüfend auf Yolandas Gesicht. Schön und ebenmäßig sind die Züge, die im flackernden Licht der Fackeln einen rosigen Schimmer haben. Fein gezeichnet zeigen sich Mund, Nase und Stirn. Die Worte zart und lieblich drängen sich ihm auf. Wie wahrhaftig ist der Sinn der jungen Gräfin, deren Eigensinn sprichwörtlich zu sein scheint? Alle Welt redet über ihren Ungehorsam, den sie den Eltern gegenüber zeigt.

„Wenn mir Jesus Christus und das Klosterleben längst die süßeste Lust geworden sind, wie Ihr sagt, dann hat meine Seele noch mehr Grund zu jubeln."

Sanft klingen Yolandas Worte. Demütig neigt sie ihren Kopf.

„Dann bleibt mir nur, dich zu segnen", sagt Thomas. Yolanda bekreuzigt sich, während der Aquinat betet und sie segnet.

KAMPF UND DEMÜTIGUNG

6. Kapitel

Mit dem gesamten Hofstaat ziehen Gräfin und Graf von Vianden auf eine ihrer vielen Burgen, diesmal auf ihre neue Burg Schönecken südlich von Prüm. Noch wird an diesem nördlichsten Punkt ihres Herrschaftsgebietes eifrig gebaut, aber trotzdem lässt es sich schon bequem wohnen.

Ein Fest reiht sich an das andere. Yolanda versucht immer wieder, sich der fröhlich lärmenden Gesellschaft zu entziehen und im Gebet vor ihrem Triptychon Ruhe zu finden. Aber ihr Verhalten schürt das abfällige Reden über das Kloster Mariental, erst recht, als Yolandas Cousinen, die Äbtissinnen der reichen Klöster, sich einschalten. Es ist so, wie Heinrich es einst vorher gesagt hat: „Die Äbtissinnen werden sich um dich streiten."

Die am meisten keift und zetert, ist Hymana. Doch Yolanda hält ihr vor, dass sie als kleines Mädchen, damals im Kloster Salsine, vergebens um Aufnahme gebettelt habe. Jetzt gebe es nur noch eines für sie: „Ich gehe ins Kloster, über den Orden und mein Leben wird Gott allein entscheiden!"

Es gibt Tage, an denen Yolanda fast verzagt, aber dann kommt unverhofft ein Brief von Walther und schon schöpft sie aus seinen Worten wieder Mut. Sie schreibt ihm ein übers andere Mal: „Ich halte dieses Gezerre nicht mehr aus."

Graf Heinrich, dem das Streiten um Yolanda zuwider ist, kümmert sich um seine Ländereien, seine Vogteien und besucht seine Lehensgüter.

Bei den Festen ist er auf Wunsch seiner Frau stets zur Stelle, residiert mit ihr an seiner Seite und führt mit seiner schönen Tochter die Tänze an. Mit Vergnügen sieht er die jungen Herren ihr schmeicheln und Reverenz erweisen.

Während er sich zufrieden lächelnd im Stuhl zurücklehnt, greift er nach der Hand seiner Frau und drückt sie zärtlich: „Das letzte Wort über Yolandas Klosterleben ist noch nicht gesprochen."

Ihren zweifelnden Blick erwidert er mit einer Kusshand und einem spitzbübischen Grinsen.

„Unsere anmutige Tochter ist ganz und gar das Abbild meiner wunderschönen Frau!"

Die Gräfin lächelt ihn an. Dann verzieht sie ihr Gesicht zur Grimasse und rollt die Augen.

Heinrich lacht und ruft übermütig: „Du kannst tun, was du willst, für mich bist und bleibst du das schönste Geschöpf auf Erden."

Eines Tages kommt ein Knecht des Grafen von Luxemburg geritten und bringt die Nachricht, dass die Gräfin schwanger sei und die Gräfin von Vianden sofort kommen möge, um ihr beizustehen.

Yolanda jubelt bei dem Gedanken, dass sie die Mutter vielleicht begleiten darf und damit zum ersten Mal Gelegenheit hätte, auf diesem Weg das Kloster Mariental zu sehen. Die Mutter nimmt Yolanda zwar mit, lässt sie dann aber mit ihren Edelfräulein auf der Hofburg in Vianden mit dem Hinweis zurück, die Luxemburgerin warte schon ungeduldig auf ihren guten Rat. Eile sei geboten. Der Umweg über Mariental koste zuviel Zeit.

Mit Liebe und Zuneigung begegnen sich die beiden Gräfinnen in Luxemburg, verabreden aber nach kurzer Zeit ein erneutes Treffen, wenn die Schwangerschaft weiter fort geschritten sei.

Die Gräfin von Vianden reist allerdings auf dem Rückweg über Mariental, in der Absicht, sich diesen Ort im Tal der Eisch genau anzusehen.

Es gibt viel Aufregung, als die Nonnen dort bemerken, wer ihr hoher Gast mit der zahlreichen Begleitung ist. Ehe sie sich versehen, streifen die Gäste durch alle Räume und prüfen jede Ecke. Dabei wird deutlich, dass leider noch alles unansehnlich ist. Das Dach ist nur mit Ginster gedeckt, die Mauern sind niedrig und die Armut ist groß.

„Der Ort und der ganze Orden sind mir ein Ärgernis", ruft die Gräfin zornig, „ein Nichts!"

Wütend zieht sie davon.

In Vianden angekommen, flucht, schilt und streitet die Gräfin mit ihrer Tochter: „Wüst, gering und allzu kahl ist alles. Die Frauen sind arm und eine große Wildnis breitet sich um das Kloster aus!"

Als Yolanda sich unbeeindruckt zeigt von dieser Schilderung, schreit ihre Mutter voller Wut: „Wildnis und sonst nichts!“

Für Yolanda gibt es nur eins: „Liebe Mutter, würdet Ihr mir erlauben, den Ort anzusehen? Was immer danach geschehen mag, ich werde mich damit zufrieden geben.“

Die Gräfin stimmt nach kurzer Überlegung zu: „Ja, ich will dich sehr bald dorthin bringen, damit du die wilde und wüste Stelle siehst, nach der du so großes Verlangen hast. Tochter, ich fürchte, du wirst dort auf traurige Weise erniedrigt. Der Wald ist groß, das Kloster klein und ungeschützt, Gaunern und Verbrechern zugänglich. Du könntest dort schnell gegen deinen Willen große Schmach erleiden.“

Der Zorn der Mutter geht ihr nahe, aber innerlich jubelt Yolanda bei dem Gedanken, dass sie schon bald in Marienthal leben könnte.

Der Erzbischof von Köln bittet seine Verwandten zu kommen, um über die geplante Heirat Yolandas mit dem Monschauer zu sprechen.

Während Yolanda bei den jungen Leuten sitzt, beraten ihre Verwandten den Streit um ihren Eintritt ins Kloster.

Der Graf und die Gräfin von Vianden erzählen ihrem Neffen Konrad von ihrem Kummer: „Wir müssen Euch von unserem Schmerz berichten. Yolanda sagt offen, dass sie keinen Mann will.“

Der Bischof schaut beide ratlos an: „Was will sie dann?“

Die Eltern bitten: „Fragt sie selbst. Wenn Ihr sie zu einer Sinnesänderung bewegen könnt, wäre es genau das, was wir brauchen. Versucht es!"

Der Erzbischof lässt Yolanda sofort holen und brüllt sie zornig an: „Jungfrau, was denkt Ihr Euch? Wer hat Euch zu der Verwegenheit gebracht, gegen den Willen der Eltern zu sein? Habe ich nicht den besten Mann für Euch gewählt?"

Yolanda bittet den Vetter, vertraulich mit ihm sprechen zu dürfen. Er nimmt sie beiseite, aber dann ergießt sich eine Scheltrede über sie, die von allen gut zu hören ist.

„Was glaubst du, wer du bist?"

„Ich weiß, dass ich ein Kind Gottes bin, nicht mehr und nicht weniger."

„Damit du es jetzt und für immer begreifst: Du bist ein Weib, das zuerst dem Vater Gehorsam schuldet und dann dem Mann, der dich zum Eheweib nimmt. Hast du das verstanden?"

Konrads Stimme überschlägt sich bei diesen Worten.

Still und voller Demut steht Yolanda vor dem Erzbischof von Köln. Sie fürchtet diesen Mann nicht, vor dem alle zu Kreuze kriechen.

Konrad wendet sich schließlich in ohnmächtigem Zorn von ihr ab. Weinen und Jammern der Verwandten ringsum besänftigen ihn nicht.

„Habe ich nicht klug das Eheprojekt mit dem Monschauer eingefädelt? Was denkt sich dieses Mädchen?" ruft er wütend in die Runde.

Ihm, vor dem längst die Mächtigen des Abendlandes zurückweichen, will Yolanda die Stirn bieten? Zornesrot geht er zu den Eltern und schreit unbeherrscht: „Ist es schon soweit gekommen, dass ein junges Weib uns widerspricht?"

Die Eltern erschrecken über die Wut des Neffen. Sie schweigen betroffen.

Vielleicht ist es diese Härte vor allen Verwandten, die das Herz der Mutter rührt. Sie verspricht, Yolanda mitzunehmen, wenn sie jetzt bald den weiteren Besuch bei der Gräfin von Luxemburg unternimmt. Allerdings drängt die Mutter darauf, dass Yolanda mit den prächtigsten Festkleidern reisen muss, die Truhe gefüllt mit Bändern, Geschmeide und schönen Kränzen.

Um schneller voran zu kommen, reist die Gräfin in kleiner Gesellschaft nach Luxemburg. Die übliche Begleitung einiger Ritter und Knappen, dazu zwei ihrer Hofdamen, die für ihr Wohlbefinden sorgen müssen, reichen ihr aus. Yolanda hat Heilewif zur Seite, muss jedoch ohne ihre Edelfräulein auskommen.

Was an Reisetruhen notwendig ist, wird auf Pferden festgebunden.

Auf dem Weg nach Luxemburg ist Yolanda fröhlich, lacht und singt. Die Reise geht durch die liebliche Landschaft, die zum Herrschaftsbereich ihrer Eltern gehört. Die zahlreichen Burgen ihrer Lehensmänner vermitteln Sicherheit und bieten Gastrecht. Über Waxweiler und Krautscheid, mit Rast und Pferdewechsel auf Burg Neuerburg an der Enz, kommt die Reiterschar zügig voran. Auch in Vianden wird Station gemacht. Über den Berg hinweg erreicht die Reisegesellschaft Diekirch und reitet an der Sauer entlang nach Ettelbruck und weiter durchs Tal der Alzette nach Mersch. Allerdings bewegt sie sich in diesen Flusstälern schon längst auf Luxemburger Land.

Für Yolanda ist es ein aufregender Moment, als ihre Mutter das Zeichen gibt, nach Südwesten in das Tal der Eisch einzubiegen.

Der Gräfin entgeht diese Gemütsbewegung nicht. Noch lächelt sie darüber und sagt: „Der nächste Ort ist schon Mariental, danach findest du in diesem einsamen Tal nur noch Ansemburg und Septfontaines."

„Mariental", flüstert Yolanda.

„Der einsamste Fleck auf dieser Erde", bekräftigt die Mutter mit ironischem Lächeln, „wüst, gering und kahl, Wildnis und sonst nichts!"

Das romantische Flusstal erscheint der Grafentochter jedoch wie eine himmlische Aue, die ins Reich Gottes mündet. Ihr Herz zittert beim Gedanken an den Ort ihrer Sehnsucht. Der Fluss, der ihr durch den Wiesengrund entgegenströmt, ist für sie der Künder allen Glücks. Als die Reisegesellschaft schon nah beim Kloster Mariental angelangt ist, bittet sie die Mutter, vorausreiten zu dürfen. Sie möchte für eine kurze Zeit, bevor der ganze Tross ihrer Begleitung das Kloster erreicht, dort verweilen.

Die Mutter erlaubt es mit den Worten: „Versprichst du mir, keinen Aufruhr zu verursachen und keine Torheit zu begehen? Dann will ich dich das arme Kloster und den wüsten Ort ansehen lassen, wo du so gerne leben möchtest."

Yolanda verspricht nichts zu tun, was sie später bereuen müsste: „Mutter, seid dessen gewiss, glaubt es mir."

„Liebe Tochter, willst du das fest versprechen?"

Yolanda überlegt schnell. In ihrer Aufregung, dass sie in ganz kurzer Zeit den Hort ihrer Sehnsucht erreichen wird, beteuert sie erneut: „Ich will keine Art von Torheit begehen, die ich bereuen müsste."

Wozu eine lange Rede. Yolanda fiebert dem Kloster entgegen. Geschwind werden dort alle Türen geöffnet. Auch Walther, den eine heimlich zugesteckte Nachricht erreicht hat, steht mit weiteren Predigern unter den Nonnen am Tor, um Yolanda zu empfangen. Er lächelt, als er sie fröhlich rufen hört, sieht, wie sie ihrem Pferd die Sporen gibt und in gestrecktem Galopp vor ihren Begleitern herreitet, um ihm dann vom Pferd herunter direkt in die Arme zu fallen.

Außer Atem schmiegt sie sich an ihn, voller Glück, dass sie endlich ihr Lebensziel erreicht hat. Wilde Küsse treffen sein Gesicht. Immer wieder bricht sie in Lachen aus. Sie kann es kaum fassen, was ihr geschehen ist.

Walther blickt in die Runde der Gaffer, die verwundert diese Begrüßung beobachten. Er ist der Einzige, der weiß, welche Sehnsucht gerade ihre Erfüllung findet. Er ist auch der Einzige, der weiß, dass Yolanda aus tiefstem Herzen nur Gott liebt, dass er, Walther, sich mit der Rolle des Vertrauten zufrieden geben muss. Yolanda fasst übermütig nach seiner Hand und lässt sich von ihm überall herumführen. Prüfend streift sein Blick immer wieder das schöne Mädchen an seiner Seite, um abzuschätzen, wie die Armut des Ortes wirkt. Was empfindet diese Prinzessin, die das glanzvollste Leben im Schoß ihrer mächtigen Familie genießen kann? Yolanda macht keinen Hehl daraus, dass ihr sehr wohl die Einfachheit und Armut des Ortes ins Auge springen, aber voll Überzeugung flüstert sie Walther zu: „Meine Familie wird mir die Mittel nicht verweigern, um hier das Notwendige zu tun."

„Vergiss nicht, dass wir ein Bettelorden sind", sagt Walther, „ich bin es gewohnt, meiner Pflicht zu leben, zu predigen und auf Speise und Nachtlager zu hoffen."

Inzwischen zieht der Tross der Gräfin von Vianden in den Hof des Klosters ein, wo man alle freundlich und mit Demut empfängt. Im Handumdrehen ist alles in Besitz genommen. Die Nonnen haben alle Hände voll zu tun, um Pferde zu füttern und zu tränken, den Hunden gerecht zu werden, die ihnen kläffend über die Füße springen, und den hungrigen und durstigen Männern die karge Tafel zu richten. Geschrei von allen Seiten macht die kleine Schar von Nonnen kopflos.

„Wie wird dieses Haus geführt? Gibt es überhaupt Regeln?" Der spöttische Ton der Gräfin hat eine gewisse Schärfe, die sich steigert als sie fortfährt: „Es scheint mir hier an allem zu mangeln!"

Die Priorin versucht mühsam ihren Ärger über diese abfälligen Worte der Viandenerin zu verbergen, kann sich jedoch nicht verkneifen, dieser hochmütigen Person zu entgegnen: „Wir sind ein Bettelorden, der Armut verpflichtet. Ihr steht hier vor mir auf Luxemburger Land, seid also mit Eurer Reisegesellschaft mein Gast. Es soll Euch an nichts fehlen."

Mit einem Blick in die Runde, der ihr zeigt, dass sich alle schon an dem Wenigen, das vorhanden ist, bedient haben, setzt sie zynisch hinzu: „Nehmt Besitz von allen Dingen, derer Ihr bedürft."

Die Gräfin verzieht nur spöttisch das Gesicht und lässt sich danach die Räume zeigen, auch den ärmlichen Bau, der als Kirche dient.

Die Mutter lässt sich von der Priorin erklären, nach welchen Regeln die Dominikanerinnen leben, wie sie Klausur halten, arbeiten und beten. Währenddessen bittet die Tochter die jungen Nonnen darum, ihr den Ort zu zeigen, wo sie tun könne, was man nach einer langen Reise wohl tun muss.

Mit Walthers Anleitung hat sie sich diesen Handstreich sehr gut ausgedacht. Sie schließt die Tür hinter sich zu und kann durch eine andere flüchten. Sie kommt in die Küche, sieht, dass sie, wie geplant, ohne Aufsicht ist, und bittet die Nonnen: „Bringt mir schnell das geistliche Gewand und eine Schere. Ich tue jetzt, was ich tun muss, und sollte es mich mein Leben kosten."

Obwohl die Dominikanerinnen ängstlich reagieren, bringen sie das Verlangte. Yolanda löst in Eile die kostbaren Bänder ihres Kopfschmuckes, lässt Taft, Borten, Seidenstoff und Geschmeide zur Seite fliegen, legt ihr prächtiges Kleid ab, streift sich das Ordensgewand über und befiehlt, ihr das Haar abzuschneiden. Die Schwestern sehen das goldfarben glänzende Haar, das bis zur Erde reicht, und wagen es nicht, die Schere anzusetzen. Da greift Yolanda selbst nach der Schere und schneidet ohne zu zögern ganze Büschel ab.

Klösterlich gekleidet steht sie nun und ist sich bewusst, sie hat den Kampfplatz betreten.

Im Chor der kleinen Kirche kommen schnell alle Nonnen zusammen, um die neue Braut Christi zu begrüßen. Mit hellen Stimmen singen sie: „Veni, creator spiritus!"

Die Gräfin von Vianden, die neben Walther mit ihrer Gesellschaft noch am Tisch sitzt, hört den Gesang und fragt misstrauisch, was das zu bedeuten hat. Walther zögert mit der Antwort, aber als die Gräfin bemerkt, dass alle Nonnen nach und nach in den Chor gelaufen sind, erkennt sie die Situation. Zorn und Schmerz schwemmen ihre Beherrschung hinweg. Sie läuft in den Chor, sieht Yolanda im Habit knien, reißt ihr den Schleier vom Kopf, greift in das verstümmelte Haar und zerrt ihre Tochter an den verbliebenen Büscheln hinter sich her.

Sie zieht, zerrt und schreit: „Yolanda, was hast du getan? Was hast du getan? Du musst weg von hier! Sofort!"

Yolanda fällt ihrer Mutter zu Füßen, faltet fest die Hände und fleht um Gnade: „Lasst um der Liebe Gottes willen diesen Zorn. Den Ort hier habe ich mir auserwählt. Hier muss ich bleiben."

Voller Wut brüllt die Mutter: „Auch wenn du dein Gelübde schon abgelegt hast, du musst sofort von hier weg."

Sie reißt Yolanda alles vom Leib, was sie nur greifen kann und zerrt sie der Tür entgegen. Aber Yolanda hält dagegen, so heftig, dass es ihr schließlich gelingt, in einen Raum zu fliehen, den die Hausmagd sofort hinter ihr abschließt.

Die Mutter tobt und schreit. Die verängstigten Nonnen rücken zur Wand. Ritter und Knappen rennen gegen die verschlossene Tür an, aber sie gibt nicht nach.

Als die Gräfin das sieht, befiehlt sie ihnen, über die Mauern zu klettern. Die Hausmagd, die die Männer neben sich ins Gras springen sieht, sperrt aus Furcht geschwind die Tür wieder auf. Sofort laufen alle kreuz und quer von Versteck zu Versteck, aber Yolanda hat sich gut verborgen.

Walther sieht und hört ungläubig, was an Lärm und Wut um ihn herum geschieht, welche Unruhe man überall im Kloster verursacht. Ihn verdrießt diese Ungehörigkeit. Er ruft die Nonnen zusammen. Sie fallen der Gräfin von Vianden zu Füßen, bitten um Gnade, aber sie ist immer noch außer sich vor Zorn. Sie befiehlt, alles aufzubrechen, was verschlossen ist. Ihr Gesinde geht lautstark an die Arbeit.

Die Nonnen flehen wieder um Gnade, aber die Gräfin denkt nicht an Mäßigung. Sie schreit: „Eure Bitte bedeutet gar nichts. Mein Kind ist nicht wie ein anderes Kind. So gut, so lieb wurde nie ein Menschenkind erzogen. Wie könnte ich es aufgeben? Mein Leib und auch mein Leben hängen an meinem Kind. Ich liebe es über alle Maßen. Bringt mir meine Tochter sofort her! Denn das kann nicht anders sein, sie muss von hier fort!"

Die Dominikanerinnen sind voller Furcht. Walther versucht die Gräfin zu besänftigen: „Gebt Eurer Tochter das feste Versprechen, dass sie von Euch nichts zu befürchten hat. Den Nonnen rate ich, dass sie das Mädchen herbringen. Wenn Yolanda weggehen will, so möge Gott sie führen. Wenn sie hier bei den Nonnen bleiben will, so sei Euch das lieb."

Die Gräfin willigt ein: „Wenn das geschieht, nehme ich das an!“

Yolanda wird herbeigeführt und fällt sofort vor der Mutter auf die Knie: „Gnade, lasst Gott zuliebe Euren Zorn. Was ich in bester Absicht angefangen habe, das lasst mich vollenden. Ich will bei diesen Nonnen hier bleiben. Gnade, meine liebe Mutter!“

Sie fleht um Verständnis, mit vielen Worten um Verzeihung, aber die Mutter greift ihr mit Wut verzerrtem Gesicht wieder ins abgeschnittene Haar und versucht sie hinauszuschleppen.

Yolanda schweigt, aber dieses Schweigen steigert noch die Raserei der Mutter.

Erneut reißt sie, schlägt und zerrt und schreit: „Entweder du kommst jetzt mit mir von hier weg oder ich lasse alles niederbrennen.“

Keiner wagt es, die Tobende aufzuhalten. Die Prediger, die Priorin und die Nonnen sehen diesem Schauspiel zu, aber niemand sagt ein Wort gegen die Gräfin.

Nur Walther wird es zuviel, er ruft: „Warum steht ihr Nonnen so ängstlich da? Seht ihr nicht das junge Mädchen, eure Schwester, in Bedrängnis stehen? Ihr solltet zusammen vortreten und ihr beim Weggehen beistehen.“

Er selbst versucht Yolandas Haar aus der Hand ihrer Mutter zu lösen, auch einige der Nonnen fassen Mut und helfen ihm gegen die Tobende. So kommt Yolanda frei, aber einer der Knappen eilt herbei, ergreift sie und will die noch gebeugt auf Knien Liegende zur Tür hinaus schleppen. Yolanda, die zuerst

glaubt, ihre Mutter sei es, erkennt den Knappen.

„Du erbärmlicher Knecht, du wagst es, Hand an mich zu legen?“

Voller Mut ballt die Grafentochter ihre Faust und versetzt ihm einen heftigen Schlag aufs Auge, sodass er jammert: „Ach weh, mein Auge, ich bin vielleicht blind geworden. Kein Schlag tat mir jemals so weh!“

Er rennt davon und alle anderen weichen hinter die Gräfin zurück. Sie droht: „Tochter, wähle zwischen zwei Möglichkeiten, sag schleunigst ja oder nein, entweder du kommst mit mir weg von diesem unseligen Ort oder ich verbrenne dich hier und auch das Kloster bis in den Grund.“

Yolanda aber erwidert mit fester Stimme: „Es ist vergeblich, was Ihr mir androht, ich werde nimmermehr von hier weggehen!“

Der Zorn der Gräfin ist entsetzlich. In der Nacht entfacht die Tobende immer wieder an unterschiedlichen Stellen Feuer, das die Nonnen verzweifelt löschen. Das Geschrei, der beißende Rauch, das Wassereimer Schleppen machen die Nacht zum Albtraum.

Während Yolanda sich wieder versteckt, kniet Walther betend an den Altarstufen. Doch auch bis hierhin dringen Lärm, Gekreische und Poltern. Er hält sich die Ohren zu. Was hat er falsch gemacht? Nichts! Erst der Weg seiner Gewissenserforschung hilft ihm die Dinge zu sehen, wie die Gräfin sie empfindet. Er ist sich jedoch keiner Schuld bewusst. Was er sich eingestehen muss – es ist unbestritten ein Kampf zwischen der

Gräfin und ihm. Der Preis ist Yolanda. Es geht darum, welchem Mann sie zugeführt werden soll. Der Sieger wird nicht der Monschauer sein, dessen ist Walther sich gewiss. Yolanda wird an ihrem göttlichen Bräutigam festhalten.

Der Lärm hat sich noch gesteigert. Wie eine Furie tobt die Gräfin durch die ärmlich eingerichteten Räume und zerstört, was ihr in die Hände gerät.

Vergebens versuchen die beiden Hofdamen ihre Herrin zu beruhigen. Auch die Ritter und Knappen kommen nicht gegen die Gräfin an. Ihrer Begleitung bleibt nichts anderes übrig, als hinter ihr herzurennen, um sie vor Schaden für sich selbst zu schützen. Niemand wagt es, die Gräfin anzufassen und ihrer Raserei Einhalt zu gebieten.

Erst als sie erschöpft am Fuß einer Treppe zusammensinkt, kehrt Stille ein. Man bettet sie an Ort und Stelle, damit der Schlaf, der sie übermannt, nicht gestört werde. Um sie herum atmen die Frauen und Männer auf. Mit zerfetzten Kleidern und verschmiertem Gesicht liegt die Gräfin zu Füßen ihrer Lehensmänner und Hofdamen. Auch sie sind verschmutzt und ermattet von der Raserei dieser Nacht. Die Dominikaner, die Priorin und ihre Nonnen, ebenfalls schlimm zugerichtet durch den beißenden Rauch und die Löschversuche, gehen schweigend zum Gebet hinüber in ihre Kirche.

Am frühen Morgen zieht die Viandenerin mit ihrem Tross davon, um beim Grafen von Luxemburg Hilfe zu holen.

„Ich werde dich nicht an diesem elenden Ort lassen“, ruft sie Yolanda zu und gibt ihrem Pferd die Sporen.

YOLANDAS PYRRHUSSIEG

7. Kapitel

Yolanda glaubt, dass sie nun im Kloster bleiben könne. Sie beredet die Priorin und ihre Nonnen, sie neu mit Schleier und Gewand einzukleiden.

Die Priorin, die sich das Geschehen der üblen Nacht noch einmal vor Augen hält, zögert: „Ihr seid noch zu jung, außerdem wird Eure Mutter, erfüllt von Zorn, niemals zustimmen."

Yolanda bittet Walther um Hilfe.

„Du musst Geduld haben", antwortet er und ermutigt sie, sich in den Klosteralltag einzufügen. Die Tage verlaufen, wie die Ordensregeln es vorschreiben. Über die schrecklichen Geschehnisse verliert niemand ein Wort. Auch Heilewif verhält sich still. Ihr Schützling muss diesen Streit allein durchstehen. Eines steht jedoch fest – sie wird Yolanda folgen, gleichgültig wie sich ihr Schicksal auch wenden mag.

Yolanda lässt nicht nach mit Bitten. Sie überdenkt noch einmal die gebrochenen Versprechen, sowohl von der Mutter wie auch von ihr selbst. Sie quälte sich bisher mit der Forderung des Gebotes, Vater und Mutter zu ehren. Für sie gibt es nun keinen Zwiespalt mehr – sie weiß, was sie will! Ihr Entschluss steht fest, sie wird diesen Ort nicht mehr freiwillig verlassen.

Als man sich zum Essen niedersetzte, hat sie gesehen, dass die Speisen schlecht und gering sind und das Brot grob und trocken. Wie gewaltig ist doch der Unterschied zum Prunk der Viandener.

Walther beobachtet Yolanda sehr genau. Verzieht sie missbilligend den Mund beim Blick auf die armseligen Speisen?

Hatte Yolanda nicht jahrelang die süßen Speisen, die sehr gute Kost, Gebratenes und Gesottenes an der reichen Tafel ihrer Eltern verschmäht? Wollte sie nicht schon immer Gott zu Ehren darben und verzichten?

Walther sieht ihre Genügsamkeit und Demut mit Freude, auch dass sie die Priorin wiederholt innig um Ordenskleid und Schleier bittet.

„Immer war es mir, als hätte der Herr mir etwas aufgespart, was ich nur hier finden kann", sagt Yolanda zu Walther, „es ist ein Geheimnis, das sich nicht auf einmal enthüllt."

Tatsächlich ist es für sie die Stunde des Hinabsteigens in die Bedeutungslosigkeit, ganz wie sie es sich immer ersehnte. Würde sie denn hier in Mariental leben, wie jede andere? Die Schwestern fürchteten sich allein schon vor ihrem Namen. Versank mit der Welt, die sie beim Überschreiten der Klosterschwelle von Mariental hinter sich gelassen hatte, nicht zugleich alles, was ihr bisher Ansehen verlieh?

„Kann sie auch gut nähen?" fragen die Nonnen.

„Kann sie überhaupt putzen und Wäsche waschen?"

„Ist sie sich bewusst, dass wir hier in einem Bettelorden leben und nicht die Annehmlichkeiten der Klöster für adlige

Damen bieten?“

„Bisher hat sie uns nur Kummer gemacht!“

Die Nonnen flüstern zwar nur miteinander, der Priorin und auch Walther bleibt dieser Unfriede jedoch nicht verborgen. Immerhin ist Yolanda nach wie vor wie eine Prinzessin gekleidet. Unter den Nonnen leuchtet sie bunt wie ein Paradiesvogel.

Die Grafentochter bemüht sich mit einer rührenden Kindlichkeit, sich die Hausordnung einzuprägen, allen Forderungen zu entsprechen und sich in alles Neue und Ungewohnte zu fügen.

„Unser Kloster ist kein Schloss mit einer Schar von Mägden und Knechten, daran musst du dich gewöhnen“, giftet eine der Nonnen.

Yolanda kann nur sehr schlecht nähen und nicht nur das, sie ist in allen häuslichen Arbeiten so umständlich und ungeschickt, dass es ein Jammer ist. Natürlich hat sie unter der strengen Anleitung ihrer Mutter gelernt, wie ein Herrschaftshaushalt zu führen ist, wie Dienstleute angewiesen werden, wie große Feste auszurichten sind: „Was man nicht selbst kann, kann man nicht bei anderen prüfen, ob es sorgfältig ausgeführt wurde.“

Die Anweisungen der Mutter hat sie zwar stets befolgt, gelernt, welche Anforderungen in dem verschwenderisch großen Haushalt der elterlichen Hofburg bewältigt werden müssen. Aber hat sie nicht den Großteil ihres jungen Lebens mit Beten verbracht?

Schon an diesen ersten Tagen zeigt sich ihre außergewöhnliche Neigung zum Einsiedlerleben. Als sie zum ersten Mal ihre

Zelle betritt, ist ihre Freude offensichtlich.

Mit einem glücklichen Lächeln überfliegt ihr Blick die Ärmlichkeit des Raumes, den sie bewohnen soll, zwischen weißgetünchten Mauern, drei Meter im Quadrat, ein Fenster mit der freien Aussicht in den Frieden des Klostergartens.

Ein schlichtes Holzkreuz ohne den Heiland, ein Weihwasserbecken aus Ton, kahle Wände. Auf dem Boden der irdene Waserkrug in der Waschschüssel stehend, ein kleines Tischlein mit dem Nähkasten, davor die schmale niedrige Sitzbank.

In der Ecke die Lagerstätte: auf einem etwas erhöhten Brett der Strohsack, darauf ein Kissen und einige Decken aus grober Wolle. Das ist die Ausstattung ihrer Klosterzelle, jenes geheimnisvollen Schlachtfeldes, wo die täglichen Kämpfe gegen die Eigenliebe ausgetragen werden.

Yolanda bedrängt Walther immer wieder, sie in seinen Orden hier in Mariental schnell aufzunehmen, bevor die Gräfin erneut vorm Tor erscheint.

Als nach eingehender Beratung Yolandas Drängen nachgegeben wird, ist der Dominikaner mit seinen Mitbrüdern zur Stelle, um ihre Darbringung am Altar zu gestalten. In öffentlicher Feier soll Yolanda den schwarzen Schleier empfangen, das Symbol des Opfers, zu dem sie nun endgültig bestimmt und geweiht werden soll.

Von der Sakristei aus zieht Walther, umgeben von seinen Dominikanerbrüdern, Yolanda bis zur Kirchentür entgegen und geleitet sie zum Altar. Dort kniet sie auf dem Betstuhl nieder und folgt der heiligen Handlung, die vom Gesang der Dominikanerinnen begleitet wird.

Dann schreitet Walther die Altarstufen herab und bleibt vor Yolanda stehen. Es beginnt der vorgeschriebene Dialog, in dem die Postulantin noch einmal vor der heiligen Kirche und aller Welt mit klaren eindeutigen Worten die Macht und Freiheit der unvergleichlichen Liebe bezeugt, die sie zieht und für immer festhalten wird hinter den hohen Mauern einer allem anderen vorgezogenen Klausur.

Walthers Stimme klingt heiser, als er mit der ersten Frage beginnt.

„Was begehrst du?"

„Die Barmherzigkeit Gottes, die Armut des Ordens und die Gesellschaft der Schwestern."

„Bist du entschlossen, bis zum Tode im Orden auszuharren?"

Yolanda antwortet: „So hoffe und will ich es, gestützt auf die göttliche Barmherzigkeit und das Gebet der Schwestern."

Walther entlässt sie mit dem Segensspruch: „Der Herr, der dich zu uns führte, entkleide dich des alten Menschen mit all seinem Tun!"

Als Yolanda einen Moment lang zögert aufzustehen, legt ihr Walther spontan segnend die Hand auf den Kopf.

Yolanda nimmt die brennende Kerze vom Betstuhl und nähert sich der seitlichen Pforte, die sich mit einem knarrenden Geräusch vor ihr öffnet.

Im Kreuzgang wird sie von den Nonnen empfangen, die ebenfalls brennende Kerzen in den Händen halten. Eine Schwester tritt vor und zeigt ihr das Kruzifix. Yolanda sinkt auf die Knie und küsst es. Dann tritt sie über die Schwelle der Klausur und die Tür schließt sich hinter ihr.

Während sich nun die Teilnehmer des Festamts an das Chorgitter drängen, und die Schwestern mit dem Hymnus „o gloriosa Domina“ durch den Kreuzgang ziehen, entledigt sich Yolanda in Eile des weltlichen Schmuckes.

Das härene Bußkleid fällt über ihre Schultern, der zarte Schleier und der Perlenkranz weichen der Nonnenhülle. Hilfreiche Hände tauschen die zierlichen Schuhe mit den plumpen, geflochtenen Hanfsandalen.

Als die Prozession mit der letzten Hymnusstrophe in den Chor einzieht, ist die Wandlung vollzogen und die Priorin kann mit Yolanda als letztes Paar folgen.

Vor dem Chorgitter kniet Yolanda nieder. Neben ihr auf einem Schemel liegt die Ordenstracht bereit.

Walther tritt wieder zu ihr hin und während er die vorgeschriebenen Worte spricht, kann er seine tiefe Rührung kaum verbergen. „Der Herr bekleide dich mit dem neuen Menschen, der nach Gott geschaffen ist in Gerechtigkeit und Heiligkeit der Wahrheit.“

Die Priorin, die zur Linken Yolandas steht, ergreift den ledernen Gürtel, reicht das eine Ende der zur Rechten stehenden Novizenmeisterin und gemeinsam gürten beide die neue Dominikanerin.

„Als du jünger warst“, sagt Walther, an den vollkommenen Gehorsam erinnernd, „gürtetest du dich selbst und wandeltest, wo du wolltest, wenn du aber alt wirst, wird ein anderer dich gürten im Namen des Vaters und des Sohnes und des Heiligen Geistes."

Die Priorin ergreift das Skapulier und legt es mit der Hilfe der Novizenmeisterin über die Schultern der vor ihr Knienden.

Walther betet, auf die evangelische Armut hinweisend:

„Nimm das süße Joch Christi und seine leichte Last auf dich im Namen des Vaters und des Sohnes und des Heiligen Geistes."

Nun legen die Oberin und die Novizenmeisterin Yolanda den schwarzen Mantel über das wollene weiße Kleid und Walther deutet die freiwillige Keuschheit an, während er betet:

„Die dem Lamme ohne Makel folgen, werden mit ihm in weißen Gewändern wandeln, darum seien deine Kleider immer glänzend weiß zum Zeichen der inneren Reinheit."

Walther weiht den Schleier, der in einer kostbaren Schale mit einem Kranz aus Rosen auf dem Altar liegt. Währenddessen singen die Dominikanerinnen: „Amo Christum, Christum liebe ich, in dessen Gemach ich eingetreten bin, seine Mutter ist Jungfrau, sein Vater kennt keine Frau, wenn ich ihn liebe, bin ich keusch, wenn ich ihn berühre, bin ich rein, wenn ich ihn aufnehme, bin ich Jungfrau. Mit seinem Ring band er mich an sich und mit unschätzbarem Geschmeide schmückte er mich."

Walther fordert Yolanda auf: „Komm, Braut Christi, empfange die Krone, die der Herr für alle Ewigkeit bereitet hat."

Yolanda erhebt sich, um nun vor allen Anwesenden das Zeugnis ihrer Hingabe abzulegen: „Nimm mich an, o Herr, nach deinem Wort und lass meine Erwartung nicht zunichte werden."

Yolanda kniet nieder und neigt ihr Haupt. Walther verhüllt es mit dem schwarzen Schleier, drückt den Kranz aus Rosenknospen darauf und sagt: „Empfange den heiligen Schleier, das Sinnbild heiliger Scham und Ehrfurcht und trage ihn vor den Richterstuhl unseres Herrn Jesu Christi, um das ewige Leben zu gewinnen und durch alle Zeiten zu leben. Amen."

Vom schwarzen Schleier umflort, tritt Yolanda in die Mitte des Chores zurück und sagt: „Er drückte ein Siegel auf mein Antlitz."

Sie fällt auf die Knie, während die Dominikanerinnen vollenden: „Damit ich keinen andern Liebhaber als ihn zulasse."

Nach der letzten Segnung erhebt sich Yolanda, tot für die Welt, aber das Herz erfüllt von vollkommener Freude.

Damit war die Einkleidung beendet.

Während alle niederknien und Walther den Hymnus „veni creator spiritus" anstimmt, wirft sich die neue Dominikanerin in Kreuzesform auf den Boden und verharrt so, den mystischen Tod andeutend, den ihre Natur sterben soll, bis sie zu einem höheren Leben der Gnade gelangt. Yolanda wartet auf das Zeichen der Novizenmeisterin. Diese führt die neue Schwester der Mutter Priorin zu, deren Hand Yolanda in dankbarer Unterwürfigkeit küsst. Dann umarmt Yolanda alle ihre Mitschwestern, während die Kantorinnen anstimmen:

„Siehe wie gut und lieblich ist es, wenn Geschwister einträchtig beisammen wohnen."

Die Einkleidung Yolandas mit Gewand, Mantel und Schleier, die Gesänge und die Messe „Unsere liebe Frau" erlebt Walther mit großer Gemütsbewegung. Endlich Braut Christi! Diese junge Frau, die im Schachspiel der Mächtigen ein wichtiger Zug ist, hat sich ganz in seine Hand begeben. Sie hat sich Gott ergeben, aber sie wird auf ihn, den Dominikaner hören.

Um dieses Band weiter zu schmieden, ist er auch am Ende der liturgischen Handlungen sofort bei ihr. Er lässt es zu, dass sie in ihrer kindlichen Genugtuung über das Erreichte voll überschäumender Freude an seinen Hals fliegt.

„Ein dankbares, edles Kind aus reichem Geblüt, das unsere Alltagssorgen noch nicht bis ins Letzte begriffen hat", besänftigt die Priorin ihre Nonnen, die dieses Schauspiel misstrauisch beoachten.

Walther überlässt Yolanda dem Überschwang ihrer Gefühle. Flüchtig kommt ihm in den Sinn, dass der Beichtvater der Viandener Grafenfamilie, der Knuedler Elias, vor Wut kochen wird, wenn er all dies erfährt.

Voller Genugtuung drückt er Yolanda an sich, hält sie aber sofort wieder auf Abstand, aber nur, um sich dieses Bild für immer und ewig einzuprägen – Yolanda, vor ihm stehend im Habit einer Dominikanerin.

„Wende deine Augen ab, denn sie greifen mich an", rezitiert er lachend. Und Yolanda schmiegt sich in seine Arme und ruft triumphierend: „Mein Geliebter möge kommen in seinen Garten und seine köstlichen Früchte genießen. Dass er mit seines Mundes Küssen mich küsste! Jetzt bin ich ganz sein eigen, für immer und ewig gehöre ich Gott!"

„Ja, und kaum je wird es eine schönere und beseeltere Braut Christi auf dieser Erde geben!"

Walther ist ergriffen von Yolandas jubilierender Hingabe. Er weiß sehr wohl, dass sie schon bald diesem Kloster vorstehen kann. Dass dieser Weg, den sie gewählt hat, noch viel Zwiespalt bringen wird, ist gewiss. Aber Yolandas Liebe zu Gott wird alles überwinden, darin ist er sich sicher.

Und wie ganz anders zeigt sich ihm das Bild dieser schönen jungen Frau nun, da sie entblößt von seidenem Festkleid, von Geschmeide und golddurchflochtenem Haar im einfachen Nonnengewand vor ihm steht. Walther zweifelt keinen Moment daran, dass diese junge Frau, die bisher hartnäckig ihren Willen durchsetzte, in ihrer leisen Art alles erreichen wird, was sie will.

Yolanda reckt sich hoch auf die Zehenspitzen und flüstert Walther ins Ohr: „Gesegnet sei die Stunde, in der Gott dich zu mir führte!"

Aber die Zeichen stehen längst in einer anderen Ordnung. Walther hatte sein Wissen darum nur verdrängt. Er hat keinen Moment lang daran gezweifelt, dass die Gräfin nicht so leicht aufgeben wird, dass sie zurückkehrt mit Waffengewalt. Zu kostbar ist diese Tochter, die durch Heirat mit Walram von Monschau das Machtgefüge ihrer Grafschaft noch stärken kann.

Walther kennt den Monschauer, der durch sein angenehmes Wesen Menschen für sich einzunehmen weiß, der außerdem eine Familie im Rücken hat, die daran interessiert ist, Fäden zu knüpfen, die von Vorteil sind.

Tränen steigen Walther in die Augen, als er das alles bedenkt und dabei deutlich vor Augen hat, Yolanda ist nur eine Schachfigur in diesem Weltenspiel. Dieses liebreiche Menschenkind, das wohl noch nie einem anderen irdischen Mann, als ihm selbst, eng verbunden war, dessen Leib, dessen Vertrauen, dessen Wünsche niemandem so nah waren wie ihm, war letztendlich nur das Pfand anderer Hände.

Versunken in diese Gedanken, hält er Yolanda im Arm. Mit jeder Faser seines Körpers und seiner Seele ist er ihr Diener. Das ist ihm bewusst. Deshalb sinkt er, mit ihre Gestalt umschlingenden Armen, vor Yolanda in die Knie, sein Gesicht in ihrem Schoß bergend.

Lärm vor den Toren. Yolanda schreit auf. Walther ahnt, was nun geschehen wird, aber umso fester klammert er sich an Yolanda.

Die Gräfin von Vianden kehrt zurück, verstärkt durch eine Schar Ritter und Knappen der Grafschaft Luxemburg. Wie ein brausendes Unwetter fallen sie in die Stille des Klosters ein, wüten und schreien, als gebe es in tosender Schlacht einen Gegner niederzukämpfen. Tore und Türen, die verschlossen sind, werden mit Wucht aufgestemmt. Ohne jedes höfische Benehmen dringen sie in Hof und Gebäude ein. Im Nu ist jeder Winkel von der bewaffneten Horde besetzt.

In der Phalanx ihrer Begleiter ruft die Gräfin von Vianden: „Lasst mir meine Tochter kommen. Sie muss sofort von hier weg. Was immer sie euch versprochen hat, es bedeutet nichts.

Sie muss mit mir kommen. Ich werde ihr das Leid vergelten, das sie mir zugefügt hat. Geht und lasst sie sofort kommen. Ich will nicht länger warten, wir müssen fort von hier."

Einer ihrer Ritter brüllt: „Wenn das nicht geschieht, brennen wir alles nieder."

Die Nonnen sind voller Furcht, weil sie nicht wissen, was zu tun bleibt.

Yolanda löst sich aus der Umklammerung des vor ihr knienden Walther, der resignierend begreift, dass die vertraute Geste, wie die gerade genossene, nie wiederkehren wird. Yolanda geht ans Fenster zum Hof und blickt furchtlos auf die Schar der Ritter, die ihre Mutter umringen.

Die Gräfin von Vianden ruft zornig: „Yolanda, bin ich deine Mutter oder nicht? Gehorche! Oder ich gebe den Befehl, alles niederzubrennen!"

Yolanda erwidert ihrer Mutter: „Mutter, ich höre, was Ihr sagt. Ich habe gewählt!"

Nach diesen selbstbewussten Worten wendet sich Yolanda wieder Walther zu. Die Gräfin gerät außer sich und verliert jede Beherrschung, angestachelt von den Reden ihrer Ritter und Vasallen, die gewillt sind, das Kloster sofort anzuzünden.

Die Nonnen und Walthers Mitbrüder weichen zurück, als die Gräfin ihnen den Beschluss des Grafen von Luxemburg, auf dessen Hoheitsgebiet sich das Kloster Mariental befindet, vor die Füße wirft. Währenddessen geben einige der Männer ihren Pferden die Sporen und veranstalten eine wilde Jagd um die Gebäude herum, andere springen aus den Sätteln und stürmen

ins Haus. Yolanda sieht ihnen unverzagt entgegen. Walther sagt im Blick auf den Tumult resignierend: „Gib du jetzt Rat, was zu tun ist, denn es steht schlecht mit uns. Sie werden dich mit Gewalt fortführen. Das ganze Kloster ist besetzt, sie werden es niederbrennen, wenn du noch eine Stunde länger hier bleibst."

Ungläubig sieht Yolanda ihn an, als er sie bedrängt: „Geh mit deiner Mutter. Vielleicht überlegt sie es sich und führt dich mit größeren Ehren und auch größerem Nutzen wieder hierher."

Unwillkürlich weicht Yolanda einen Schritt vor ihm zurück. Sie kann es nicht fassen, was der Dominikaner sagt. Er ist doch die starke Schulter, an die sie sich bisher lehnte, seine starken Arme haben sie gehalten und ihr Mut gegeben. Wo kommt jetzt so schnell diese Feigheit her? Tränen der Wut füllen ihre Augen, sie wendet sich von ihm ab, um ihre tiefe Enttäuschung zu verbergen. Aber dann besinnt sie sich und sagt bekümmert: „O weh mir Armen! Wohin kann ich mich nun wenden?"

Sie dreht sich zu Walther um und sagt vorwurfsvoll: „Ihr solltet mich lehren, der Welt und ihrer Liebe zu entsagen. Wollt Ihr mich nun wieder dorthin bringen? Dorthin, in den fahlen Glanz einer Welt, die mir zuwider ist? Was tue ich armes Mädchen dann, wenn ich mit dem von den Verwandten ausgewählten Mann ziehen muss und weder Trost noch Hilfe habe?"

Yolanda blickt ihm in die Augen und geht dabei dicht auf ihn zu: „Mit welcher listenreichen Absicht sprecht Ihr solche Worte zu mir? Ihr werdet doch ein heiliger Mann genannt? Wie wagt Ihr es, mir dann zu raten, dass ich wegen des Zornes meiner Mutter den Wettkampf meiner Seele verloren gebe? Lieber will ich um Brot betteln, als dass ich wegen solcher Bedrängnis das Ordenskleid aufgebe, das ich endlich habe. Wenn man das Kloster niederbrennt, so werde ich größeren Trost empfangen, wenn ich verbrenne, als dass ich den Orden verlasse!"

Walther will besänftigend seinen Arm um sie legen, aber sie wehrt ihn unwirsch zurück: „Wagt es nie wieder, meinem Leib oder meiner Seele nahe zu kommen!"

Fassungslos steht er vor ihr, während ringsum alle atemlos die Szene verfolgen.

Ich habe sie verloren! Alles verloren! Meine Träume von Macht über dieses reiche Mädchen, das mir der Schlüssel zu allem schien, das mir Pfand war.

Mit dem Gefühl unerträglicher Ohnmacht sinkt er zu ihren Füßen auf die Knie nieder, faltet die Hände vorm Gesicht, um die Flut von Tränen zu verbergen, Tränen der Enttäuschung, aber auch der Wut.

Er fleht Yolanda an, ohne den Blick zu ihr zu heben: „Gnade, gute Herrin, bezwing dein Herz und deinen Sinn. Hab Erbarmen mit diesem Ort, der dich so willig aufgenommen hat, und hab Erbarmen mit diesen armen Nonnen, die sich in der Welt nicht zu helfen wissen. Herrin, um Gottes Willen überlege, was immer geschehen mag, sie sind die Verlierer. Der Zorn deiner Mutter wird uns alle vertreiben, wo willst du dann mit uns bleiben? Du musst mit ihr gehen. Folge mir und tue, was ich dir rate. Hör doch, dann könntest du mit Gnade und auch mit größerem Nutzen sehr bald wieder zurückkommen."

Yolanda, die ohne die geringste Regung auf den vor ihr Knienden geschaut hat, blickt mit unbewegter Miene in die Runde und sieht weder Trost noch Hilfe. Im Türrahmen sieht sie ihre Mutter stehen, regungslos mit festem Blick auf ihre Tochter. Nur das Zittern der Hand, die die Reitpeitsche hält, verrät ihre Ungeduld.

Arnold, ein Lehnsmann ihrer Eltern und ihr ein vertrauter Freund von vielen vergnüglichen Festen, tritt auf Yolanda zu und sagt, dicht neben dem noch immer demütig knienden Walther stehend: „Wir geloben dir mit Treue und festem Versprechen, dass jedermann freundlich zu dir sein wird, wenn du jetzt mit uns zurückkehrst. Man wird sich um dich kümmern und dir helfen bei allem, was du willst. Außerdem wird dir gestattet, dass zwei Nonnen dich mit zurückführen."

Sofort beginnen alle auf Yolanda einzureden und zu beteuern, dass dies die beste Lösung sei. Auch die Priorin rät ihr zu gehen. Walther kniet noch immer zu ihren Füßen. Nachdenklich schaut sie auf ihn, dann wandert ihr Blick hinüber zu ihrer Mutter. Niemand hilft ihr, selbst alle, denen sie vertraut hatte, lassen sie ohne Hilfe. Yolanda blickt noch immer zu ihrer Mutter hin. Auge in Auge stehen sie. Es gibt nichts mehr zu sagen. Yolanda schlägt demütig die Augen nieder und reicht Arnold die Hand. Er führt sie auf ihre leise Bitte hin noch einmal in den Chor.

Dort kniet sie vor ihm nieder und schluchzt: „Lieber Freund, erfüll mir noch eine Bitte, nimm ein Schwert, darum bitte ich, schlag mir sofort den Kopf ab, bevor mir das Herzeleid geschieht, dass man mich von hier wegbringt."

Erschrocken schaut Arnold auf die Verzweifelte: „Dein Leid zerreißt mir das Herz, aber du gibst doch zu, dass du von Sinnen bist."

Auf der Stelle stürmt er hinaus. Fast hätte er Walther umgestoßen, der ihnen gefolgt war und an der Tür verharrte.

Der Dominikaner umfasst Yolandas Schultern, hilft ihr auf und führt sie zu ihrer Mutter, während Yolanda ihn keines Blickes würdigt.

Sofort ergreift die Mutter ihre Tochter und versucht ihr den Mantel wegzureißen. Aber Yolanda hält ihn fest umklammert. Ein Pferd, mit Zelt gesattelt, wird gebracht und Yolanda mit Gewalt hinaufgehoben. Sie sieht, dass sie betrogen ist. Klagen ist nutzlos, Kummer und Schmerz muss sie allein tragen.

Aber sie hat Gott.

Das Gebet zu ihm braucht sie in dieser Stunde. Denn es gibt viel bösen Spott für sie zu ertragen von den Knechten, die ihr Pferd führen oder hinter ihm hergehen. Ohne gerügt zu werden, schmähen sie ihr Ordensgewand und den Schleier und spotten über die Nonnen und die Prediger. Dieses Geschrei dröhnt ihr in den Ohren.

Schwer ist es für Yolanda zu ertragen, dass die Nonnen und die Prediger, außer Walther, den sie nirgendwo erblicken kann, kein freundliches Wort mehr für sie haben. Zwar ist der Weg von Mariental bis zur Burg der Luxemburger auf dem Bockfelsen von geringer Entfernung, aber mit Spott und Hohn begleitet, wird er für Yolanda unendlich lang.

DIE UNERTRÄGLICHKEIT VON SCHMÄHUNG

8. Kapitel

Der Türmer hat längst die Fahnen der Luxemburger und Viandener Reiter erkannt und Signal zum Öffnen der Tore gegeben. Von den Horntönen angelockt, strömen Neugierige aus den Häusern und versperren fast den Weg durch die engen Gassen. Wie immer wollen sie es nicht versäumen, einen Blick auf die Pracht der ankommenden Reiterschar zu erhaschen. Besonders wenn die Viandenerin kommt, die unter den Besuchern der Luxemburger ohne Zweifel die Reichste ist und das mit prächtigem Gewand und geschmücktem Pferd auch präsentiert, laufen sie herbei. Die Reiterschar nimmt jedoch keine Rücksicht und stürmt vorwärts. Wer nicht schnell genug zur Seite springt, dem drohen kräftige Tritte der Pferdehufe.

Sobald der Graf von Luxemburg erfährt, dass die Viandenerin mit ihrer Begleitung durch das letzte Tor seiner Burg in den Hof reitet, kommt er rasch seinen hohen Gast begrüßen und lässt eilig durch das Gesinde behagliche Wohnstatt anweisen.

Während die Mutter von den Hofdamen ins Haus geführt wird, wirft sie der Tochter mit verkniffenem Mund einen vernichtenden Blick zu.

Yolanda verharrt am Brunnen, um sich das heiß geweinte Gesicht zu kühlen. Das Herz ist ihr schwer. Von der Mutter vor den vielen Gaffern so verächtlich behandelt zu werden, kränkt sie tief. Als einzigen Schutz empfindet sie ihr Nonnengewand, das sie noch immer trägt. Aber gerade dieser Anblick reizt die unverschämten Knechte und treibt sie zu noch größerer Verhöhnung.

Der Luxemburger geht auf Yolanda zu und fragt, wie sie gereist sei. Dabei hat seine Stimme einen spöttischen Ton. Er hat das höhnische Gejohle der Knechte gehört und geschwind war ihm auch jede Einzelheit der Geschehnisse in Mariental berichtet worden.

Yolanda gibt sich Mühe, den offenen Spott zu überhören und antwortet fast demütig: „Herr, Gnade! Ich bin mit Euren Ratgebern auf Euer Versprechen hin hergekommen. Nun tut um Gottes willen, was mir Eure Leute gelobten. Sie beteuerten mir, dass Ihr mich wieder an den Ort führen lasst, von dem sie mich mit Gewalt weggenommen haben. Seid dafür mein Bürge. Es wäre für Euch gar zu beschämend und eine allzu große Schmach, wenn Ihr mich arme Nonne in Eurem Land gefangen halten würdet."

Der Graf von Luxemburg fährt sie ungehalten an: „Lass das sein. Wenn meine Ritter etwas versprochen haben, so weiß ich wahrhaftig nichts davon. Du solltest deiner Mutter gehorchen."

Diese Worte rauben Yolanda jeden Mut. Tränen rinnen ihr

erneut aus den Augen. Aufschluchzend sinkt sie zu Boden. Aber der Graf wendet sich ohne Mitleid von ihr ab.

Die Knappen und Knechte wetteifern miteinander in der Art, wie sie Yolanda demütigen können. Niemand tadelt diese Burschen, als sie an ihrem Mantel zerren, Haferstroh nach ihr werfen und unziemliche Reden über sie führen.

„He, steht es mit dir so, dass du mal einen richtigen Mann nehmen musst?" ruft einer der Reiter, die sie mit ihren Pferden bedrängen.

Ein anderer greift seinen prächtigen Hut und setzt ihn geschwind auf Yolandas Kopf. Sie aber reißt ihn sich nicht weniger flink vom Haupt und wirft den Kopfschmuck in die Glut des Feuers, wo er hoch auflodernd verbrennt.

Ein Aufschrei der Entrüstung geht durch die Runde der Zuschauer, danach übertreffen sie sich mit Hohngelächter. Yolanda kann nichts dagegen unternehmen, sie muss jede Schmach erdulden.

Es zerreißt ihr fast das Herz, als sie ihre Mutter mit ihren Hofdamen oben am Fenster ohne jede Regung stehen sieht, während Knechte und Knappen respektlos mit ihr umgehen. Als der Abend kommt, ergeht es ihr noch schlimmer. Man verlangt von ihr, dass sie sich, bevor sie sich zum Schlaf niederlegt, ganz entkleidet. Niemand kann sie bereden, das freiwillig zu tun. Eine Hofdame ihrer Mutter gebietet ihr ebenfalls, Mantel, Schleier und Habit abzulegen, bittet dann sogar: „Tu es doch mir zuliebe! Ich verspreche dir diese Kleider, die dir so lieb sind, morgen in der Frühe wieder zu bringen."

Yolanda lässt sich schließlich bereden, ihr Gewand auszuziehen und sich zum Schlaf niederzulegen. Sie verbirgt ihren Habit unter sich, aber Tränen und Schluchzen verhindern, dass sie wirklich einschlafen kann. Zerrissen zwischen ihrer Hingabe an Gott, mit dem Wunsch im Kloster in Armut zu leben, kämpft sie mit sich in der Liebe zu ihren Eltern. Yolanda vergisst zu keiner Zeit das vierte Gebot: „Du sollst Vater und Mutter ehren!"

Wer kann ihr aus dieser Gewissensnot helfen?

Mit geschlossenen Augen liegt sie auf der Bettstatt und betet: „Herr Jesus Christus, sei mit mir, verteidige mich, sei mit mir und erquicke mich, sei mit mir und bewahre mich, sei mit mir und führe mich, sei mit mir und segne mich, du, der du in der vollkommenen Dreieinigkeit immerdar bist und als Gott herrschest durch die endlosen Ewigkeiten der Ewigkeit. Amen."

Gegen Mitternacht kommt ihre Mutter in die Kammer, schleicht sich zu ihr ans Bett, greift heimlich nach dem Ordensgewand, um es mit einem Ruck unter ihrer Tochter hervorzuziehen. Yolanda aber fährt sofort hoch, widersetzt sich heftig und drückt das Gewand an sich.

Die Mutter entwindet es ihr mit Gewalt, nicht achtend, dass bei dieser Heftigkeit ihr Fehpelz zerreißt. Dies alles geschieht ohne ein Wort. Wie eine Löwin faucht die Mutter. Das Gesicht verzerrt. Voll Zorn sprühen ihre Augen. Schließlich gelingt es ihr, der Tochter den Habit zu entreißen. Triumphierend reckt sie die Rechte mit dem gebündelten Ordenskleid empor.

Hilflos blickt Yolanda auf ihre Mutter. Ein unheilvoller Moment der Stille – dann entringt sich der Gräfin ein gellender Schrei. Yolanda hält sich beide Ohren zu und verbirgt ihr tränenüberströmtes Gesicht im Kissen.

Gleich danach eilen Hofdamen und Gesinde der Mutter herbei. Die Viandenerin wirft triumphierend Mantel, Skapulier und Schleier durchs Fenster über die Mauer der Burg auf dem Bocksfelsen hinab, bis hinunter ans Ufer der Alzette. Danach verlassen alle mit Gelächter Yolandas Gemach und lassen sie nackt und bloß zurück.

Im Gebet sucht sie Trost, ist sich aber gewiss, dass es noch schlimmer werden wird. So ist es dann auch. Denn schon in der Frühe des Morgens kommen junge Edeldamen der Gräfin von Luxemburg und gebieten Yolanda, sofort aufzustehen. Sie wollen sie zwingen, das kostbare Gewand anzulegen, das sie mitgebracht haben, und dazu noch anderen vielfältigen weltlichen Prunk.

Yolanda ruft verzweifelt: „Ich stehe gern und sofort auf, wenn man mir mein Ordenskleid gibt. Freiwillig komme ich sonst nicht mit!"

Alles Gezerre nützt nichts. Yolanda weicht nicht vom Bett. Das Gelächter und Geschrei, mit dem die Edelfräulein der Luxemburger Hofgesellschaft Yolandas Widerstand begleiten, ruft die Mutter, ihre Damen und Knappen herbei. Die Mutter weist die Männer an, Yolanda aus dem Bett zu zerren, die Frauen müssen sie anziehen. Alles Wehren hilft nichts mehr. Vor der großen Runde von Fremden wird Yolanda mit Gewalt angekleidet und geschmückt.

Statt eines Nonnenschleiers wird ihr ein goldener Kranz, mit Perlen verziert, auf ihr blondes Haar gesetzt, das sich in Locken kräuselt und wie Seide schimmert. Ein pelzgefüttertes Obergewand wird ihr über das prächtige Kleid angezogen, Geschmeide umgehängt und Ringe werden ihr an die Finger gesteckt.

Yolanda richtet sich im Bewusstsein auf, dass sie im Herzen eine Nonne ist, eine Braut Christi. Mehr denn je fühlt sie, dass kein Prunk sie von Gott trennen kann.

Sie wird zur Gräfin von Luxemburg geführt, der verwitweten Mutter des jungen Grafen, um sich zu verabschieden. Leise spricht Yolanda, aber mit harten Worten zur Freundin ihrer Mutter: „Herrin, dieses Leid, dieses Ungemach, das mir in Eurem Land widerfährt, ist eine Schande für Euch. Bei Gott, denkt daran, erniedrigt nicht Eure Ehre an mir beklagenswerter Nonne. Wollt Ihr mir nicht Hilfe gönnen? Ich weiß, dass Euer Sohn ein guter Graf ist, dass er mir nicht Gewalt zufügen wird. So bitte ich auch Euch, gebt mich doch nicht in Eurem Land dem Spott der Welt preis."

Die Gräfin gebietet Yolanda mit einer beschwichtigenden Handbewegung einzuhalten und fragt:„Bist du gesonnen, die Welt zu verlassen?"

„Ja, Herrin, ich habe mein Leben dafür bestimmt!"

Die Luxemburgerin wendet sich sinnend von Yolanda ab, aber dann dreht sie sich ihr wieder zu und verspricht: „Ich will deine Absicht ungern mindern, aber bedenke, dass sie deinen Eltern nicht gefällt. Ich will darüber nachdenken, wie ich dir helfen kann."

Sie ist der Gräfin Margarethe von Vianden zwar in Freundschaft verbunden, aber das Herz hüpft ihr im Leib angesichts der Möglichkeiten, die sich durch den Klostereintritt Yolandas für das Haus Luxemburg ergeben. Außerdem hatte Walram von Monschau erst kürzlich über die ihm versprochene Braut gespottet: „Eine Nonne in meinem Bett? Wer will das schon?"

Die Gräfin lächelt. Das letzte Wort ist noch nicht gesprochen. Die Geschichte wird die Machtverhältnisse neu sortieren müssen.

Unvergessen ist ihr, dass Graf Heinrich zuerst um ihre Hand anhielt, bevor er sich Margarethe zuwandte. Sie heiratete Walram von Limburg, der ihr die Markgrafschaft Arlon als Morgengabe brachte. Wie es die Zeit zeigte, wurden es zwei glückliche Ehen, sowohl im mächtigen Viandener Haus wie auch bei den Luxemburgern. Außerdem ist man innig befreundet. Die Freundschaft zwischen der Luxemburgerin und der Viandenerin hat zudem eine besondere Qualität, die durch den Glanz der Macht bestimmt wird.

Sie trifft Margarethe auf der großen Terrasse in angenehmer Gesellschaft. Ihre Bitte um ein Gespräch etwas abseits an der Mauer mit dem großartigen Blick hinunter auf die Alzette wird gern angenommen.

„Unter vier Augen?"

„Unter vier Augen!" erwidert die Luxemburgerin.

Und so stehen sie nebeneinander und lächeln sich an in der Gewissheit, die Drahtzieherinnen der Geschichte zu sein.

„Ist das letzte Wort schon gesprochen?" fragt die Gräfin

von Luxemburg.

„Ja, Yolanda wird Walram von Monschau heiraten!"

„Yolanda will ins Kloster gehen."

Die Viandenerin blickt der Luxemburgerin geradewegs in die Augen: „Du weißt sehr wohl, was die Phalanx mit dem Monschauer für uns bedeutet."

„Die Zukunft!"

„Ja, deshalb wird Yolanda ihn heiraten, wir sind schon mit einer großen Summe in der Pflicht."

Prüfend ist der Blick von beiden, fast lauernd.

Wie hatte die Gräfin von Vianden eben gesagt?

„Yolanda wird den Monschauer heiraten, wir sind schon mit einer großen Summe in der Pflicht!"

Ja, die Zukunft ihres Hauses wird geschmiedet und umsichtig geplant. Von Vianden bis Trier und hoch in die Eifel reicht das Gefüge der Grafschaft. Walram von Monschau passt mit seinem Erbe genau in diesen Machtanspruch.

Längst hatte die Gräfin von Luxemburg den Traum einer Eheschließung Walrams mit einem Mädchen aus ihrer eigenen Familie begraben. Es fehlt an einer beeindruckenden Mitgift. Ein hübsches Gesicht allein reicht nicht aus. Dieser Handel wird auf einer Ebene geführt, wo Besitz und Macht in die Waagschale geworfen werden. Sollte Yolanda sich der Ehe mit Walram verweigern und ins Kloster gehen, könnte die Gunst der Stunde das Blatt wenden.

Der Gedanke an ihre bildschöne Enkeltochter blitzt wieder in der Luxemburgerin auf. Walram? Damit wäre der weitere Aufstieg des Hauses Luxemburg vorgezeichnet. Denn eines weiß sie längst – Friedrich, der Erbe der mächtigen Grafschaft von Vianden, hat keineswegs das Format seiner Eltern. Was umsichtig geschaffen wurde, kann sich in der nächsten Generation bereits verflüchtigen. Das gab es immer wieder.

Gefangen in diese Gedanken lächelt die Luxemburgerin Margarethe an.

„Was erheitert dich so am Schicksal des Hauses Vianden?" will Margarethe wissen. „Bist du mir nicht eine gute Freundin, stets hilfreich zur Seite, so wie ich es bin, wenn es gilt, deine Sorgen zu tragen?"

„Ich weiß längst alles über die Prediger und ihren Einfluss auf Yolanda", sagt die Gräfin von Luxemburg, „wie denkst du diese Entwicklung zu steuern?"

„Das ist ein weites Feld. Wir kennen doch die Sprüche unserer Beichtväter, ob es streitbare Franziskaner sind oder Dominikaner, diese Männer wollen uns doch nur nach ihrer Sicht leiten. Darin sind wir zwei uns doch einig, oder?"

Die Luxemburgerin lächelt: „Darin sind wir uns einig."

„Wir sind uns auch darin einig, dass wir Frauen mächtigen Ehemännern einzuflüstern wissen, was gut ist für Erhaltung und Ausweitung der Macht?"

„Gewiss!" Die Gräfin von Luxemburg sagt es im Brustton innerer Überzeugung.

WIE VIEL LEID KANN YOLANDA ERTRAGEN?

9. Kapitel

Auf dem Rückweg nach Vianden kehrt Gräfin Margarethe mit ihrer Begleitung zur Rast in einem Dorf ein. Yolanda nutzt sofort die Gelegenheit, ihr kostbares Kleid gegen das Nonnengewand zu tauschen, das sie in der Frühe des Tages am Fuß des Bocksfelsens aufgerafft hat. In einem Winkel des Bauernhofes will sie sich verstecken. Abseits von der Hofgesellschaft will sie still für sich beten, wie sie das gewohnt ist. Als dies das Gesinde sieht, laufen die Knechte herbei, verursachen Lärm und großes Geschrei.

Sie zerren die Grafentochter an Armen und Beinen fassend hinüber in die Stallung zu den Kühen, die gerade gemolken werden. Obwohl Yolanda sich laut weinend wehrt und sich den groben Männerhänden entwinden will, hört niemand auf ihre Klage, tadelt niemand die sich wild gebärdende, schreiende Horde. Yolanda muss ertragen, dass flinke, gierige Hände sich an ihrem Körper unter dem Habit zu schaffen machen, ihr dabei auch das Gewand über den Brüsten aufreißen. Dann wird sie an den prallen Euter einer Kuh gezwungen. Mit Gewalt stopfen ihr übel riechende Hände eine Zitze in den Mund. Die Männer grölen noch mehr, als die Magd sich grinsend dicht vor Yolandas Augen beugend aus einer der Zitzen einen Milchstrahl in den Mund spritzt und danach genüsslich die Zitze ablutscht.

Heilewif, die nach der Grafentochter sucht, folgt dem Lärm in der Stallung. Mit einer Mistgabel schimpfend um sich schlagend, befreit sie die Wimmernde aus den gewalttätigen Händen. Schleier und Gewand zerrissen und kotbeschmiert hockt Yolanda vor ihr. Im Sichtschutz der Kühe am Brunnentrog säubert Heilewif ihren Schützling, wäscht Mantel, Habit und Schleier, windet so gut es ihr gelingt alles halbwegs trocken, legt Yolanda die Kleidung wieder an und wirft ihr den eigenen Umhang zusätzlich um die Schultern.

Yolanda wird zur Tafel beordert, aber sie isst nichts, sondern sitzt still da und wartet gehorsam, bis alle fertig sind. Dieses Verharren erzürnt die Mutter. Sie flucht und schimpft, während die Ritter und die dreisten Knechte Yolanda, die Nonnen, die Prediger schmähen und das Herzensleid Yolandas ungerügt mit unflätigen Worten benennen.

Nach dem Essen sucht sich jeder einen Ruheplatz.

Die Mutter geht allein auf eine Wiese neben dem Haus. Yolanda, die sie beobachtet hat, nimmt allen Mut zusammen und geht zu ihr. Sie setzt sich neben sie ins Gras und beginnt zu bitten und zu klagen: „Gnade, liebe Mutter, es kann nicht anders sein, als dass ich als Nonne lebe und sterbe. Nur Ihr könnt mein Leid und meinen Kummer wenden. Keinen Tag länger will ich ein weltliches Leben führen."

Der Mutter tut es jetzt weh, dass die Tochter so leidet und

bitterlich jammert.

„Meine liebste Tochter, hör auf mit dem Weinen. Vielleicht gibt es noch eine andere Lösung. Ich will dir doch helfen, glaub es mir."

Yolanda schluchzt: „Ja, wüsste ich den Tag."

„Bevor vierzehn Tage vorbei sind", antwortet die Mutter.

Dabei bleibt für Yolanda wiederum ungewiss, wie diese Rede zu deuten ist. Zu oft hat die Mutter anders gesprochen als später entschieden wurde. Die Gräfin umarmt ihre Tochter und hält sie fest, eine zärtliche Geste, die Yolanda tröstet.

In Vianden strömen alle zu ihrem Empfang zusammen, die Lehnsmänner, ihre Familien und auch die Bedienten. Sie sind froh über die Nachricht, dass Yolanda wieder nach Hause kommt. Sie aber weint und jammert, die Freude der anderen schmerzt sie. Als sie zum Tor kommt, eilt ihr der Vater entgegen, hebt Yolanda vom Pferd herab, drückt sie an sein Herz und trägt sie auf seinen Armen in die Burg hinein.

Sein Gemüt, sein Herz und sein Sinn sind vor den anderen Kindern, Freunden und Verwandten ganz bei Yolanda. Seine Liebe zu ihr ist offensichtlich, erst recht als er sagt: „Meine vielgeliebte Tochter, sei mir willkommen. Mein Trost, meine Freude ruhen in dir. Du bist mir lieb vor allen Frauen, du verjagst mir am besten alles Ungemach, du bist die höchste Wonne meines Herzens. Du bist meine Freude, mein Freudentag, mein Sonnenschein, der Spiegel meines Glücks, meine Befreierin von Sorgen, meine Herzensliebe. Sei mir willkommen. Vor der ganzen Welt habe ich dir mein Herz gegeben. Du bist mein

Trost, mein Leben und die Sehnsucht all meines Glücks. Sei mir willkommen!“

Die Mutter hört diese Rede des Überschwanges mit Unmut und Zorn und wendet sich wütend dem Grafen zu: „Was tust du? Wie schnell hast du vergessen, was deine Tochter mir zugefügt hat? Du solltest sie von Rechts wegen schlagen, ja züchtigen und schelten, für ihre Torheit büßen lassen, die sie begangen hat.“

Der Graf schert sich nicht um ihre Worte. Er lässt sie wüten und herzt seine Tochter mit aller Liebe. Seine Freude ist so groß, dass seine Stimme die ganze Burg erfüllt. Alle freuen sich mit ihm, nur Yolanda ist traurig. Hat der stete Zweifel an den versöhnlichen Worten ihrer Mutter nicht gerade wieder seine Bestätigung gefunden?

Und wieder sitzt Yolanda mit zu Tisch, weil sie es muss, aber sie isst nichts. Danach wollen alle singen und tanzen, um sie aufzuheitern. Aber vergebens, sie weint und jammert über ihr Schicksal. Die Hofgesellschaft verstummt nach und nach, viele ziehen sich still zurück.

Der Kummer macht Yolanda so schwach, dass sie krank wird. Sie liegt mit Schmerzen im Bett. Während sich ihre Edelfräulein nur noch flüsternd verständigen und möglichst oft Gründe finden, um aus Yolandas Kammer zu flüchten, versucht Heilewif der Kranken Linderung zu verschaffen. Sie flößt ihr kräftige Suppen ein und braut einen Sud nach dem anderen. Tag für Tag sammelt sie Kräuter, um deren Heilkraft sie weiß, und streut duftende Blütenblätter auf Bettzeug und Boden. Der dankbare Blick, der sie trifft, wenn sie betend am Bett kniet, zerreißt Heilewif fast das Herz.

„Nie war einem Mann die Schwester lieber, als du, Yolanda, mir immer gewesen bist. Mein Herz konnte dich niemals eine Stunde lang vergessen."

Mächtig schallt dieser Ruf vom Tal herauf. Immer wieder ertönt die Stimme Heinrichs mit diesen Worten. Er, der dritte Sohn des Grafen und der Gräfin, Dompropst zu Köln, hat vom Ungemach Yolandas gehört, von ihrem Ungehorsam. Er will selbst mit seiner Schwester reden.

Und wieder ertönt seine Stimme.

„Nie war einem Mann die Schwester lieber, als du, Yolanda, mir immer gewesen bist. Mein Herz konnte dich niemals eine Stunde lang vergessen."

Yolanda hat den Ruf längst gehört, ist aufgesprungen und stürmt jetzt leichtfüßig die Treppen hinab. Kummer und Schwäche sind weggewischt. Sie eilt ihm entgegen und erreicht ihn an der großen Treppe im Hof, wo er gerade vom Pferd springt. Sie umarmen sich, küssen sich und zeigen ungeniert aller Welt, dass sie sich von Herzen lieben.

Hand in Hand gehen sie die Treppe hinauf. Immer wieder bleiben sie stehen und umarmen sich. Bei beiden fließen Tränen, aber beide lächeln auch vor Wiedersehensfreude.

Vor den inzwischen herbeigeströmten Burgbewohnern – Edelleute und auch Gesinde – sagt Heinrich zu seiner Schwester: „Weder größeres Leid noch Ungemach widerfuhr mir je, als jetzt von dir. Was hast du mir einst versprochen? In unserer

Liebe zu Gott wollten wir für immer verbunden bleiben. Wo kann ich nun Treue finden? Hätte ich erwarten können, dass du mich so verlassen würdest? In dir liegt doch mein Leben, mein Trost, meine Freude liegen in dir, wie hast du an mir gehandelt?"

Yolanda birgt ihr Gesicht an seiner Brust und umklammert ihn wie eine Ertrinkende. Heinrich hält die Schluchzende fest in seinen Armen, aber noch ist er mit seinen Vorwürfen nicht zu Ende.

„Ich glaubte, deine Treue mir gegenüber sollte sich von Tag zu Tag immer mehr erneuern? Der Jammer schmerzt mich gar zu sehr, dass du mich so vergessen hast. Nie war einem Mann die Schwester lieber, als du mir immer gewesen bist – mein Herz konnte dich nie auch nur eine Stunde lang vergessen!"

Rede und Antwort will sie stehen, jedoch nicht vor den Ohren der Neugierigen, von denen sie umringt sind. Nach den erlebten öffentlichen Demütigungen, gegen die ihre Mutter niemandem Einhalt geboten hat, widerstrebt es ihr, hier vor allen über ihr Verlangen zu reden, nur noch als Nonne zu leben.

„Bruder, kann ich dir allein irgendwo Antwort geben und dir meine Wünsche sagen?"

„Ja, Schwester, mir kannst du dein Herz offenbaren."

Er umarmt Yolanda und geht mit ihr hinab zur großen Linde im Hof vor dem Garten, einem Ort, an dem sie einst als Kinder spielten.

Dort sitzen sie und halten sich an den Händen, während Yolanda dem Bruder alles erzählt, was geschehen ist. Sie verschweigt weder die Vorfälle im Kloster Salsine, noch die Begegnung mit Walther. Von gebrochenen Versprechen spricht sie und von den Demütigungen.

Dann beteuert Yolanda erneut: „Lieber Bruder, du bist mir so lieb, wie ich unseren Vater lieb habe. Mich bedrückt dein Leid um mich und geht mir tiefer in mein Herz als der Zorn unserer Verwandten. Du weißt, ich will als Nonne sterben. Deshalb muss ich tun, was ich Gott immer gelobt habe. Ich möchte in Mariental leben. Sei nicht zornig. Dieser Ort ist für mich bestimmt. Und sollte ich auch den Tod dafür erleiden."

Heinrich drückt sie fest an sich. Ihre Worte sind ihm ins Herz gedrungen, ihr Kummer rührt ihn. Er hat jetzt alles vor Augen, vor allem den Kampf mit der Mutter kann er sich sehr gut vorstellen. Seine Schwester ist gefangen im Reigen der Mächtigen. Auch der Franziskaner Elias, die Prediger und vor allem die Äbtissinnen streiten um Yolanda, dessen ist sich Heinrich gewiss.

„Das Kloster Mariental ist meine Sehnsucht", flüstert Yolanda.

Heinrich schaut ihr prüfend ins Gesicht: „Sag mir, liebe Schwester, wer ist dein Ratgeber? Wer hat dich beredet, ins Kloster der Prediger zu gehen? Wem gibst du soviel Macht über dich?"

Yolanda blickt ihm offen in die Augen: „Ich weiß sehr wohl, dass jeder den Namen Walther von Meysemburg nennt. Ja, es ist wahr, dass er mir geraten hat, nach Mariental zu gehen. Dort ist die Einfachheit, die ich suche. Aber glaube mir, von jung an wollte ich mich Gott weihen, inzwischen weiß ich, dass meine Hilfe nur bei ihm ist. Meine Hilfe ist im Herrn, niemandem sonst werde ich mich anvertrauen. Nur du, lieber Bruder, den ich von Herzen liebe, bist es, dessen Rat ich hören will."

Heinrich drückt innig ihre Hände: „Liebste Schwester, ich kann dich weder zu etwas zwingen, noch werde ich dich bereden, anders zu entscheiden als du es möchtest."

Zärtlich streicht er über ihr Haar: „Es muss nicht sein, dass du den Willen der Mutter erfüllst und dir Walram von Monschau zum Ehegemahl nimmst. Unsere Mutter sieht die Dinge anders als wir. Ihr genügt es, dass sie mit Peter und mir zwei Söhne im priesterlichen Dienst hat. Gib meinetwegen deine Entscheidung nicht auf. Was dir auch immer Gutes zum Lob Gottes geschieht, das lobe auch ich. Uns Gott zu weihen, haben wir einander geschworen."

Heinrich sieht prüfend in Yolandas Augen und will erneut wissen: „Auf wen hörst du jetzt? Wer beherrscht all deine Sinne?"

Sie hält seinem Blick stand und beteuert: „Ich bin ganz in Gottes Hand. Ich vertraue fest auf seine Hilfe."

In inniger Liebe dieser Schwester ganz besonders zugeneigt, liegt es Heinrich am Herzen, ihr den Streit um ihre Person in allen Richtungen darzulegen: „Wenn es dazu kommen sollte, dass das Eheversprechen an den Monschauer gelöst werden kann, ist jetzt schon sicher, dass sich die Äbtissinnen, unsere lieben Cousinen, um dich streiten werden."

„Ein Streitgrund? Nichts weiter? Bin ich nicht mehr als

das? Ist jede Dienstmagd auf dieser Welt ein freierer Mensch? Wohin hat Gott mich mit dieser Geburt gestellt?" Yolanda lehnt ihre Stirn an Heinrichs Brust.

Er zeichnet ihr das Kreuzzeichen auf die Stirn: „Gott unser Herr lenkt unsere Wege."

„Ja, Gott unser Herr lenkt unsere Wege. Glaube mir, er bedeutet mir alles, ich verspreche dir, lieber Bruder, nur auf ihn werde ich hören!"

Heinrich lächelt: „Dann lass uns den Cousinen entgegen treten. Wir, wir beide, wissen was wir wollen. Ich weiß nun, was du willst, und das ist für mich Verpflichtung, dir zu helfen."

Eines weiß er gewiss – es gibt kein reineres und keuscheres Geschöpf auf Gottes Erde als seine Schwester Yolanda. Walther von Meysemburg mag vieles anstellen, um Dinge in seinem Sinn zu beeinflussen. Aber im Kampf, in dem so viele unterliegen, wird er zum Sieg verdammt sein. Denn Yolanda kennt nur einen Mann und das ist Jesus Christus.

Heinrich hat sich längst Gedanken um den Dominikaner gemacht. Er hat von dessen Skrupellosigkeit im Umgang mit Machtverhältnissen sehr wohl gehört. Prior des Dominikanerklosters in Trier zu sein, bedeutet nicht unbedingt, große Entscheidungen auf den Weg bringen zu können. Das ist es nicht.

Der Umgang mit den Dingen gibt kein gutes Bild für den Dominikaner. Ob er Yolanda davon erzählen soll? Sie würde ihm nicht glauben wollen. Ihm missfällt auch der Gedanke, dass der Meysemburger sich im Gefühl von Macht sonnen könnte, im Gefühl, Yolanda dirigieren zu dürfen. Wie weit ist es diesem

Mann schon gelungen, ihr Herz zu beherrschen?

„Du warst dir immer sicher, dein Glaube an Gott ist unerschütterlich, nie gibt es Zweifel", sagt Heinrich, „wo Nithart und ich Fragen stellen, hast du Antworten."

„Spürt nicht jeder Gott in seinem ganzen Denken? Ich musste ihn noch nie suchen. Er war immer in mir. Ich vertraue auf seine Liebe."

Heinrich nimmt das Gesicht seiner Schwester in beide Hände und blickt ihr in die Augen.

„Wie rein und schön du bist!"

Sie lächelt ihn getröstet an.

„Vielleicht wollen Nithart und ich zuviel, vielleicht erwarten wir zuviel. Immer gibt es welche, die mehr erreichen. Du hast die wahre Demut in deinem Herzen und bist dadurch freier, als wir es je sein werden."

Er drückt ihr zärtlich einen Kuss auf die Stirn.

Dann legt er ihr seinen Arm fest um die Schulter und geht mit ihr über die Treppe hinauf, zurück ins Haus.

Aus der Stille des Hofes unter der Linde tauchen sie ein in die Betriebsamkeit der mächtigen Hofburg. Der Überfluss, in dem das Grafenpaar lebt, lockt viele an. Neben Verwandten, die stets auf der Burg zugegen sind, kommen auch Schwärme von Freunden, die das schöne Leben im Dunstkreis der Viandener genießen.

Der Streit um Yolandas Wunsch, ins Kloster zu gehen, hat auch die Äbtissinnen veranlasst, nach Vianden zu kommen, um lautstark ihre Ansichten zu verkünden.

Heinrich hat den Kampf der Cousinen um die reiche Tochter der Grafschaft gut eingeschätzt. Sie übertreffen sich gegenseitig in Versprechungen, um Yolanda von den Predigern abzubringen. Als sie vor allen Vorhaltungen die Ohren verschließt, muss sie sich Kränkungen anhören.

Für Yolandas Eltern wird dieser Streit zur Nagelprobe. Sie setzen eine Reise auf ihre neue Burg Schönecken an, um dort zur Ruhe zu kommen. Aber der ganze Tross von Verwandten, auch die Äbtissinnen folgen ihnen dorthin.

Heinrich versucht bei seinen Eltern ein gutes Wort für Yolanda einzulegen, bevor er von Schönecken nach Köln weiter reitet. Die Härte, mit der sie antworten, schmerzt ihn. Der Spott der beiden Brüder Friedrich und Philipp beweist, dass seine Schwester in ihnen keine Hilfe finden wird.

„Du musst ihr beistehen, wie du es immer getan hast", bittet er Heilewif. Ihr stilles Nicken ist ihm ein Versprechen. Beim Abschied umarmt er Yolanda, zeichnet ihr ein Kreuz auf die Stirn und tröstet: „Im Gebet sind wir beieinander".

Die Gräfin von Hengebach, eine weitere Schwester des Erzbischofs von Köln, hat von Yolandas Kummer gehört und eilt nach Schönecken. Dort sieht sie mit Erstaunen, wie Yolandas Eltern täglich Feste ausrichten mit Tanz, Gesang und Ballspielen, und das alles, um die Tochter von ihrem Willen abzubringen, Nonne zu werden.

Yolanda aber lässt nichts davon zu ihrem Herzen dringen, wenn auch alles um ihretwillen geschieht. Als nun ihre Mutter sieht, wie still sich die Tochter verhält, gerät sie wieder in Zorn.

Sie fasst Yolanda bei der Hand und herrscht sie an: „Da du mein Kind, meine Tochter bist, musst du nach meinem Willen handeln, singen, lachen, ja tanzen und springen, auch wenn du es nicht willst. Es muss so geschehen, wie ich es will. Es ist sonst dein Tod oder der meine."

Yolanda kann ihr Erschrecken über diese strengen Worte nicht verbergen. Sie weiß sehr gut, wie heftig der Zorn der Mutter sein kann. Trotzdem fleht sie und bittet darum, ihr die Forderungen nach Gesang und Tanz zu erlassen. Doch das Bitten führt zu nichts, sie muss gehorsam sein. Und so singt sie unter Tränen, aber ihr Gesang klingt klösterlich. Sie tanzt den Virelai nicht richtig, so sehr man sie auch bittet. Ihr Schritt bringt die Tänzer durcheinander. Man muss ihr schließlich das Tanzen erlassen.

Die Mutter im Zorn, der Vater betrübt über Yolandas Verhalten, die grauen Nonnen streiten sich um sie. Wem soll sie vertrauen?

Yolanda sucht den Rat ihrer Cousine Hengebach, die Witwe ist und als Begine lebt. Ihr klagt sie ihr Leid von Beginn an, wie sie als Kind beschlossen hatte, Nonne zu werden, und wie es ihr jetzt ergeht. Die Gräfin prüft Yolanda mit vielen Fragen, wie ernst ihr das Streben nach dem Ordensgewand wirklich ist: „Dein Vater und deine Mutter haben dich so liebevoll aufgezogen. Wie wirst du es ertragen können, wachen, fasten, in wollener Kleidung gehen, in Kälte um Mitternacht aufstehen, in großer Armut, eingeschlossen sein? Denk daran, hab Mitleid mit dir selbst und mit deinen vornehmen Verwandten, die dich liebevoll umsorgt in reicher Pracht sehen wollen."

Nachdenklich sieht die Begine ihre Nichte an. Ob das Mädchen wirklich weiß, um was es letztendlich geht?

„Wie wirst du das Leid deines Vaters ertragen können, der immer betrübt sein wird, der ohne dich keinen Tag in Freuden leben kann? Wie kannst du ihn verlassen? Deine Mutter kann nicht zufrieden leben, ihr Trost, ihre Freude ruhen in dir. Sag mir, wie willst du solch einer Mutter das Leben verderben? Einer so lieben Frau, die dich unter ihrem Herzen trug? Du hast ihr genug Leid zugefügt und willst sie doch Mutter heißen."

Die Gräfin hält inne, als sie Tränen rinnen sieht im schönen Gesicht ihrer Cousine. Sie umarmt das Mädchen, das ihren heftigen Worten ausgesetzt ist. Dennoch fährt sie fort mit ihren Ermahnungen und Vorwürfen: „Mein Bruder hat dich lieber als mich. Er hat dir den besten Mann ausgesucht, den es für dich geben kann. Wie willst du dich mit deinem Wunsch, Nonne zu werden, rechtfertigen? Deine Verwandten haben schon Kummer genug mit dir."

Aber Yolanda hält dagegen: „Cousine, lasst mich Gott zuliebe das genießen, was ich Euch anvertraut habe, denn ich kenne weder Freund, noch Verwandte, noch Bruder, noch Vater, noch meine Mutter, um deretwillen ich das aufgeben möchte, was ich Gott versprochen habe."

Nach einem Moment der Stille betet Yolanda: „Der mich mit seinem Blut von des Todes Not erlöste. Er ließ sich binden und fangen, ins Gesicht schlagen und kreuzigen. Er gab sein

Leben für mich hin. Er ließ seine liebreiche Mutter bis auf den Tod betrübt stehen. Und er wollte nicht davon ablassen, den Tod für uns zu erleiden. Wie sollte ich wegen des Schmerzes der Verwandten das Beste, was ich tun kann, unterlassen? Ich werde immer nach dem Ordensgewand streben, sollte ich auch deshalb sterben!"

Die Gräfin von Hengebach ist sichtlich beeindruckt von Yolandas Worten. Sie geht zum Grafen, um mit ihm über seine Tochter zu sprechen. Sie empfiehlt nach dem Prediger Albertus nach Köln zu senden: „Er ist ein weiser Lehrer, er trägt die höchste Auszeichnung der Gelehrsamkeit."

Fast unwirsch antwortet der Graf: „Wir kennen Albertus, er zählt sich zu den Domini canes, den Spürhunden des Herrn, wie er selbst sagt. Glaube mir, liebe Nichte, auch er will sie in Mariental haben und nicht in einem der Klöster Eurer Schwestern. Ich bin dieses Streites längst überdrüssig."

Die Begine versucht ihn zu besänftigen und bittet ihn, dem Glück seiner Tochter nicht weiter im Weg zu stehen. Wem nützen Zorn und Lüge? Sie gibt zu bedenken, dass Yolanda neben dem Erbe an Mut auch den starken Willen ihrer Vorfahren zum Erlangen ihrer Wünsche in sich vereinige.

Der Graf seufzt: „Du hast Recht, wenn Mutter und Tochter voreinander stehen, gibt es keine Unterscheidung, es sei denn nach ihren Jahren."

Die Gräfin blickt mit mildem Lächeln auf ihren Onkel, diesen mächtigen Herrn des Hauses Vianden, der verzagt nach einem Ausweg sucht. Es gibt keinen Zweifel, jedes Wort seiner

Frau ist ihm wie ein Amen in der Kirche, jedes Lächeln seiner Tochter rührt sein Herz.

„Es gibt nur einen Ausweg. Lasst den Predigermeister kommen, er ist dazu geschaffen und vom Himmel berufen, Euch, lieber Onkel, zu helfen. Habt nur die rechte Zuversicht."

Der Graf wiegt zweifelnd den Kopf, verzieht das Gesicht zu säuerlicher Miene und sagt: „Wenn das gut sein soll, dann bin ich der Letzte, der dagegenspricht."

Bereits zwei Tage später trifft Albertus in Begleitung von Thomas von Aquin und Walther von Meysemburg auf Burg Schönecken ein. Im Kreise der Gäste und Verwandten wird den Dominikanern vorgetragen, was Yolanda bisher allein und gegen jeden Willen unternommen hat.

Im großen Festsaal, wo sonst getanzt, gesungen und gesprungen wird, sitzen sie zusammen, um darüber zu beraten, was im Fall Yolandas zu tun ist. Albertus hört sich schweigend jede Klage an, Thomas und Walther sitzen ebenso still neben ihm.

Hin und wieder schüttelt der Graf den Kopf. Die schrillen Stimmen der Äbtissinnen und das Geschrei um Yolanda sind ihm zuwider. Es berührt ihn unangenehm, wie respektlos die Ritter in der Runde das Wort gegen sie führen.

„Diese schlimmen Reden über unsere Tochter und das ungebührliche Gebaren dieser Menschen dürfen wir nicht dulden", sagt er zu seiner Frau.

Sie lächelt nur und antwortet: „Du siehst, das muss alles mal gesagt werden!"

Zwei Stunden vergehen mit Anklagen und Schimpfen über

den Ungehorsam dieser verstockten Tochter. Schließlich fordert Albertus: „Ruft das Mädchen herbei, damit es uns selbst seinen Willen verkündet und über alles, was es unternommen hat, berichtet, damit wir sehen können, was Recht oder Gnade angeht. Das Mädchen hat vielleicht auf einen Ratschlag hin gehandelt. Was immer geschehen ist, erst nach dieser Anhörung fassen wir unseren Beschluss."

Alle in der Runde stimmen zu: „Man lasse Yolanda sofort kommen."

Als Albertus das Wort Ratschlag ausspricht, spürt Walther sehr deutlich den Blick der Gräfin auf sich ruhen, aber er weicht diesem Blick aus. Sein Herz ist unruhig bei dem Gedanken, dass er gleich Yolanda wieder sehen wird. Ihre Worte von Mariental – „Wagt es nie wieder meinem Leib oder meiner Seele nahe zu kommen!" – hat er nicht vergessen. Ob sie inzwischen eingesehen hat, dass er ihr damals nicht anders raten konnte?

Ein Raunen geht durch den Saal, als Yolanda, bekleidet mit einfachem Gewand, erscheint. Das kurz geschnittene Haar ringelt sich ohne Schmuck um ihre Schläfen. Demütig, aber selbstbewusst ist ihre Haltung, als sie auf die Dominikaner zugeht, die neben ihren Eltern sitzen und ihr entgegenschauen.

Längst ist sie nicht mehr das fröhliche Mädchen, das guten Worten blind vertraut hat. Ihr Trost ruht allein in Gott. Sie weiß nur eines – sie wird nicht nachlassen in ihrem Kampf, ihr Leben selbst zu bestimmen. Sie wird sich keinem irdischen Mann ausliefern.

Ihr Blick streift Walther nur flüchtig, dann wendet sie sich

Albertus zu, der erstaunt ihren Auftritt verfolgt. Nachdenklich bleibt sein Blick auf Yolanda ruhen.

„Jungfrau, Euer Vater und Eure Mutter klagen darüber, dass Ihr Euch zu einem Klosterleben ohne ihren Willen und Rat entschlossen habt. Ihr wisst, dass man zu einer solchen Tat gute Helfer braucht. Es ist ungehörig, dass Ihr so gehandelt habt. Nun sagt uns auf der Stelle offen, was Euer Wille ist und wie alles zustande kam."

Yolanda schaut ihm fest in die Augen und erwidert: „Ich habe Leib und Leben gänzlich Gott übergegeben. Dieses Versprechen werde ich halten, was immer mir widerfahren wird."

Albertus fragt: „Jungfrau, lasst uns wissen, wie weit und auch auf welche Weise Ihr das Gott gelobt habt."

„Mein Herz hat sich ganz Gott ergeben, ich habe Leib und Leben Gott und seiner lieben Mutter in Mariental hingegeben. Was soll eine lange Erzählung? Der Orden hat mich als Nonne aufgenommen, an ihn bin ich durch mein Wort gebunden. Das war geschehen, bevor meine Mutter kam und mich mit Gewalt aus dem Kloster wegführte."

Empörte Äußerungen der Äbtissinnen und der Verwandten verursachen Unruhe, die Albertus mit ungeduldiger Handbewegung beschwichtigt. Dann sagt er zu Yolanda: „Wie vielfältig Ihr das Gelübde auch getan habt, wenn Ihr den Orden verlassen wollt, wird man Euch darin gut unterrichten. Man wird Euch auch gut beraten, wenn Ihr Euer Leben wieder der Welt zuwenden und einen reichen Mann nehmen wollt." Albertus zögert einen Moment und sieht Yolanda prüfend ins Gesicht.

„Man kann Euch sehr wohl helfen, dass Ihr vom Orden frei kommt. Man schicke sogleich zum Papst, damit er Euch losspreche. Wenn Ihr wollt, tut man das sehr bald."

Aus Freude über diese Worte umarmen sich die Eltern überschwänglich. Die Verwandten klatschen der Rede Beifall und loben den Predigermeister.

Dann blicken alle auf Yolanda, die ohne weitere Regung erwidert: „Herr, ich glaube wohl, dass der Papst gewiss die Macht hat, mich zu lösen, wenn ich das begehre. Von Sünden kann er mich nicht gegen meinen Willen lösen. Was ich Gott versprochen habe, werde ich halten, wie ich vermag und wie ich es am allerbesten kann."

Zum ersten Mal, seit sie so nahe bei den Dominikanern steht, blickt Yolanda Walther in die Augen. Während sie seinen Blick festhält, spricht Albertus davon, dass es üblich wäre, sich ein Jahr lang zu prüfen und dass derjenige, für den der Schritt sich als zu schwer erweise, ehrenvoll anders entscheiden dürfe.

Yolanda erwidert, ohne den Blick von Walther zu wenden, sie wolle lieber sterben, als das Ordenskleid aufzugeben. Aber niemand beachtet ihre Worte, alle loben den Prediger wegen seiner weisen Rede.

Albertus betrachtet sinnend das selbstbewusste Mädchen, das fest zu seiner Entscheidung steht. Dann flüstert er mit Walther. Yolanda versteht die Worte: „In dieser Sache kann ich weder helfen noch weiter raten, denn das Wort der Jungfrau kann niemand umwenden. Will sie bei Gott bleiben, so soll man sie nicht zu etwas zwingen, was ihr doch gegen das Innerste geht."

Walther gibt ihr mit den Augen einen Hinweis auf ihre Eltern. Als sie ihn fragend anschaut, nickt er ihr zu. Yolanda geht voller Mut auf ihren Vater zu und sinkt vor ihm auf den Boden. Mit gefalteten Händen kniet sie vor ihm.

Der Graf beugt sich zu ihr und sagt: „Steh auf, meine Tochter, wie soll mir das Freude bereiten, wenn ich dich so betrübt sehe?"

Er zieht Yolanda hoch und drückt sie an sich. Alles Gerede ihm Saal verstummt bei diesem Anblick. Gerührt über diese herzliche Szene, vermag keiner mehr gegen Yolanda zu reden. Die Beratung löst sich ohne ein Ergebnis auf.

Aber die Äbtissin Hymana, umringt von ihren Nonnen, gibt noch nicht auf. Sie beginnt den Grafen in einer für sie selbst unwürdigen Sprache zu schelten. Wie ein Waschweib keift sie und ereifert sich: „Ihr habt niemals bedacht, dass ich Eurer Sippe entstamme. Ich kann es nicht fassen, dass ihr Eure Tochter in einen solch kläglichen Orden habt gehen lassen und sie sich diesem erbärmlichen Ort verpflichtet hat. Ihr werdet es schon bald entdecken, welche Schande für Euch daraus erwachsen wird. Ich wollte mir Eure Tochter nehmen, das hätte sich besser für Euch geschickt, als dass sie jetzt in einen Bettelorden geht, wo sie weder Freunde noch Blutsverwandte, noch eine herausgehobene Stellung, noch sichere Versorgung hat, wie ich ihr das geben könnte."

Der Graf von Vianden steht ganz verzagt neben Yolanda und antwortet: „Meine liebe Nichte, meine Tochter steht hier. Sprich mit ihr. Kannst du sie mit irgendwelchen Gründen dahin bringen, dass sie dir gehorcht, dann sei es so, wie du es willst."

Yolanda, die der ewigen Reden und Gegenreden, der ganzen Schmach und des Gezerres um ihre Person längst müde ist, geht einen Schritt auf Hymana zu: „Ich war einst bei Euch. Ihr seid selbst Zeuge davon, wie ich um Euren Orden bat. Ihr habt meine Bitte nicht erfüllt. Was Ihr jetzt von mir wollt, das wird Euch nicht gewährt."

„Ich glaube, das ist nicht dein Ernst", faucht die Äbtissin.

Aber Yolanda antwortet mit ruhiger Stimme: „Ihr habt meine Bitte nicht ernst genommen. Von Kindheit an wollte ich nichts anderes, als mich ganz und gar Gott weihen. Seid dessen sicher, wenn ich von einem noch ärmeren Ort wüsste, als der, der mich aufgenommen hat, dann würde ich um meiner Seele Heil lieber dorthin gehen. Ich habe mir das Kloster Mariental ausgesucht. Das geschah mit meinem Willen. Von mir bekommt Ihr nichts anderes mehr zu hören."

Der Vater sieht Yolanda bewundernd an und schließt sie zärtlich in die Arme. Beeindruckt von ihrer festen Rede, die auch ihn vor dieser Nichte gerechtfertigt hat, erkennt er, dass Yolanda im Kampf um ihren Eintritt ins Kloster längst eine selbstbewusste junge Frau geworden ist, die sich nichts mehr vorschreiben lässt, die ihr Leben selbst bestimmen möchte. Aber gerade diese Erkenntnis bereitet ihm Unbehagen, denn es wird noch weitere Auseinandersetzungen um diese Tochter geben, dessen ist er sich gewiss.

Die Äbtissin geht bebend vor Zorn einen Schritt auf die Viandenerin zu, die ihrem Mann die Hand reicht, um inmitten ihrer Hofgesellschaft den Raum zu verlassen. Mit lauter Stimme ruft Hymana: „Ist das eine Art, mit Verwandten umzugehen?"

„Es kommt eine bessere Stunde. Ihr seht doch, dass jetzt kein Wort fruchtet", antwortet die Gräfin.

Während sich alle entfernen, rennt die Äbtissin hinter ihnen her, schimpft über die Prediger, den Grafen und sein Gefolge und vor allem über Yolanda.

Niemand ist gewillt, ihr zuzuhören. Man flüchtet. Es gibt angenehmere Beschäftigungen.

Der Graf wendet sich der Jagdgesellschaft im Burghof zu und gibt losgelöst von den Streitgesprächen um seine Tochter seinem Pferd die Sporen. Seine Frau zieht sich in die Stille ihrer Kemenate zurück

Walther steht in einer Fensternische und verfolgt den Aufbruch der Jagdgesellschaft unten im Burghof. Er sieht ein buntes Bild mit prunkvoll gekleideten Herren und Damen, prächtig geschmückten Pferden und dem Rudel kläffender Hunde. Ein Leben im Glanz der Welt? Er selbst hat sich den Bettelorden der Dominikaner gewählt, dabei nicht auf Ausübung von Macht verzichtet und vieles nach seinem eigenen Willen gewendet. Wie weit reicht noch sein Einfluss auf Yolanda. Was wird sie jetzt tun?

Yolanda steht vor Albertus und Thomas. Voller Vertrauen spricht sie den Predigermeister an. Sie redet über ihre Liebe zum Kloster Mariental und bittet ihn: „Helft mir diesen Kampf zu durchbrechen, gebt mir das Ordenskleid und den Schleier, dann will ich beides zum zweiten Mal empfangen. Ich habe meine Profess in Mariental getan, will sie aber wiederholen und mich von Euch erneut aufnehmen lassen."

Albertus weigert sich und will sich abwenden. Yolanda beharrt auf ihrer Forderung. Sie wirft sich ihm zu Füßen: „Herr, ich kann und darf nicht länger warten."

Der Dominikaner hat zwar längst erkannt, dieses Mädchen ist verzweifelt über das Gerangel um seine Person. Aber er ist sich auch sehr bewusst, zu welch mächtigem Haus Yolanda gehört, und natürlich kennt er die Abmachung mit dem Monschauer. War nicht tagelang in Köln über diese ungehorsame junge Frau gesprochen worden? Hatte sich nicht Erzbischof Konrad über ihre Hartnäckigkeit ereifert? Nur Dompropst Heinrich betonte immer wieder mit Nachdruck, es habe für seine Schwester Yolanda von Kind an keine größere Sehnsucht gegeben, als die, sich ganz Gott zu weihen.

Albertus schaut nachdenklich auf das Mädchen. Von zierlicher Gestalt mit einem engelgleichen Gesicht, rührt dieses Geschöpf jedermann. Dessen ist er sich sicher. Welcher Starrsinn mag sich hinter dieser zarten Stirn verbergen? Walther von Meysemburg hatte bereits alles haarklein dargelegt und die Wahrhaftigkeit Yolandas beteuert.

„Steh auf, lass dein Weinen sein", sagt Albertus, „ich werde dir helfen, wenn ich kann."

Yolanda beharrt: „Nein, Herr, ich gehe keinen Schritt, bis ich erhört werde. Zu oft habe ich mich vertrösten und belügen lassen."

Albertus ist dieses Drängen unangenehm. Er wendet sich zum Gehen, aber Yolanda greift ihn sofort am Mantel, sie bittet, sie weint, sie jammert: „Ich lasse Euch nicht, ehe ihr mich gesegnet habt!"

Aus welchen Gründen auch immer, ob es den Predigermeister schmerzt, wie sie so verzweifelt an seinem Mantel festhält, oder ob er die Wahrhaftigkeit ihres Verlangens sieht, Albertus nimmt sie mit allen Gebeten, die notwendig sind, auf der Stelle in den Predigerorden auf. Yolanda erhebt sich an seiner Hand im Bewusstsein, jetzt und für immer Dominikanerin zu sein.

Während Albertus mit Thomas den Saal verlässt, bleibt Yolanda regungslos stehen, schließt die Augen, ein Lächeln gleitet über ihr Gesicht, dann wirft sie die Arme hoch und dreht sich mit einem Freudenschrei, der sich ihr tief aus Leib und Seele ringt.

Walther sieht ihr Glück und mit dem Gefühl, sie dahin geleitet zu haben, wo sie jetzt angekommen ist, klatscht er ihr Beifall. Sie hält inne und läuft auf ihn zu und unwillkürlich öffnet er seine Arme, in die sie hineinstürmt, nicht anders wie in früherer Zeit, als sie noch das kleine Mädchen war, das ihm blind vertraute und ihn in überschwänglicher Freude umarmte.

Er ist sich sehr wohl bewusst, dass sie längst aus ihren Kinderträumen heraus gewachsen ist, dass er eine junge Frau im Arm hält, die ihr Ziel, nach dem sie immer strebte, erreicht hat. Wenn sie ihm jetzt auch so Wange an Wange im Arm liegt, so weiß er doch sehr wohl, dass sie nur einem Mann gehört, Jesus Christus, dem einzigen Mann, dem sie sich je ergeben wollte.

Noch sprüht Yolanda vor Glück über den eigentlich so leicht errungenen Sieg über Albertus. Sie gibt dieser Stunde Glanz, indem sie die sonst so verhassten Tanzschritte beginnt, dazu mit ihrer hellen Stimme singt und in Freude hüpft und sich dreht.

Walther sieht ihr zu und auf wundersame Weise fühlt er sich im Bündnis mit diesem Glück. Ihre Worte von Mariental „Wagt es nie wieder meinem Leib oder meiner Seele nahe zu kommen!“ hat er nicht vergessen. Aber wie wunderschön ist es jetzt, ihrem Glück nah zu sein. Ob sie inzwischen verstanden hat, dass er nur so und nicht anders hatte raten können, wie er es in Mariental getan hat?

Yolanda wiegt sich und schreitet auf königliche Art, ganz, wie es das höfische Leben immer von ihr gefordert hat. Aus vollem Halse lachend bleibt sie vor Walther stehen, ergreift seine Hände und blickt ihm dann nach einer Weile still in die Augen.

Leise beginnt er zu sprechen und zitiert einen Vers von Walther von der Vogelweide:

„Ich saz uf eime steine,
und dahte bein mit beine:
dar uf satzt ich den ellenbogen:
ich hete in mine hant gesmogen
daz kinne und ein min wange,
do dahte ich mir vil ange,
wie man zer welte sollte leben:

deheinen rat kond ich gegeben,
wie man driu dinc erwurbe,
der keines nuht verdurbe,
diu zwei sint ere und varnde gout,
daz dicke ein ander schaden tout:
daz dritte ist gotes hulde,
der zweier übergulde,
die wollte ich gerne in einen schrin,
ja leider desn mac niht gesin,
daz gout und weltlich ere
und gotes hulde mere zesamene
in ein herze komen,
stig unde wege sint in benomen:
untriuwe ist in der saze,
gewalt vertu f der straze:
fride unde reht sint sere wunt.
Diu driu enhabent geleites niht,
diu zwei enwerden e gesunt.“

„Ich saß auf einem Felsen
und schlug ein Bein über das andere;
darauf stützte ich den Ellenbogen.
Das Kinn und meine eine Wange
hatte ich in meine Hand geschmiegt.
In dieser Stellung überlegte
ich mir eindringlich,
wie man auf Erden leben müsste.

Ich wusste mir nicht zu raten,
wie man drei Schätze erwerben könnte,
ohne dass einer von ihnen verloren ginge.
Die beiden ersten,
die einander oft nachteilig beeinträchtigen,
sind Ansehen und irdischer Besitz.
Gnade bei Gott,
noch wertvoller als die beiden andern,
ist das dritte.
Gern wollte ich diese drei
in einen Schrein bekommen.
Doch leider, es ist unmöglich,
dass Besitz, Ansehen vor der Welt
und Gnade bei Gott
jemals wieder in ein Herz kommen.
Stege und Wege sind ihnen verlegt:
Untreue lauert im Hinterhalt,
Gewalttätigkeit zieht auf der Straße;
Frieden und Recht sind auf den Tod wund.
Die drei haben keinen Schutz,
ehe diese beiden nicht gesunden."

Yolanda lächelt, dann küsst sie ihn fest auf den Mund. Es ist ihr Tag, es ist ihre Stunde! Sie weiß sehr genau, dass der Sieg noch seine Haken hat, aber nichts wird sie ängstigen. Sie schmiegt sich in Walthers Arm und rezitiert einen anderen Vers von Walther von der Vogelweide:

„Lat iu agen wiez umbe ir zouber stat,
des si wunder treit,
sist ein wip diu schoene und ere hat,
da bi liep und leit,
dazs iht anders künne,
des sol man sich gar bewegen,
wan daz ir vil minneclichez
pflegen machet sorge und wünne."

„Lasst euch erzählen,
wie's mit ihrem Zauber steht,
den sie in Fülle hat.
Sie ist eine Frau,
die Schönheit und Sittsamkeit besitzt
und das ihr Eigen nennt,
was Freude und Qual schafft.
Dass sie sich außerdem
noch auf etwas anderes verstehen könne,
muss man sich aus dem Kopf schlagen.
Ihr Liebreiz allein bereitet Schmerz und Wonne."

Leise summt sie eine Melodie. Dann dreht sie sich im Kreis und ruft: „Der Mann, den ich erwählt habe, ist unsterblich und nie und nimmer wird er an meiner Liebe zweifeln, und immer werde ich die Schönste für ihn sein."

Walther zieht Yolanda, die noch bebt vor Freude und Glück, in die Fensternische. Im Licht der Sonne leuchtet ihr Haar, glüht ihr Gesicht.

„Yolanda, hör mir zu", bittet der Dominikaner, „sie werden nicht nachlassen im Kampf um dich. Der Monschauer hat gehört, dass du ins Kloster gehen willst. Da steht noch eine Forderung, die du nicht so einfach wegwischen kannst. Deine Cousinen werden dich bedrängen, der Erzbischof von Köln wird noch ein gewichtiges Wort mit reden wollen. Der Kampf ist noch lange nicht zu Ende."

Zur Stunde ficht sie das alles nicht an. Yolanda hat im doppelten Sinn ihr Ziel erreicht. Sie ist über all den Kränkungen und Demütigungen auch erwachsen geworden.

„Wir werden uns in Mariental wiedersehen, das weiß ich ganz gewiss", sagt sie zu Walther.

Sie lässt ihre Hand aus der seinen gleiten, lächelt ihm noch einmal zu und ruft laut nach Heilewif, die auch sofort zur Stelle ist, um sie in ihre Kammer zu begleiten. Yolanda brennt darauf, an ihrem von Kindheit her vertrauten Triptychon, Nitharts Kreuzreliquiar, zu beten.

Die Tage danach sind wie Spießrutenlaufen für Yolanda, denn die Äbtissin hat ihre Nonnen angewiesen, sie ständig und überall zu bedrängen, damit sie dem Bettelorden absagen würde, um in den ihrem Stand gemäßen Orden für adlige Damen zu kommen. Sie flehen und bitten, aber Yolanda lächelt, denn sie ist in festen Händen, in den Händen Gottes.

Die Äbtissin wird zornig darüber. Sie wendet ihren ganzen Eifer auf, sei es früh oder spät, um Yolandas Sinn zu ändern. Hymana rät der Mutter, ihre Tochter oft zu schelten.

„Wie kindisch“, sagt Yolanda selbstbewusst.

Der Aufenthalt auf Burg Schönecken wird für alle unerträglich. Die Franziskaner sehen sehr schnell ihre Grenzen – Yolanda besiegt sie in jeder Rede. Sie gehört längst dem Predigerorden. Die Äbtissin Hymana ist unerbittlich, sie lässt nicht nach in ihren Verleumdungen. Als sie sieht, dass kein Ränkespiel hilft, klagt sie darüber, dass Yolanda sich gänzlich von den Predigern betören lässt. Der Kampf um Yolanda wird vielfältig geschürt, obwohl er längst entschieden ist.

In dieser Bedrängnis von allen Seiten bringt es Heilewif auf den Punkt: „Der eine bittet, der andere schimpft, der Dritte droht mit dem Tod.“

Sie bürstet wie immer täglich Yolandas Haare, kümmert sich um die kostbaren Gewänder und den Schmuck und lässt sich von der Aufregung um sie herum nicht beeindrucken.

„Sie kommen von überall her, um Euch jeweils für sich selbst zu gewinnen, sei es die Äbtissin vom Kloster St. Thomas, sei es der Abt von Himmerod. Habe ich richtig gehört, als die Äbtissin hinter Euch herlief und sagte, meine vielgeliebte Tochter, du sollst im Voraus dafür sorgen, dass du deinen Schmuck und deine Kleider sofort mitbringst, wenn du zu uns ins Kloster kommst?“

Yolanda lächelt über solche Reden, aber der Kampf ist noch lange nicht zu Ende.

„Heilewif, niemand würde sich um mich sorgen, wenn ich nicht Yolanda von Vianden wäre, oder?“

Der Monschauer meldet sich.

Yolanda wird in den Bankettsaal zitiert, um sich durch den Monschauer Boten die Klagen des Mannes vortragen zu lassen, dem sie als Braut versprochen ist.

„Er empfindet allein das Gerücht, dass du ins Kloster gehen willst, als Beleidigung", empört sich die Gräfin von Vianden, „wie kannst du uns diese Schmach antun?"

Der Graf seufzt: „Der junge Mann fordert von uns seine Braut und den dazu gehörenden großen Besitz. Das Geld will er auf jeden Fall haben."

Sehr schnell stellt sich heraus, warum er eigentlich nur auf dem Geld besteht – der schöne Walram von Monschau hat sich verliebt. Seine Auserkorene stammt ebenfalls aus gutem Haus.

Yolandas Eltern schicken die Boten des Bräutigams mit der Nachricht zurück, sie würden ihren Vertrag einhalten und das Eheversprechen erfüllen, die Tochter Yolanda sei bereit, er könne sie jederzeit abholen. Jetzt wird nur noch die Antwort des Monschauers Klarheit geben können.

Das Grafenpaar und seine Vasallen befragen Yolanda erneut vor dem ganzen Haus im großen Saal, wie sie dazu stehe. Auch die Äbtissinnen, die Franziskaner und die Prediger sitzen mit in der Runde. Walther hat sich einen Platz weit hinten im Saal gesucht. Heilewif hat ihn gesehen und steht nahe bei ihm.

„Gibt es denn kein Ende?"

Walther antwortet nachdenklich: „Jetzt liegt alles in der Hand des Monschauers."

Yolanda sagt mit heller Stimme: „Ihr wisst, dass ich weiterhin frei sein will von allen Männern, außer einem, dem ich

Treue geschworen habe. Den werde ich nie aufgeben, eher lasse ich mich totschlagen."

Der Graf, seine Ritter und Lehnsmänner schweigen nach Yolandas heftigen Worten. Doch ihre Mutter gibt sich noch lange nicht geschlagen: „Ist das die Freude und Zufriedenheit, die wir von unserer Tochter erwarten dürfen? Wer soll uns von Geld und Versprechen entbinden, die wir bereits gelobt haben, wenn wir dich dem Monschauer nicht zur Frau geben?"

Ungerührt beharrt Yolanda: „Was weiß ich, wer das für mich gelobt hat? Das Gelöbnis, um welches ich nicht bat, soll der bezahlen, der es für mich gelobt hat. Was ich gelobt habe, das will ich auch halten, so gut ich kann!"

Ein empörtes Raunen ist auf diese Worte hin zu hören. Yolandas Ungehorsam gegen ihre Eltern erregt das Missfallen aller.

Die Mutter ruft verbittert: „Ja, Tochter, so liegt das alles an deinem Willen? Dein Vater hat versprochen, dich diesem Mann zu geben. Willst du, dass wir sowohl Verwandte als auch Gut verlieren? Wegen deines Eigensinns? Es muss ein wenig anders gehen! Du musst deinen Willen aufgeben und zu unserem Willen bereit sein! Sei es dir lieb oder leid."

Die Mutter versucht ihre Wut und Empörung über diese ungehorsame Tochter in den Griff zu kriegen. Ohne dass sie es sich eingestehen will, weiß sie doch längst, dass sie den Starrsinn, den sie zu brechen versucht, hinnehmen muss, dass Yolanda von ihrer Wahl, Braut Christi zu sein, nicht mehr abrücken wird.

Listig beginnt sie erneut Yolanda zuzusetzen: „Du musst wählen, folge dem Mann, oder du wirst freiwillig da eine Nonne, wo dich die Cousine empfangen hat."

Nachdenklich beobachtet sie ihre Tochter, die allerdings keinerlei Regung zeigt.

„Oder wähle dir selber einen Ort bei einem Orden in unserer Grafschaft. Dabei wollen wir dir behilflich sein. Auch wenn du das nicht willst, es muss genau so sein – entweder du gibst diesem Mann deine Hand und wir bezahlen die Schuld, die wir versprochen haben, oder du gehst in ein Kloster, das für dich diese Schulden bezahlt! Eines sollst du wahrhaftig wissen, in den Orden und an den Ort, wohin du dich gewendet hast, kommst du mit meinem Willen niemals! Nun wähle, denn wie ich es sage, muss es sein!"

Alle im Saal klatschen der empörten Gräfin Beifall. Während sie sich mit Genugtuung in ihren Stühlen zurücklehnen und noch eifrig zustimmend die Worte der Gräfin bereden, steht Yolanda still, mit gefalteten Händen.

Erst als der Gesprächslärm wieder abebbt, ergreift Yolanda das Wort: „Herrin und Mutter, wisst, was Ihr mir hier zur Wahl vorgelegt habt, das werde ich nicht annehmen! Wer gern verlieren will, der kann für mich versprechen, soviel es ihm beliebt. Was ich gelobt habe, das will ich ausführen und halten! Warum sollte der Orden das entgelten und dafür bezahlen, was weder ich noch er versprochen haben?"

Die Mutter ist aufgesprungen, sie hebt die Schwurhand und schreit: „Ich schwöre dir, Tochter, jeden Eid, du wirst meinem Willen folgen müssen! Ich werde dich öffentlich mit diesem Mann in eine Kammer einschließen, sieh dann zu, wie du damit fertig wirst!"

Yolanda schmerzt es, die Mutter in diesem Zorn zu sehen, aber mit fester Stimme erwidert sie: „Herrin und Mutter, Ihr habt mich in Eurer Gewalt, das gebe ich zu. Ihr könnt mich stoßen und schlagen, Ihr könnt mich neben einen Mann legen. Solang ich Gottes Hilfe habe, kann mir nichts geschehen. Und wäre ich auch mit hundert Männern fest eingeschlossen, käme ich doch unberührt davon. Deshalb werde ich wahrhaftig auch diesen Mann, den Ihr meint, sehr wenig fürchten!"

Wer bis dahin noch glaubt, die Wut der Gräfin sei nicht mehr zu steigern, der erschrickt jetzt vor dem Gekeife, wie es schlimmer nicht auf den Marktplätzen zu hören ist. Alle im Saal verstummen. Yolanda hält sich beide Ohren zu. Unmut über das Gebaren ihrer Mutter erfüllt sie: „Ach, Herrin, was ist das, was hier die Luft verunreinigt hat? Solche Worte sollte eine reine Frau, und ginge es um ihr Leben, nicht sprechen. Was ist Euch widerfahren? Ihr seid nicht bei Sinnen. Gott bewahre den Mund aller reinen Frauen, dass niemals bekannt werde, was Ihr hier gesprochen habt."

Über diesen Worten von Yolanda verliert die Gräfin jedes weitere Maß an Beherrschung. Zornig geht sie die Stufen hinunter auf ihre Tochter zu, die einen Schritt vor ihr zurückweicht. Auge in Auge stehen sie voreinander. Furchtlos hört Yolanda sich das Geschrei an, hört, wie die Mutter tobt und droht, dass sie ihre Tochter fangen lassen und ganz unten im

Turm in Geschmeiß und Kot verderben lassen will.

Mit ruhiger Stimme antwortet Yolanda: „Herrin und Mutter, ich kann und will Euch nicht widerstehen. Ihr könnt mich binden und fangen und in den Turm oben oder ganz unten bringen. In dieser Sache bin ich ganz getrost. Behandelt mich nach Eurem Willen. Gott wird mir helfen. Ich weiß wohl, er ist so gut, dass er mir nichts als Gutes tut, was immer er mich leiden lässt."

Der Vater, der bisher ziemlich hilflos das Streiten und Gekeife verfolgt hat, steht auf und gebietet seiner Frau zu schweigen. Sie dreht sich unwirsch nach ihm um, dann lässt sie ihre Blicke über die Ritter schweifen, und der, den sie fest ins Auge fasst, erhebt sich zu ihrer Verteidigung, indem er laut mit bösen Worten Yolanda Übles nach sagt.

Yolanda fällt ihm ins Wort: „Herr Ritter, haltet Eure Ungehörigkeit zurück. Ich habe mit meinen Verwandten schon genug zu tun."

Der Ritter gibt sich noch nicht geschlagen von Yolandas Worten. Er fordert: „Wir müssen sprechen, es ist höchste Zeit. Eure große Torheit betrifft uns alle im Land. Ihr fügt uns allen mit Eurer Bettelnonnerei Schande zu. Wenn Ihr weiterhin so störrisch seid, erreicht Ihr nur, dass über alle Eure Verwandten Eure Schande kommt."

Yolanda schüttelt den Kopf und antwortet mit großem Mut: „Herr Ritter, das ist nicht wahr! Ich werde mit Gottes Hilfe meinen Verwandten Ehre und Gut erhöhen, das hoffe ich. Eure bösen Worte bedrängen mich. Nun schweigt und kümmert

Euch um Eure Angelegenheiten. Ich habe mit Euch nichts zu tun. Verschont mich. Eure Worte sind mir verhasst."

Walther, der bisher aufmerksam den Streit verfolgt hat, lehnt sich lächelnd zurück, er ist begeistert von Yolandas Gegenrede.

Er blickt nach dem Vater, der ein Bild des Jammers bietet. Er, diese milde Seele, steht zwischen der Tochter, die er besonders liebt, und der Gräfin.

Diese aber findet kein Ende und ruft voller Grimm: „Tochter, wenn du mir nicht folgen willst, dann zieh sofort die Kleider aus, die du trägst. Sie gehören mir. Du kannst bei mir auch wahrlich nicht als Nonne leben."

Yolanda bekennt leise: „Ich mag Euch fern oder nahe sein, ich bin jetzt für immer eine Nonne."

Die Gräfin ruft nach Yolandas Edelfräulein und gibt ihnen die Tochter in strenge Obhut. Bewacht will sie Yolanda sehen, nie allein sitzen noch stehen sehen. Die Edelfräulein hören es mit Unmut, denn das wird auch für sie eine beschwerliche Gefängniszeit.

Yolanda versichert: „Ihr könnt, was mich betrifft sicher sein, ich werde nicht entfliehen."

Aber die Gräfin faucht erbost: „Tochter, du hast mich so oft belogen und betrogen, wie soll ich sicher sein, dass du nicht wieder lügst und betrügst?"

Dann geht sie auf ihren Gemahl zu und schreit ihm entgegen: „Kümmere du dich darum. Ich bewache diese Tochter nicht. Ich gebe sie jetzt in deine Hand, sofort, aus meiner Obhut soll sie entlassen sein. Weder bei mir noch bei meinen Kindern soll sie länger bleiben."

Sie beginnt bitterlich zu weinen und schart mit einem Wink Söhne und jüngste Tochter um sich herum. Mit Tränen in den Augen geht der Graf auf Frau und Kinder zu und umarmt sie. Einen Schritt nur entfernt steht Yolanda jetzt allein.

Als sich alle entfernen, geht Yolanda in ihr Gemach und fällt betend an ihrem Hausaltar nieder: „Lieber Gott, milder Vater, du hast dein Ebenbild den Menschen zugewiesen und unsere Schuld mit deines Sohnes Wunden gelöscht, sieh jetzt auf meine angstvolle Not. Jesus, ich bitte dich um deines Todes willen, dass du mir Hilfe senden, meinen Kummer wenden und alles das von mir entfernen mögest, was mich von dir trennen kann. Ich habe mich dir übergeben, nun stärke du mein Leben zu deinem Preise, süßer Gott, sodass dein Wille und dein Gebot ganz an mir zum Dank und dir zum Preis vollbracht werden."

Die letzten Worte flüstert sie nur noch, dann sinkt Yolanda erschöpft einschlafend zu Boden.

Heilewif öffnet leise und vorsichtig die Tür, dann winkt sie Walther hinein zu gehen. Er sieht zum ersten Mal die Pracht und den Reichtum, mit dem Yolandas Leben bis ins kleinste ausgestattet ist.

Er kniet neben Yolanda nieder und nimmt die Schlafende in seine Arme. Es rührt sein Herz, als sein Blick auf den kleinen Altar fällt, von dem er weiß, dass Yolanda von ihren jüngsten Jahren an Gott an diesem Triptychon all ihre Gedanken anvertraute. Er wiegt sie zärtlich in seinen Armen, dann trägt er sie zu ihrer Bettstatt. Innig spricht er für sie ein Gebet.

Als er Heilewif warnend flüstern hört, verlässt er schnell das Gemach. Vor den Edelfräulein verbirgt er sich in einer Fensternische des großen und breiten Flurs und lässt sich dann von Heilewif hinunter in seine Unterkunft geleiten.

Dort führen Knappen, Knuedler und Prediger harte Reden gegeneinander. Als dann noch weitere Männer eintreffen, die als Botschafter aus Luxemburg zurückkommen, gibt es bei ihrer neuen Nachricht Gejohle. Walram von Monschau interessiert sich nicht mehr für die Viandener Braut noch für ihre Mitgift, er hat die andere, in die er unsterblich verliebt ist, zum Altar geführt.

Walther zögert noch einen Moment, dann eilt er den Weg durch die Burg zurück zu Yolandas Gemach. Auf sein Klopfen hin öffnet Beatrix die Tür. Walther drängt sie zur Seite und kniet vor Yolandas Bett nieder. Dicht an ihrem Ohr flüstert er die neue Botschaft. Die Edelfräulein, die sich neugierig um ihn scharen, brechen in lauten Jubel aus, als sie den Sinn der Botschaft begreifen.

Yolanda öffnet ungläubig ihre Augen. Walther umarmt sie und drückt sein Gesicht an ihre Wange während er flüstert: „Gottes Wege sind wunderbar."

Yolanda küsst ihn innig auf den Mund und flüstert zurück: „Wir sind in seinen Händen geborgen immerdar."

Erzbischof Konrad lädt alle seine Verwandten ein, um erneut Yolandas Situation zu beraten. Auch Albertus und Thomas von Aquin sind anwesend.

Als Yolanda an der Seite ihrer Mutter den Erzbischof

begrüßt und ihn umarmen will, gibt er Yolanda vor dem ganzen Hofstaat eine heftige Ohrfeige: „Jungfrau, du bist etwas zu kühn, du bist auch nicht alt genug, um eine so große Sache zu entscheiden. Willst du Versöhnung mit deinen Verwandten, dann gehe in einen ihrer Orden. Wenn das geschieht, will ich dir helfen, so gut ich kann."

Aber Yolanda beharrt auf ihrer eigenen Wahl, sie will Dominikanerin in Mariental sein. Konrad runzelt nur die Stirn, begleitet von einer heftigen Handbewegung und würdigt sie von der Stunde an keines Wortes mehr. Hat nicht er die Fäden der Heirat mit Walram von Monschau klug geknüpft? Wenn jetzt alles anders kommen soll, wird sich Macht mindern, Macht verschieben. Nur durch den Starrsinn dieses Mädchens!

Yolanda steht hilflos vor dem Vetter, der sich für den Mittelpunkt der Welt hält. Dass er mit harter Hand sein Bistum führt, sein Vermögen mehrt, auf Machtfülle bedacht ist, das weiß sie. Daraus macht weder er ein Hehl, noch tun es andere. Yolanda schaut in die Runde. Niemand hilft ihr. Niemand bietet dem Erzbischof die Stirn. Vetter Konrad hat seine Verwandten fest im Griff. Niemals würde ihm jemand widersprechen, noch seine Entscheidungen nicht gut heißen.

Ihr Bruder Heinrich stellt sich neben sie und legt seinen Arm um ihre Schulter.

„Du musst Geduld haben, wenn Gott es will, können es Menschen nicht verhindern, deine Sache wird dir gelingen, wenn du nur fest daran glaubst."

Aber es wird gestritten und geschimpft über diese Grafentochter, die sich nicht fügen will. Schließlich ist es irgendwann jeder leid, wegen Yolanda statt Kurzweil, Tanz und Gesang nur noch Streitreden zu hören.

Als der Kaplan ihr in der Beichte die Absolution verweigert und den Empfang der Osterkommunion verbietet, fragt Yolanda: „Hab ich denn Unrechtes getan? Um Gottes willen, lasst mich das wissen, zur Buße will ich bereit sein."

Der Kaplan antwortet: „Jungfrau, ja, es tut mir leid, dass Ihr Gott so sehr erzürnt, und dass Ihr sein Gebot, was Eure Mutter angeht, immer wieder brecht. Es ist uns allen bekannt, dass Ihr der gegenüber ungehorsam seid, die Euch das Leben geschenkt hat. Geht in Euch, es ist an der Zeit. Ehrt Eure Mutter, das will Gott, oder Ihr brecht sein Gebot."

Yolanda beteuert, dass sie nur erfüllen will, was sie von Kind an gelobt habe. Der Kaplan hält ihr vor, dass die Mutter sie doch nur an einem vornehmeren Ort als Mariental wissen wolle. Yolanda setzt dagegen, dass sie, fände sie bei den Gotteskindern einen noch ärmeren Ort, sofort dahin gehen würde.

Der Kaplan sieht sie lange an, dann sagt er: „Gott möge Euch gnädig sein!"

Bevor Albertus und Thomas von Aquin aufbrechen, überredet Walther sie noch einmal zu einem Treffen mit Yolanda. Albertus stimmt zu, nimmt ihn aber zuvor ins Gebet: „Sie ist die Tochter einer mächtigen Familie, eine Frau, die sich ganz und gar Gott weihen will? Die ich, erschöpft durch den Zwang ihrer Bitten, in unseren Orden aufgenommen habe? Sagt mir, wonach steht der Sinn dieser edlen Dame? Wie soll ich das alles

einordnen? Will sie sich in unserem Orden einen Namen schaffen nach ihrer Art? Hat sie Zugang zu naturwissenschaftlichen Überlegungen? Ist sie interessiert an all diesen Dingen? Will sie gar Beraterin der Großen werden?"

Walther entgegnet: „Yolanda von Vianden hat nur ein Ziel – sie will in aller Demut nur Gott und der Muttergottes dienen, sie will unberührt und keusch ihr Leben in Armut und Gehorsam verbringen."

„Also kein selbstsüchtiges Streben nach persönlichem Ruhm, wie wir es schon mit besonders hartnäckigen Damen von Stand erlebten?"

„Nein!" antwortet Walther, „Yolanda ist wahrhaftig ein Kind Gottes. Dass ihr die Sehnsucht ihres Herzens verwehrt wird, weil sie ihm Schachspiel der Mächtigen eine Figur ist, die Machtzuwachs bringen kann, das ist ihr Kampf mit ihrer Familie."

Albertus blickt Walther nachdenklich an.

„Du liebst diese Yolanda von Vianden."

„Ja", erwidert Walther.

„Thomas, sag, was ist in diesem Fall zu tun?" will Albertus von seinem Schüler wissen.

Thomas lacht herzhaft: „Frauen sind schon schwer als fürsorgliche Mütter zu ertragen, erst recht schwierig ist es, sie einzuschätzen, ob Ehrgeiz sie treibt, ob ihr Sinn danach steht, uns zu beherrschen. Ich gebe zu, Frauen haben alles im Griff, wenn sie es wollen, sie sind allerdings besonders geschickt darin, dies vor den Männern zu verbergen. Ihre List bringt den Tapfersten der Tapferen zu Fall, und er wird zu Wachs in der zierlichsten Hand!"

„Das ist ein fröhliches Lachen und eine lange Rede von einem, den seine Mitschüler in Köln wegen seines strengen Schweigens den stummen Ochsen nennen", neckt Walther den Aquinaten.

Albertus stimmt schmunzelnd zu: „Wir nennen Thomas den stummen Ochsen, allein, er wird durch seine Gelehrsamkeit in künftigen Jahren brüllen, dass man ihn auf der ganzen Welt hören wird."

„Das zeigt sich jetzt schon in jedem Wort, das er spricht oder schreibt", pflichtet Walter dem Predigermeister bei, „ich wünschte, Thomas könnte mir in der Sache raten, die mir so viel Furcht verursacht."

Thomas sieht den Gefährten nachdenklich an. Er erinnert sich an das nächtliche Gespräch mit Yolanda in der Burgkapelle, in dem sie die Unversehrtheit von Leib und Seele beteuerte und von ihrer tiefen Sehnsucht sprach, nur für Gott zu leben. Schmerzlich war es für ihn, als sie ihren nicht enden wollenden Kampf mit der Mutter schilderte. Wie ähnlich war ihr Schicksal dem seinen in den frühen Jahren.

Aber er hatte auch gesehen, dass sie, wie er selbst, allein stehen wollte, versunken in Gott und nicht getrieben von weltlichen Dingen. Während er das Gefüge der Welt erforschen und erkennen will, steht ihr Sinn nach Anbetung. Darin sieht sie ihre Freiheit. Walther hat sich verstrickt in der Liebe zu ihr, und was ihn quält, ist die Erkenntnis, dass er nicht wiedergeliebt wird.

„Rate mir, lieber Thomas, diese Furcht, die mich beunruhigt, zu bezwingen."

„Jede Furcht rührt daher, dass wir etwas lieben."

„Heißt das, es wäre besser nichts zu lieben?"

Thomas blickt ihm in die Augen: „Wenn ich mit Menschen-, ja mit Engelszungen rede, habe aber die Liebe nicht, so bin ich ein tönendes Erz und eine gellende Schelle. Und wenn ich die Prophetengabe habe und alle Geheimnisse weiß und alle Erkenntnis besitze und wenn ich allen Glauben habe, sodass ich Berge zu versetzen vermöchte, habe aber die Liebe nicht …"

„… so bin ich nichts", ergänzt Walther den Text des 1. Korintherbriefes, „die Liebe ist langmütig, gütig ist die Liebe, die Liebe ist nicht eifersüchtig, sie prahlt nicht, ist nicht aufgeblasen. Sie handelt nicht taktlos, sie sucht nicht nach eigenem Vorteil, sie lässt sich nicht erbittern, sie trägt das Böse nicht nach. Sie freut sich nicht über das Unrecht, freut sich vielmehr mit an der Wahrheit. Alles deckt sie zu, alles glaubt sie, alles hofft sie, alles erträgt sie. Die Liebe hört niemals auf."

„Jede Furcht rührt daher, dass wir etwas lieben", wiederholt Thomas, „und das ist gut so. Denn die Sorge für den anderen, den wir nach den Geboten lieben sollen, wie uns selbst, diese Sorge und Furcht um andere ist Caritas, eben Nächstenliebe im reinsten Sinne. Wenn deine Liebe der Art ist, dass sie im Widerspruch zu unseren Ordensregeln steht, dann wünsche ich dir, dass du Sieger bleibst in dem Kampf, der eher Verlierer sieht."

Walther antwortet leise: „In diesem Fall bin ich zum Sieg

gezwungen."

Albertus, der schweigend zuhörte, legt seine Arme um die Schultern seiner Gefährten: „Dann lasst uns jetzt mit dieser Grafentochter reden, die ausgerechnet in unserem Kloster Mariental ihr Leben in Armut verbringen will, und nicht in den Klöstern der Schwestern unseres ehrwürdigen Erzbischofs, in Klöstern, die für adlige Damen besser geeignet sind."

Walther führt seine Predigerbrüder in die Kapelle, wo Yolanda ins Gebet vertieft schon auf die Dominikaner wartet. In ein weißes Wollkleid gehüllt, ohne weiteren Schmuck, steht sie vor ihnen.

Albertus will sogleich von Yolanda wissen, warum sie so starrsinnig gegen den Willen der Eltern kämpft.

„Genügt es dir nicht, als Gräfin und Herrscherin an der Seite eines mächtigen Mannes ein gottgefälliges Leben zu führen? Aus Trotz und Überdruss der Welt zu entsagen? Willst du das nur, um deine Mutter zu kränken? Glaube mir, das ist keine gute Grundlage für ein Klosterleben."

Yolanda antwortet nicht sofort. Sie weiß, dass sie ihre Worte gut wählen muss, um den Predigermeister zu überzeugen. Weit über Köln hinaus reicht sein Ruf. Er ist ein berühmter Mann, dessen Lehren gelobt werden, der von seinen Schülern verehrt wird.

Sie erwidert mit gesenktem Blick und kindlicher Stimme: „Habt Ihr nicht selbst gesagt, dass wohl niemand mein Wort umwenden kann, dass man mich nicht zu etwas zwingen solle, was mir doch gegen das Innerste gehe? Ich habe Euch gesagt, dass ich lieber sterben werde, als mein Ordenskleid zu lassen, das ich in Mariental und erneut durch Euch erhalten habe!"

Albertus muss lächeln über diese Antwort. Es war recht geschickt, ihn selbst zu zitieren. Er sieht Walthers Augen aufleuchten und bemerkt auch das Schmunzeln seines Schülers.

„Sie kann nicht nur lesen und schreiben", sagt er spöttisch. Dann wendet er sich seinen beiden Begleitern zu und gibt über Yolandas Kopf hinweg redend zu Bedenken: „Aber kann sie auch Latein? Hat sie schon etwas von der stoischen Wissenschaftslehre gehört? Von Logik, Physik und Ethik? Strebt ihr der Sinn nach diesen Dingen? Welcher Nutzen erwächst aus ihrem Starrsinn? Warum will sie in einen Bettelorden? Was sollen wir mit ihr? Eine Frau ihres Standes sollte gottgefällig den Platz ausfüllen, der ihr von Geburt bestimmt ist, oder, wenn es unbedingt sein muss, eines der Klöster ihrer Verwandten wählen. In Mariental wird sie unter unseren armen Schwestern nur Unruhe schaffen, denn auf Dauer wird ihr die Auseinandersetzung mit der Welt abgehen."

Yolanda begreift sehr wohl, dass der Dominikaner sie herausfordern will. Sie lässt sich nicht anmerken, dass er damit einen wunden Punkt trifft, denn erst durch Walther hat sie im Briefwechsel als gelehrige Schülerin philosophische Betrachtungen kennengelernt. Aber warum will es niemand begreifen, dass ihr der Sinn nur nach einem einfachen Leben, nach schlichtem Alltag steht?

Ihr Blick geht von einem zum anderen und bleibt am neugierigen Gesicht von Albertus hängen.

Sie rezitiert fast flüsternd: „In welcher Einstellung zieht sich der Weise aus der Welt zurück? Doch in der Gewissheit, dass er auch dann noch zum Nutzen der Nachwelt tätig sein wird. Ich jedenfalls wage die Behauptung, dass diese Weisen Größeres vollbracht haben, als wenn sie Heere geführt, Ehrenämter innegehabt und Gesetze eingebracht hätten. Warum sollte also eine solche Rückgezogenheit mir nicht anstehen? Die Weisen fanden heraus, wie ihr ruhiges Dasein der Menschheit mehr nützen konnte als anderer Leute Rennerei und Schweiß."

Während Walther fast vergeblich versucht, ein stolzes Grinsen zu verbergen, dem verblüfften Thomas der Mund offen stehen bleibt, stellt Albertus lapidar fest: „Wir wussten es schon, dass sie lesen und schreiben kann, jetzt wissen wir zudem, dass sie Brieftexte aus kundiger Hand recht nett zu zitieren weiß."

Misstrauisch blickt er Yolanda an. Ob sie noch andere Texte aufsagen kann?

Als ob sie seine Gedanken lesen könnte, sagt sie: „Ich beginne mich erst seit kurzem mit diesen Schriften zu befassen, besonders die Worte von der Ruhe der Seele gefallen mir gut, aber auch die Erkenntnis über das Glück: Leben wollen alle im Glück, doch um zu erkennen, was das Leben glücklich macht, dafür sind sie blind."

Yolandas Worte verklingen, während die drei Männer sie nachdenklich betrachten. Thomas seufzt: „Gott bewahre mich vor jemand, der nur ein Büchlein gelesen hat."

Als niemand mehr etwas zu ihr sagt, sinkt sie vor Albertus auf die Knie. Wortlos zeichnet er ihr ein Kreuz auf die Stirn.

ZUSAMMENBRUCH UND WENDE

10. Kapitel

Dann kommt ein Tag, den man mit viel Freude feiern will. Am Hof von Vianden steht die Vermählung des Erbprinzen Friedrich mit Mathilde an. Erneut flammen Zorn und Wut der Gräfin auf, als Yolanda zu verstehen gibt, dass sie nicht gewillt ist, an den Festlichkeiten teilzunehmen. Das Drängen der Mutter, die mit Ungeduld und Zähigkeit stets ihre Wünsche umsetzen will, stürzt Yolanda erneut in den Zwiespalt, ein ungehorsames Kind zu sein.

„Wenn du nicht gehorchst und Freunde und Verwandte und auch uns, deine Eltern, ohne Festfreuden lässt, dann begehst du eine schwere Sünde."

Yolanda verspürt nicht die geringste Lust, wieder Zorn und Wut der Mutter über sich ergehen zu lassen. Andererseits hasst sie es, zu lügen, nur um Ruhe vor ihr zu haben. Deshalb entschließt sie sich, die Mutter um Nachsicht zu bitten.

„Weder kann noch will ich Feste feiern. Wenn ich nicht ins Kloster darf, dann will ich hier so leben, wie ich es dort tun würde. Bitte versteht das doch."

Sofort verliert die Mutter jegliche Beherrschung: „Du musst fröhlich sein. Es ist sonst dein Tod oder der meine. Du tust das, worum ich dich bitte!"

Yolanda senkt demütig den Kopf. So wie die Dinge stehen, ist ihr das Leben unerträglich. Es schmerzt sie, dass sie ihre Mutter rasend macht. Es schmerzt sie aber auch, dass es keine Nachsicht gibt, kein Verständnis dafür, was das eigene Kind glücklich machen würde.

Im Widerstreit der Gefühle beschwichtigt sie die Mutter mit Versprechen, von denen sie jetzt schon weiß, dass sie sie nicht halten wird: „Wenn es nicht anders sein kann, will ich Freude bereiten, tanzen, singen und lachen, so gut ich es vermag."

Über das Gesicht der Mutter huscht ein triumphierendes Lächeln: „Wenn du das tust, werde ich deinem Willen entsprechend immerdar dein Trost und auch deine Hilfe in guten Dingen sein."

Lüge! Yolanda hasst dieses Spiel, das nun schon zu lange zwischen Mutter und Tochter abläuft. Sie hasst sich selbst dafür, dass sie immer wieder nachgibt, sie hasst sich für den Ungehorsam gegenüber der Mutter. Sie ist unglücklich in diesem Zwiespalt und kennt doch keinen Ausweg.

Dem Willen der Mutter gehorchend, lässt sie sich mit ihrem schönsten Gewand einkleiden und kostbaren Schmuck umlegen. Begleitet von Irmengard, Beatrix und Jutta begrüßt sie zusammen mit ihrer Familie im Festsaal die Braut, die später einmal Herrin über die Grafschaft Vianden und allen dazugehörigen Gütern und Lehen sein wird. Ob sie in Mathilde eine Schwägerin bekommt, die sie bei ihrem Wunsch, nach Mariental zu gehen, unterstützen wird?

Ein Blick genügt Yolanda, um zu wissen, dass ihr in diesem schönen Geschöpf, das stolz und selbstbewusst auf der Burg Vianden mit großem Gefolge Einzug hält, neues Ungemach erwachsen wird. Die junge Schwägerin weiß, sich sehr wohl in Szene zu setzen. Eine schlanke Gestalt, ein ebenmäßiges Gesicht, mit einem Lächeln, das jeden bezaubert, mit fließenden Bewegungen, die Lebenslust verraten, so ist sie aufs Beste von der Natur ausgestattet. Bezwingend schön sind ihre hellen Augen, die sie mit verführerischem Blick den Männern zuwendet, die ein spöttisches Blitzen zu haben scheinen, wenn sie die jungen Frauen ansieht. Sie genießt sichtlich die bewundernden Blicke und das aufgeregte Getuschel.

„Ist sie nicht wunderschön?" flüstert der Bräutigam Vater und Mutter zu. Artig begrüßt Mathilde das Grafenpaar und Friedrich. Dann nimmt sie an seiner Seite die Huldigungen der Hofgesellschaft entgegen.

Auch Yolanda verneigt sich vor der Schwägerin, die jetzt schon mit jedem Blick und jeder Geste zeigt, dass sie die neue Herrin neben der Gräfin ist. Mathilde eilt der Ruf voraus, Festfreuden zu lieben. Die hohe Stellung und Macht ihrer neuen Familie sind Gewähr für ein angenehmes Leben, also ganz nach ihrem Sinn.

Hatte Yolanda eben noch gehofft, in der Schwägerin eine Schwester an ihrer Seite zu haben, die ihr dabei helfen will, ins Kloster gehen zu können, so sieht sie sich schnell eines Besseren belehrt und mit Spott überschüttet. Als sie Mathilde mit offenem Herzen willkommen heißt, ihr Freundschaft anbietet und sie sogleich darum bittet, ihr das Tanzen zu erlassen, erwidert diese mit lauter Stimme: „Im ganzen Land habe ich schon die Kunde von deinem widerwärtigen Betragen gehört. Wenn du dich hier vor meinen Augen, auf meinem Hochzeitsfest wie eine Bettelnonne benehmen willst, dann geh doch ins Kloster, das ist mein Rat. Verschone mich mit deinen Betteleien, über die schon längst alle spotten. Du sollst mir heute spielen, lachen und jede Freude bereiten, ja, singen und tanzen sollst du für mich, denn sonst werde ich dich nicht mehr beachten."

Es ist still geworden im Saal. Jeder wendet sich den beiden zu, um zum einen das stolze Gesicht Mathildes zu betrachten und andererseits die Wirkung der bösen Worte auf Yolanda zu sehen. Erst der Ruf, der die Festgesellschaft zu Tisch bittet, beendet diese ungute Stille.

Yolanda ist zutiefst erschrocken über diese offene Feindschaft. Während Mathilde hofiert wird und dies auch genießt, setzt sie sich abseits. Zum ersten Mal wird ihr bewusst, im ganzen Land wird mit Spott über ihren Klosterwunsch geredet.

Als nach dem Essen zu Gesang und Tanz aufgefordert wird, ertönt glockenhell, aber eher scharf Mathildes Stimme: „Meine allerliebste Schwester Yolanda, steh auf und tanze. Denn wie kannst du damit sündigen, wenn du bei diesem prachtvollen Fest deiner neuen Verwandten den Tanz anführst und sie mit Gesang erfreust, wie sich das gehört?"

Auch der Bräutigam schaltet sich ein und zieht Yolanda in den Kreis der Tanzenden. So bleibt ihr nichts weiter übrig, als mitzutun. Danach drängt die Mutter sie, ein Lied zu singen.

Sie beginnt, aber schon gleich ersticken Tränen ihre Stimme.

Mathilde höhnt: „Ist das Eure Tochter, die früher gelobt wurde im ganzen Land für die Kunst ihres Tanzes und für ihre schöne Stimme? Seid mir nicht gram, aber jede unserer Dienstmägde gäbe ein besseres Bild ab."

Yolanda blickt zaghaft in die Runde. Ihr Vater wendet betrübt das Gesicht ab. Ihrer Mutter schwellen die Halsadern. Ihr Bruder Friedrich verzieht missbilligend den Mund und umarmt dann voller Stolz seine Braut.

Unter der Hofgesellschaft gibt es einige, die Mitleid empfinden. Der eine spricht für Yolanda, der andere tadelt den Hochmut Mathildes. Die Mutter ist es jetzt überdrüssig, dass Yolanda „mit Geziere und gespielter Traurigkeit", wie sie sagt, das Fest störe. Sie trägt den Edelfräulein auf, sich zu kümmern und Yolanda zu bereden, sich dem Fest entsprechend zu verhalten.

Alle Fröhlichkeit ist gewichen. Die Gefolgsleute des Grafen sehen sehr wohl die Tränen der Tochter. Niemandem bleibt verborgen, wie ihr der Sinn gerichtet ist, und jedermann bedauert das Mädchen, das sich weltlichen Freuden längst entzogen und seine Gedanken auf Gott gerichtet hat. Es scheint allen besser, dass man Yolanda endlich ins Kloster gehen lasse und sie nicht mehr quälen solle. Es müsse ein Ende geben in diesem Streit.

Die Gräfin ist nicht gewillt, aufzugeben. Sie denkt nach, wie sie eine Entscheidung weiter hinaus schieben kann. Sie schickt nach Verwandten, nach den Predigern, aber auch nach den Franziskanern. Immer wieder ruft sie, ihre Tochter könne überall hingehen, aber niemals zu den Predigern.

Als sie erfährt, dass Walther von Meysemburg anreist, schickt sie ihm Boten entgegen und befiehlt ihm, der Burg fern zu bleiben. Yolanda hört davon und sendet Walther eine Briefbotschaft, in der er von ihrem Kummer und ihrer Betrübnis liest, aber auch von ihrem vollen, überquellenden Herzen und ihrer ungebrochenen Sehnsucht nach Mariental. Er liest vom Zorn des Vaters und dem Hass der Mutter. Das schmerzt ihn, aber er kann sich auch über die Beständigkeit ihres reinen Herzens freuen. So liest er liebe Worte von ihr, aber wie immer auch viel Leidvolles.

Er schreibt ihr seinen Rat, tröstet sie so gut er kann und findet auch Wege, ihr die Briefe heimlich zukommen zu lassen.

Seit Mathilde als junge Herrin am Hof lebt, versäumt sie keine Gelegenheit, Yolanda zu kränken. Es scheint, als habe das Vergnügen mit Tanz und Spiel für sie doppelte Freude vor der Schmach, die sie ihrer Schwägerin vor der Hofgesellschaft zufügen kann. Während Yolanda immer mehr die Tage wie eine Nonne im Kloster verbringt, legt es Mathilde darauf an, die Burg mit dem Lärm der Feste und Empfänge zu erfüllen, die ihr die höchste Freude bereiten.

Doch dann geschieht etwas Unfassbares. Friedrichs Pferd strauchelt bei einer wilden Jagd durch den Ardenner Wald. Er stürzt zu Boden und bleibt regungslos liegen, während seine Frau Mathilde inmitten der fröhlichen Reiterschar weiterstürmt. Die Knappen kümmern sich um Friedrich, bringen ihn auf die Hofburg, betten ihn sorgsam, rufen nach allen Heilkundigen, aber vergebens, Friedrich bleibt bewusstlos. Seine

Eltern eilen herbei, sitzen in fassungslosem Schmerz an seiner Bettstatt und begreifen nicht sofort, was geschehen ist. Ohne sichtbare Wunde liegt der Erbe ihrer Grafschaft vor ihnen, dem Tod nah.

Fröhlich lärmend ist die Heimkehr der Jagdgesellschaft, laut tönt das Lachen der jungen Ehefrau Mathilde durch die Burg. Mathilde lässt sich und ihren Gästen im Bankettsaal auftischen. Zur Unterhaltung weist sie die Musikanten an aufzuspielen und reagiert unwirsch, als der Haushofmeister sie um Gehör bedrängt.

„Was erlaubt er sich? Sieht er nicht, dass wir allesamt hungrig und durstig sind? Warum stört er unser Vergnügen?"

Als er ihr die schlimme Nachricht über das Unglück Friedrichs zuflüstert, winkt sie ab: „Um nach ihm zu sehen, bleibt später noch Zeit."

Inzwischen hat das Grafenpaar nach priesterlichem Beistand gesandt. Selbst Walther wird gerufen. Er findet Yolanda inmitten ihrer Eltern und Geschwister Philipp und Richardis. In wildem Galopp waren ihm die Boten begegnet, die nach den Brüdern Peter in Lüttich und Heinrich in Köln gesandt wurden. Aus dem Viandener Spital, vom Grafenpaar für den Orden der Trinitarier gegründet, kommt Hilfe und Beistand. Aber vergebens, Friedrichs Zustand bleibt unverändert.

In die lärmende Runde im Bankettsaal dringt nach und nach ein Wort über das Unglück, von den Bediensteten geflüstert. Ein Wispern geht von Ohr zu Ohr. Einer nach dem anderen verlässt den Bankettsaal und ohne ein weiteres Wort die

Burg. Mathilde sitzt zum Schluss allein mit ihren Hofdamen am Tisch, unwillig wegen des eiligen Aufbruchs ihrer Gäste.

Als sie schließlich voller Unmut Friedrichs Gemach betritt, bleibt sie erschrocken stehen. Walther ist gerade dabei, dem Erben des Hauses Vianden das Sakrament der letzten Ölung zu spenden, während die Familie ins Gebet versunken ist. Der Graf kann ein Schluchzen nicht unterdrücken. Die Gräfin kniet mit wächsernem Gesicht reglos an seiner Seite. Die Geschwister weinen in enger Umarmung.

Es dauert eine Weile, bis Mathilde den Ernst der Lage begreift. Wenn Friedrich sterben sollte, ist alle Fröhlichkeit ihres Lebens dahin, die Aussicht, Herrin der mächtigen Grafschaft Vianden zu werden, vorbei. Ein Witwendasein steht ihr bevor.

Tränen der Wut über diese Fügung schießen ihr in die Augen. Mit verkniffenem Mund bleibt sie an der Tür stehen. Als Yolanda sich nach ihr umschaut, aufsteht und die Schwägerin wegen dieser Tränen tröstend umarmen will, stößt Mathilde sie heftig zurück, dreht sich um und eilt laut klagend ihrem Gemach entgegen.

Dort vergräbt sie sich lamentierend über dieses böse Schicksal, das mit einem Schlag die fröhlichen Tage ihrer Jugend beendet, und ist keinem Trost zugänglich. Den Rat ihrer Hofdamen, endlich ans Sterbebett ihres Ehemannes zu gehen, um der Pflicht und der Sitte nachzukommen, beantwortet Mathilde mit lautem Wehgeschrei über ihren eigenen Zustand.

Das Sterben Friedrichs dauert mehrere Tage. Als sein Tod festgestellt wird, hinterlässt er eine erschöpfte Familie, die in

Trauer erstarrt ist. Die Burg füllt sich mit Verwandten und Freunden, die dem Toten ihre Reverenz bezeugen wollen.

Dass der Tod des Erben alle lähmt, dass vom Gesinde, das auf Zehenspitzen durch die Gänge huscht, kein Laut zu hören ist, die Burg wie verwunschen wirkt, bleibt niemandem verborgen. Eine unsagbare Trauer umklammert alle, lässt sie erstarren, macht sie hilflos. Ein Weinen, Schluchzen und Seufzen durchzieht die Burg und scheint über Wände und Treppen hinabzufließen. Schauerlich ist dieses Leid, dem niemand mit Trost begegnen kann.

Der ganze Bergfried bebt, wie eigentlich gewohnt in all den vielen Jahren, aber nun spürt jeder in der Burg den schwankenden Boden. Bisher hatte das stete Vibrieren der Schieferschichten kein Fest und keinen Schlaf gestört. Zu mächtig erschien jedem der Untergrund der Hofburg zu sein. Stand sie nicht uneinnehmbar für jeden Feind auf diesem Felssporn?

Wer immer nur hoch zu Ross die mächtigen Grundmauern passierte, die am Fuß von schräg aufsteigenden Schieferplatten umhüllt sind, deren brüchige Spitzen sie wie steinerne Blütenblätter umfassen, der hatte nie wahrgenommen, dass Wind und Regen sie zerkrümeln.

Hatte nicht der Aquinat beim ersten Betreten der Burg Vianden an der Seite von Albertus, Thomas von Cantimpré und Walther in philosophischer Betrachtung Vergleiche zwischen Schiefer und allmächtiger und herrschsüchtiger Gräfin von Vianden gezogen? Er hatte diese schöne Frau als zärtliche Mutter und umsichtige Lenkerin der Geschicke ihrer Familie bereits auf Burg Schönecken in der Eifel kennengelernt, aber auch als unnahbare und unerbittlich stolze Herrin. Am Ende der langen Wanderung von Köln nach Vianden studierte Thomas einst auf den letzten Schritten nach dem vierten Tor der Burg den aufstrebenden Schiefer mit den Worten: „Als Fels gewachsen, in sich gespalten, an der Oberfläche glatt, wie kaum sonst ein Stein, lässt der Schiefer Regen von sich abfließen. Im Wandel der Zeit blättert die Oberfläche. In seiner Grundsubstanz fehlt dem Schiefer ganz und gar die Festigkeit des Granits."

Albertus hatte ihm nachsichtig lächelnd das Bild der mächtigen Viandener gezeichnet. Aber der Aquinat entschlüsselte sofort mit wenigen Worten das künftige politische Gefüge: „Wird der geplante Machtzuwachs durch gescheiterte Heiratspolitik zunichte gemacht, wird Vianden an Bedeutung verlieren."

Nach kurzer Überlegung pflichtet ihm Albertus bei: „Die Würfel sind längst gefallen. Eine Tochter, die nicht davon abgeht, in Keuschheit in einem Kloster leben zu wollen, bestimmt die Schicksalswege einer ganzen Familie."

In aller Eile hat sich Mathilde ein neues Gewand nähen lassen, in dem sie jetzt ihren Auftritt als trauernde Witwe zelebriert. Voller Mitleid kümmern sich die Trauergäste um die herzzerreißend Weinende.

Aber nicht dieses Schauspiel der Trauer ist es, das Yolanda überrascht bemerkt, sondern die Milde ihrer Mutter. Die Tage gehen ins Land, ohne ein Wort der Gräfin gegen das klösterliche Verhalten der Tochter.

Einmal, nach einer Messe, lässt sie Walther und Yolanda

durch Heilewif zu sich rufen. Heilewif rennt mit hoch geschürztem Kleid in die byzantinische Galerie, wo sie die beiden am Fenster, im Gespräch vorfindet.

„Die Gräfin will Euch sprechen“, sagt sie aufgeregt zu Yolanda und zu Walther gewandt, „auch Euch!“

Die beiden blicken sich verwundert an.

„Geschwind“, drängelt Heilewif.

Aber Yolanda und Walther wenden wieder den Blick auf die Landschaft des Flusstales und fahren in ihren Betrachtungen fort, die Heilewif gerade unterbrochen hat.

Der Dominikaner sagt leise: „Du wirst dich nach dieser Welt sehnen, wenn du eines Tages in Mariental eingeschlossen bist.“

„Nein, wenn du so redest, hast du die Sehnsucht meines Lebens nicht begriffen.“

„Bedenke, der Orden verlangt von den Frauen dieses abgeschlossene Dasein.“

Yolanda lächelt: „Du wirst meine Verbindung zur Welt sein, denn dir verwehrt die Ordensregel nicht dein Predigerleben an allen Orten, die du dir aussuchst.“

Heilewif schüttelt den Kopf: „Die Gräfin wartet.“

Als Yolanda und Walther sie fragend anblicken, gibt Heilewif zu bedenken: „Habt ihr nicht das verweinte Gesicht der Herrin gesehen? Ist es da noch schwer zu deuten, wie sich ihr Sinn gewandelt hat? Ich bin nur ein einfaches Viandener Mädchen, aber selbst mir blieb nicht verborgen, dass der Tod des Erben ihr an der Seele nagt, dass ihr Starrsinn in Eurer Sache längst der Demut vor dem Willen Gottes gewichen ist.“

Yolanda blickt Walther fragend an. Der runzelt die Stirn und meint: „Sollten wir diesmal der Sache trauen?"

Dann ergreift er Yolandas Hand.

„Ja, lass uns zu ihr gehen. Der Kummer hat sie zermürbt."

Ohne Heilewifs nachdenklichen Blick zu beachten, strebt er mit Yolanda an der Seite der Kemenate entgegen, in der sie bereits von der Gräfin erwartet werden.

Allein steht sie am Fenster und wendet den beiden ein Tränen überströmtes Gesicht mit wund geweinten Augen zu: „Es ist Zeit, dass ich diesen Zwist aufgebe, den ich so lange gegen Gott geführt habe. Es ist ein Hohn, wie die Welt mit seinen Geboten umgeht. Ich habe gesündigt. Das tut mir leid, ich habe Gott und Euch erzürnt. Wenn ich Gnade finden kann, werde ich gerne büßen."

Sie lässt sich zu Füßen des Dominikaners sinken, bis ihre Stirn den Boden berührt. Dann bettelt sie ihn um Gnade an.

Verwirrt beobachtet Yolanda diese Szene. Die Gräfin zu Walthers Füßen? Ungläubig blickt sie von einem zum anderen. Tränen der Wut quellen ihr in die Augen. Diese Selbsterniedrigung ihrer Mutter ist ihr unerträglich. Mit dieser Situation kann sie nicht umgehen. Welch Schmerz! Welch blutendes Herz! Yolanda ist zutiefst erschüttert.

Fremd ist ihr plötzlich dieser Mensch, der wimmernd zu Walthers Füßen liegt.

Diese stolze Frau, die mit Umsicht die Geschicke ihrer Familie lenkt, bettelt um Gnade und Vergebung bei einem Diener des Herrn?

Diese mächtige Frau liegt am Boden, die ihr die Stirn bot bei ihrem Wunsch, ein einfaches Dasein ohne Glanz und Prachtentfaltung ihrer fürstlichen Familie leben zu dürfen. Yolanda ist fassungslos, aber dennoch jenseits von jedem Funken des Triumphs.

Ihr schnürt dieser Anblick das Herz zusammen. Erst recht, als die Gräfin noch am Boden liegend ihre Hände auf Yolandas Füße legt.

„Vielgeliebte Tochter, ich kann diesen Streit nicht länger führen, ich will Buße tun, dazu ist es höchste Zeit. Was ich dir an Leid zugefügt habe – ich glaubte, es für dich in bester Absicht zu tun."

Regungslos blickt Yolanda auf die Bettelnde am Boden, deren Jammer sie hilflos macht. Es ist die Mutter, wird ihr bewusst, kein fremder Mensch, der um Hilfe bittet. Zugleich durchfließt eine Welle der Liebe ihr Herz. Barmherzigkeit ist jetzt gefordert. Sie neigt sich der Mutter zu, während der Dominikaner der Schluchzenden aufhilft und sie tröstend in den Arm nimmt, ohne ein Wort zu sagen.

Die Gräfin wendet sich zu Yolanda: „Nun sehe ich wohl, mein Stolz hat mich irregeführt, du bist in deinem Alter weiser gewesen als ich."

Sie umarmt ihre Tochter, der diese Geste Tränen in die Augen treibt, und bittet: „Du musst mir das Leid vergeben, das ich dir angetan habe. Ich will dir bei allem helfen, was du in Zukunft beginnst."

Schweigend stehen sie beieinander. Yolanda ist wie gelähmt.

Sie kann nicht sofort und gleich mit dieser unverhofften Wendung der Dinge umgehen. Die Demut der Mutter schmerzt. Aber seltsam, die Jahre des Kampfes sind wie weggewischt. Keine Spur von Misstrauen steht mehr zwischen ihnen.

Leise beginnt Yolanda zu sprechen: „Meine liebe, liebe Mutter, es soll Euch ganz verziehen sein, dass Ihr mir Leid zugefügt habt. Ich bin mir gewiss, dass Euch die Liebe dazu zwang."

Ein tiefes Aufschluchzen der Gräfin bewegt Walther dazu, beide Frauen zu umarmen.

Die Hände der Mutter umfassend, sagt Yolanda fast beschwörend: „Nun handelt nach dem Willen Gottes und tröstet mich, helft mir dorthin zu gehen, wohin ich mich angelobt habe. Denn ich begehre weder mehr noch weniger."

Mit fester Stimme antwortet die Gräfin: „Ich bin bereit zu tun, was in meiner Macht steht!"

Wer glaubt, jetzt sei jedes Hindernis bezwungen, muss erleben, dass der Graf den Prediger nicht unter den Augen haben will. Plötzlich ist es die Gräfin, die ein gutes Wort für Walther einlegen muss.

Der Graf ist nicht zu besänftigen: „Ich kann den Mann nicht ansehen, der mich des liebsten Kindes, das ich habe, berauben will."

Die Viandenerin ist sprachlos. Sie begreift, dass ihr Mann bisher im Streit um den Klostereintritt der Tochter nichts sagen musste, so lange sie selbst unerbittlich war.

Er bleibt allen Einwirkungen verschlossen. Im Gegenteil, er

ruft voll Zorn: „Wer immer mir das sagt, der hat sofort meine Huld völlig verloren. Wer immer sie wegführt, der muss wissen, dass er deshalb das Leben verlieren kann."

Walther erschrickt vor dieser Feindschaft des Grafen und verlässt sofort die Burg. Yolanda bricht nach den Worten ihres Vaters weinend zusammen. Ihre Mutter versucht sie zu trösten, aber die Tochter beteuert: „Mein Wille ist wie zuvor, und wankt auch niemals mehr. Ich habe mich Gott ergeben, den Leib und auch das Leben habe ich ihm geopfert. Der Welt entsage ich und ganz gewiss allen Männern, und sollte ich deshalb sterben."

Was zuvor undenkbar war, ist jetzt selbstverständlich – die Mutter kümmert sich liebevoll um Yolanda.

Kaum ist die Trauerzeit zu Ende, kommen junge Ritter in Scharen, um Mathilde ihre Reverenz zu erweisen. Der Hofstaat spielt und singt, zum Vergnügen der schönen Witwe. Das Grafenpaar kann diese Fröhlichkeit kaum ertragen, zu sehr schmerzt noch der Verlust des Sohnes.

Yolanda freut sich darüber, wenn die Mutter mit der kleinen Richardis zur Seite mit ihr in der Kapelle betend kniet. Misstraute sie in früherer Zeit dem Zuspruch der Mutter, jetzt ist sie es, die dieser bisher so stolzen Frau Trost geben muss.

Der Vater ist in Trauer versunken und keinem guten Wort zugänglich. Als Yolanda versucht, sein wehes Herz zu besänftigen, antwortet er ihr erneut in Tränen ausbrechend: „Meine liebste Tochter, wenn es nicht anders sein kann, als dass du mich verlassen willst, verkürzest du mir mein Leben auf jämmerliche

Weise und ohne Not. Warte doch auf meinen Tod. Mein Herz, das ohne dich nicht leben kann, kann nicht mit ansehen, dass du dich von mir entfernen willst. Dein Auge erblickte nie die Zeit, dass du mir nicht vor allen Kindern, die mir doch lieb gewesen und es noch sind, das liebste warst. Du warst immer die Fülle meiner Freuden. Sorgen waren mir fremd, wenn ich dich nur fröhlich sah."

Yolanda beteuert: „Euer Trauern, lieber Vater, tut mir so weh. Bedenkt um Gottes Willen meine Not. Ihr müsst auf mich verzichten. Ich will nach dem Freund streben, dessen Freundschaft nicht vergehen kann. Wer deshalb mit mir zornig ist, auf den muss ich ganz und gar verzichten."

Für den Vater sind das harte Worte. Seine Frau versucht ihm zuzureden, Yolanda ziehen zu lassen.

„Gott hat es so gefügt, es wäre eine große Sünde, wenn wir noch weiterhin dagegen wären."

Als er nicht nachgeben will, bedrängt sie ihn, sie, die selbst eine so lange Zeit mit Wut und Zorn der Tochter den Weg nach Marienthal versagt hat.

Unwirsch antwortet ihr der Graf: „Lass diese Rede. Ich kann mein Kind nicht aufgeben, solange ich lebe. Wie könnte ich sie Nonne werden lassen? Mein Trost, mein Leben ruhen in ihr."

Während der Graf sich im Sessel zurücklehnt und mit der Hand seine Augen bedeckt, weil er die Tränen um diesen Streit verbergen will, kniet seine Frau vor ihm nieder. Die Stirn auf die gefalteten Hände geneigt, verharrt sie schweigend.

Vieles hat sich verändert. Der Schicksalsschlag, der Tod des Erben, ist noch nicht in seinem gesamten Ausmaß zu überblicken. Was soll werden?

Die Gräfin flüstert: „Geliebter, folge mir und erfülle ein wenig von meinem Willen. Deine Tochter muss nun einmal eine Nonne werden, weil Gott es so gefügt hat. Es wäre eine große Sünde, wenn wir immer noch dagegen wären."

Ob es die Demut der Gräfin ist oder der Schmerz um den Tod des Erben, schließlich willigt der Graf ein: „Meine Vielgeliebte, nun handle nach deinem Willen."

Schweigend verharren sie, unfähig einander zu trösten. Auf viele Jahre einer ungewöhnlich glücklichen Ehe können sie zurückschauen, auf Glück, das sich ständig vermehrte. Fest gefügt war bisher ihr Bündnis, in Liebe waren sie sich zugetan. Nichts hatte es bisher gegeben, das einen Schatten auf Grafschaft und Familie hätte werfen können.

„Nun handle nach deinem Willen!"

Hatte sie das nicht immer getan? Zum Wohl aller, wie Heinrich sich eingestehen muss.

Heilewif wird gerufen und von der Gräfin beauftragt, Yolanda das Ja der Eltern für das Kloster Mariental zu übermitteln.

Die Kammerfrau wagt es kaum, von einem zum anderen zu blicken, zu plötzlich und ungewiss ist ihr diese Wendung.

So redet der Mund, aber nicht das Herz! Daran zweifelt Heilewif nicht einen Augenblick.

Zögerlichen Schrittes macht sie sich auf, um ihrem Schützling die Botschaft zu überbringen.

Weihnachten ist nicht mehr weit. Eisiger Ostwind fegt um die Burg und dringt durch alle Ritzen. In Yolandas Kammer sitzen die Edelfräulein, eingehüllt in Samt und Fehpelz, vor der Glut des Kamins. Während Jutta Perlen aufreiht, Beatrix mit einer Stickerei beschäftigt ist, Irmengard ihre Laute zupft und dazu ein melancholisches Lied singt, kniet Yolanda wie gewohnt vor ihrem Triptychon.

Als Heilewif mitten im Raum stehen bleibt, blicken sich die Mädchen mit fragenden Blicken nach ihr um. Irmengards Lied bricht ab und auch Yolanda wendet sich der Kammerfrau zu.

„Es ist an der Zeit!"

Nur diese Worte sagt Heilewif.

Kein Freudengeschrei folgt auf diese lang, lebenslang ersehnte Nachricht. Das Feuer im Kamin knistert in der Stille und der Wind rüttelt an den Läden.

„Es ist an der Zeit", wiederholt schließlich Yolanda Heilewifs Worte.

Dann geht sie zum Fenster und öffnet es weit. Tauben fliegen erschreckt aus schützenden Winkeln auf. Der eisige Wind wirbelt Schneeflocken in die Kammer. Hoch aufgerichtet steht Yolanda, mit ausgestreckten Händen hält sie die Fensterflügel auseinander.

„Es ist an der Zeit", flüstert sie.

Beatrix hat ihre Stickerei längst zur Seite gelegt und schmiegt sich jetzt an ihre junge Herrin: „Ich gehe mit dir, ich gehe für immer mit dir nach Mariental."

Auch Heilewif kommt herbei und bleibt dicht zur Seite hinter beiden stehen.

„Meine Heilewif", sagt Yolanda leise, „meine Beatrix."

Die beiden Edelfräulein Jutta und Irmengard schauen auf das seltsame Bild der drei am Fenster und blicken sich ratlos an.

Eine Ewigkeit scheint zu vergehen, bis Yolanda endlich die Hände von den Fensterflügeln gleiten lässt und Beatrix zärtlich umarmt.

„Unsere Hilfe ist im Namen des Herrn", flüstert sie. Beatrix antwortet ebenso leise: „Der Himmel und Erde erschaffen hat."

Heilewif greift nach den Klappläden, um sie zu schließen, blickt dabei schmunzelnd an der Mauer hinunter in die Tiefe und murmelt: „Nicht heimlich und halsbrecherisch hier hinab, sondern hoch zu Ross durchs Tor werden wir ziehen!"

Dann schließt sie energisch Läden und Fenster.

MARIENTAL
11. Kapitel

Die Gräfin ist wie ausgewechselt. Rastlos sorgt sie sich jetzt um die Ausstattung ihrer Tochter für die Darbringung am Altar und den Einzug in Mariental. Sie schickt Botschaften zu Verwandten und Freunden, damit sie kommen mögen, um das große Fest der Tochter zu feiern. Die Vorratskammern, die sich im strengen Winter geleert haben, werden aufgefüllt. Hoch beladene Esel erklimmen in endloser Folge hinter ihren Eignern den noch tief verschneiten Eselspfad zur Burg und bringen aus der Mühle im Tal und dem gegenüber auf Bergeshöhe liegenden Bauernhof alles, was Haus und Hof liefern können, um aufzutafeln. Feinstes Leinen hatten die Frauen an den Wintertagen in den Spinnstuben hergestellt, das jetzt Yolandas Truhen füllen soll. Aus Eiche gefertigt, mit feinem Leder bezogen und kunstvoll geschmiedeten Verschlüssen versehen, reiht sich im großen Saal bereits Truhe an Truhe.

Die junge Witwe Mathilde hat längst die Burg verlassen, zu öde erschien ihr dieses Trauern. Eifrig scharen sich Ritter von Rang um sie, in der Hoffnung, Huld und Hand der schönen jungen Frau zu erringen. Am Luxemburger Hof genießt sie die

Entfaltung von Pracht, Vianden ist längst vergessen.

Die Gemütsstimmung auf der Schlossburg Vianden ist seltsamer denn je. Der plötzliche Tod des Erstgeborenen ist kaum verkraftet, jetzt steht mit Yolandas Fortgehen der Abschied von ihr für immer an. Die Stille, die nur hin und wieder durch Schluchzen und Seufzen unterbrochen wird, ist fast unerträglich. Aber der jahrelange Streit um Yolandas Zukunft ist verebbt, die vielen bösen Worte sind verhallt.

Die Mutter sehnt sich nach einem guten Ende. Der Vater sieht mit kummervollem Herzen die Vorbereitungen für Yolandas Abreise.

Nie war eines Menschen Herz fröhlicher, als das ihre bei jedem Gedanken an die Fahrt und das Ziel. Wenn sie zu Tisch gehen, sitzt Yolanda beim Vater, aber er trinkt und isst nicht. Er jammert und weint wie ein Kind. Die Trennung tut ihm so weh, dass er sich weder trösten noch ein einziges Wort sprechen kann, ohne dass Tränen aus seinen Augen fließen.

Immer wieder richtet er die gleichen Worte an Yolanda: „Meine innig geliebte Tochter, sag mir, wie kannst du mich verlassen? Du weißt, weder Trost noch Kurzweil, noch Freude gibt es für mich ohne dich. Mein Kind, überleg es dir Gott zuliebe und hab mit mir Erbarmen. Du weißt, dass niemand außer dir mich Armen trösten kann. Wenn du mich nun verlässt, so ermordest du mich ohne Schwert."

Für Yolanda sind die flehenden Bitten des Vaters schrecklicher anzuhören, als einst die bösen Worte ihrer Mutter vor dem Schicksalsschlag, der mit dem Tod des Bruders die Familie so grausam niederschmetterte.

In größeren Zwiespalt gestürzt als je zuvor, versucht Yolanda ihren Standpunkt zu erklären: „Mein lieber Vater, das kann jetzt nicht anders sein. Die Welt ist so beschaffen, dass, wer sie aus freien Stücken verlassen will, sie gänzlich aufgeben muss. Es ist vergebliche Mühe, sich an die Welt zu klammern oder sie zu fliehen, sie lassen zu wollen und doch wieder sehen zu müssen. Denkt daran, wie die Welt ist. Wenn ich auch tausend Jahre bei Euch wäre, das ist noch kürzer als ein Augenblick. Was würde das uns beiden helfen?"

„So bleib, vielgeliebte Tochter, um meinetwillen noch ein Jahr."

„Nein, Vater, das geht nicht. Euer Trauern tut mir weh, aber der Orden, mit dem ich mich verbunden habe, zwingt mich mehr."

Der Vater bittet erneut: „Willst du mir Kummer vertreiben, dann bleib bei mir."

Yolanda zerreißt es das Herz, aber sie beharrt auf ihrer Berufung: „Von Kind an wollte ich nur für Jesus Christus leben. Nach ihm werde ich jederzeit eifrig bis an den Tod streben. Weder Liebe noch Leid noch Leibesnot kann mich davon abbringen."

Eine Weile schauen sich beide schweigend an.

Schließlich seufzt der Vater: „Ja, wenn ich dich jetzt künftig entbehren muss, so nimm mein Herz mit dir und auch mein ganzes Glück. Ich muss nun aller Freuden ledig sein, solange ich lebe. Da ich dich aufgeben muss, werde ich nie mehr froh sein."

Die Tage gehen dahin, der Vater ist betrübt, er weint oft, will mit niemandem reden und ist ein jammervoller Anblick.

Die Gräfin versucht ihn zu trösten: „Gott hat uns das Leben gegeben, gute Kinder, Burgen und Ländereien. Was wir auch haben, Besitz und Ehre, hat er uns geschenkt. Lieber, denk daran, Gott tut nichts ohne Grund. Er will uns erproben, ob wir das erkennen. Nun hör auf mich. Da es nicht anders sein kann, so möge Gelassenheit uns den Kummer verkürzen. Wir haben noch andere liebe Kinder, die tüchtig sind in der Welt. Wenn Gott will, dass er seinen Teil durch unsere anmutige Tochter empfange, wie können wir dagegen sein?"

Der Graf überlegt lange, aber er lässt geschehen, worum die Gräfin bittet.

Die Mutter ruft ihre Tochter und schmückt sie, wie es sich für eines Grafen Kind aus dem Geschlecht von Königen und Kaisern schickt. Weder vorher noch später wurde jemals eine Jungfrau schöner geschmückt.

Von Gold und von Edelsteinen leuchten Kopfschmuck und Kränzlein. Das gekräuselte blonde Haar ist mit Perlenschnüren durchflochten. Herrlich angekleidet steht Yolanda bereit. Wer sie sieht, muss zugeben, dass ein schöneres Wesen im ganzen Land nicht zu finden ist. Die Frauen, die Yolanda anschauen kommen, fragen die Mutter, warum sie die Tochter so glanzvoll für ihren letzten Tag in dieser Welt schmückt.

Die Gräfin erwidert ohne Zögern: „Wenn ich meine Tochter einem Mann in der Welt geben würde, so müsste ich sie ebenfalls prächtig kleiden. Nun muss sie von mir gehen, weil der himmlische König sie haben will. Wenn ich sie für Gott nicht schmückte, würde ich mich schämen."

Im großen Feststaat, wie es die Stunde fordert, geht auch Graf Heinrich von Vianden mit zur Kirche. Yolanda schreitet mit Freuden zwischen Vater und Mutter an beider Hand bis zum Altar. Die Eltern führen ihr Kind prächtig geschmückt, wie es dem Stand der Prinzessin von Vianden gebührt.

Sie kniet am Altar zwischen Vater und Mutter, die zusammen zu Gott sprechen: „Herr, Gott, milder Vater, dieses Kind, das Inbild deines Preises, das wir von dir erhalten haben, du weißt selbst wohl, dass wir auf der Welt nichts Lieberes haben und die ganze Welt nicht mit Freuden uns dafür Ersatz geben kann, dieses Opfer legen wir dir freiwillig auf deinen Altar. Lass dir das wohlgefällig sein, Herr."

Diese Worte sind dem Vater wie ein Schwert, das ihm ins Herz dringt und eine Wunde schlägt, die er bis an sein Ende tragen wird.

Noch einmal zeichnet er Yolanda ein Kreuzzeichen auf die Stirn, aber dann wendet er sich ohne eine Umarmung ab und geht schnellen Schrittes davon. Sein lautes Schluchzen ist durch die Gänge der Hofburg weithin zu hören.

Vor Kummer wird er so schwach, dass er gegen seinen Willen das Bett hüten muss. Der mächtige Graf von Vianden vergräbt sich wie ein Kind in seine Kissen und verweigert Yolanda auch den allerletzten Abschiedsgruß. Die Mutter ist gezwungen, Yolanda ohne ihn nach Mariental zu begleiten.

Sein letztes Wort: „Die Darbringung am Altar muss ihr

genügen, ich ertrage ihren Anblick nicht mehr, meine Tochter ist mir verloren."

Der Lärm des Aufbruchs schallt zu ihm herauf in sein Gemach. Der Graf reagiert mit Tränen ohne Ende und jedermann, der ihn schluchzen hört, weint mit ihm. Niemandes Herz ist so verhärtet, als dass er sich davor zurückhalten kann.

Doch Yolanda reitet frohen Herzens an der Seite der Mutter im großen Tross der Begleiter und der Wagen mit ihrer aufwändigen Aussteuer durch die Burgtore hinaus ihrem Kloster Marienthal entgegen.

Sie vergisst sofort den Vater und jeden Gedanken an den Glanz ihrer bisherigen Welt. Glücksgefühle, die sie zuvor noch nie empfunden hatte, durchströmen sie. Still, aber ebenfalls frohen Herzens, reiten Beatrix und Heilewif hinter ihr. Immer wieder, wenn Yolanda sich fröhlich singend und jauchzend nach ihnen umschaut, blicken beide lächelnd zurück.

Nun wusste jeder im Land, dass es die Stunde ist, in der Yolanda weggeht, um niemals wieder zurückzukommen. Freunde und Verwandte ziehen mit ihr. Auch wer am Wegesrand steht, winkt ihr zu oder läuft sogar ein Stück weit neben dem Tross her. Wer hoch zu Ross ist, schließt sich dem Zug an. Jeder sieht die Freude Yolandas, aber jeder sieht auch die Trauer der Mutter an ihrer Seite.

Am Abend reiten sie in den Strahlen der untergehenden Sonne ins Tal der Eisch, in deren Wiesenaue das bescheidene Kloster Marienthal liegt. Bescheiden ist alles im Blick auf den Glanz der Grafschaft Vianden, im Blick auf die prachtvoll

ausgestatteten Burgen des Grafenpaares und die nicht minder prachtvoll ausgestatteten Klöster der Cousinen.

Die Landleute mit ihren Kindern, Ritter und Edelfrauen sind gekommen, um die junge Braut Christi zu sehen und zu bewundern. Solchen Prunk hatten viele von ihnen noch nie erblickt. Es ist, als seien die drei Könige aus dem Morgenland angekommen, um mit prächtigen Geschenken dem Jesuskind im Stall zu huldigen.

So geht Yolanda auf den Bräutigam zu, den sie so lange begehrt hat. Begleitet von Beatrix und Heilewif geht sie in die Klosterkirche bis vor den Altar.

Seitlich im Chor steht Walther, neben ihm seine Dominikanerbrüder und die Priorin, um die Grafentochter zu empfangen.

Yolandas Stimme klingt hell und klar bei den Messgesängen über allen anderen Stimmen. Jeder ist ergriffen von ihrer Innigkeit.

Die Grafentochter geht zu ihrer Mutter, kniet vor ihr nieder und bittet sie um die Erlaubnis, für immer hier in diesem Kloster bleiben zu dürfen. Nachdem die Gräfin sie gesegnet hat, lässt sie noch für einen Moment ihre Hand auf Yolandas reich geschmückten Kopf liegen. Dann fasst sie ihrer Tochter unters Kinn und hebt das Gesicht mit den still leuchtenden Augen zu sich empor. Mit festem Griff nimmt sie Yolandas Hand und zieht sie zu sich hoch. So stehen die beiden prächtig gekleideten Frauen königlichen Geblüts stumm, Hand in Hand, Auge in Auge voreinander. Kein Wort wird mehr gewechselt. Es gibt

Finis operis
Norman Rothum
me fecit anno domini

nichts mehr zu sagen. Für jeden sichtbar schwingt liebevolles Einverständnis zwischen Mutter und Tochter.

Während Yolanda sich wieder dem Altar zuwendet, geht der Blick der Gräfin an ihr vorbei, hin zu Walther. Ist in seinen Augen Triumph zu sehen? In den Augen der Gräfin Schmerz?

Alle Blicke wenden sich Yolanda zu, als sie ihr Opfer beginnt. Die Borten, das Geschmeide und die Grafenkrone legt sie auf den Altar. Alles, was sie mitgebracht hat, legt sie ab. Die Priorin streift ihr ein weißes Gewand über und legt einen langen schwarzen Mantel über ihre Schultern. Zuletzt verhüllt sie Yolandas Kopf mit weißem Kinntuch und legt den schwarzen Schleier darüber.

Der Abschied von der Welt geschieht sehr schnell. An der Seite der Priorin verlässt die Prinzessin von Vianden den Chor und geht als einfache Dominikanerin über die schmale Schwelle hinüber in den Konvent, den sie bis zu ihrem Tod nie mehr verlassen wird.

Den Aufbruch der Mutter mit ihrem Gefolge zur Heimkehr nach Vianden sieht sie nicht mehr, aber ihr Gebet begleitet sie.

Yolanda lebt eingeschlossen hinter den Klostermauern von Mariental. Eines Tages flüstert Walther ihr am Besucherfenster zu, dass ihr Vater sich dem Kreuzzug des französischen Königs angeschlossen habe. Yolanda versucht zu verstehen, wie ihre Mutter diese Entwicklung verkraftet. Sie versucht nachzuempfinden, welchen Weg der Vater geht. Ist es eine Reise in den sicheren Tod?

„Er ist ein gebrochener Mann."

Diese Worte von Walther tun ihr weh. Der Vater ein gebrochener Mann. Yolanda denkt an die vielen Tage voller Glück. Immer war sie sein Augenstern gewesen. Warum verschloss er sich so unerbittlich ihrer Sehnsucht nach dem Klosterleben? Warum sieht er nicht, dass es für sie die schönste Erfüllung ihres irdischen Lebens ist?

Walther berichtet, ihr mächtiger Vetter Konrad habe inzwischen unmittelbar am Rheinufer zu Köln den Grundstein zu einem prächtigen Dom gelegt.

Ihr über alles geliebter Bruder Heinrich sei Fürstbischof von Utrecht. Walthers Flüstern beschreibt ihr eine Welt, die ihr fremd geworden ist. Er selbst ist nach wie vor ihr Beichtvater, aber sie spürt mehr und mehr, wie er darunter leidet, dass er keinen Anteil mehr an ihr hat. Sie ist ganz und gar Gottes Braut.

Es ist längst nicht mehr wichtig, dass Beatrix und Heilewif mit ihr unter einem Dach leben. Jede hat ihren eigenen Weg zu Gott gefunden. Freut es Yolanda, dass die Gräfin von Luxemburg ihr zuliebe kurz vor ihrem Tod dem Kloster Mariental eine große Summe schenkt?

Nichts, was außerhalb der Klostermauern von Mariental geschieht, hat noch Bedeutung.

Und doch schmerzt es sie, als ihr zugeflüstert wird, Walther bemühe sich um Mathilde, die Witwe ihres ältesten Bruders, des großen Erben von Vianden, der einst so grässlich gestorben war. Walther sei gewillt, Mathilde einem Zisterzienserkloster zuzuführen. Kränkt es sie nicht, dass er viel Zeit darauf verwendet, um Mathilde nah zu sein? Ausgerechnet jener Frau, die sie einst öffentlicher Schmach aussetzte?

Mathilde? Yolanda gelingt es nicht auf Anhieb, diese Einflüsterungen einzuordnen. Walther und Mathilde?

Heilewif gesteht ihr, schon seit längerer Zeit um diese Verbindung zu wissen.

„Ist das wichtig?“ will Heilewif wissen.

Wichtig?

„Walther war nur der Weg.“

„War da nie das Feuer der Liebe?“

„Du irrst dich, liebe Heilewif. Ich habe immer nur Gott geliebt. Es sei mir verziehen, wenn ich die Zuneigung mancher Menschen für meine Zwecke benutzt habe.“

Aber Mathilde? Was steckte dahinter? Was bezweckte Walther?

Welchen Nutzen sieht er in dieser Verbindung?

Walther genießt sichtlich den Umgang mit Mathilde, die ihm immer wieder am Hof des Grafen von Luxemburg begegnet. Ihn bezaubert ihr fröhliches Wesen, ihr Schabernack, den sie mit ihm treibt, sodass er in ihrer Gegenwart eher weltlicher Mann als Mönch ist. Mit wunderschönen fließenden Bewegungen tanzt und schreitet sie vor seinen Augen. Es amüsiert ihn, wenn er sieht, wie sie ihre Wirkung auf ihn überprüft und alle Künste spielen lässt, um ihn zu umgarnen. Wenn sie ihn auf ihre sinnliche Art anblickt, seine Augen nicht loslässt, spürt er sehr wohl, dass das Feuer der Begierde ihn im Griff hat.

Obwohl sie immer umschwärmt ist von den Herren der

Hofgesellschaft, sucht sie seine Nähe, oft sogar in der Beichte. Dieser Umstand lässt seinen Gefährten Cantimpré spotten: „Der lockere Lebenswandel dieser Witwe schließt sie längst von einer standesgemäßen Wiederverheiratung aus, aber wir sehen sehr wohl, wie sie bei dir die Absolution für ihre Ausschweifungen sucht."

Walther hält dagegen: „Ihr werdet es erleben, dass ich diese Seele einem klösterlichen Leben zuführen werde."

Dabei ist ihm bewusst, welch weiter Weg das noch sein kann. Vorerst beschäftigt ihn Mathilde mit ihren Sünden. Ohne Zögern bindet sie ihn in der Beichte in alles ein, was ihr widerfährt.

Wenn er dann die Schwelle des Klosters Mariental überschreitet, sieht er eine ganz andere Welt. Er erlebt Yolanda in unsagbarer Bescheidenheit, in ihrer Sorge um Hilfesuchende und Bedürftige und in ihrer Hingabe an ihren Schöpfer.

Aber nur selten hat sie Zeit für ihn. In ihrem Beichtgespräch entfaltet sich vor ihm ihre reine Seele. Wenn sie sich ihrer Sünden anklagt, erschüttert es sein Herz. Welche Kluft tut sich auf. Yolanda, die Reine, die Gottesbraut, und andererseits Mathilde, dieses Wesen, das die Sinne betäubt und in jeder seiner Bewegungen Verführung ist.

Walther spürt sehr wohl den prüfenden Blick Yolandas. Er weicht ihr aus. Heilewif ist es, die ihn anspricht auf das Getuschel, das die Runde macht.

„Mathilde?"

„Ja, unsere Schwägerin aus glanzvollen Tagen", sagt Heilewif mit hochgezogener Braue.

Walther kann bei dieser Formulierung ein Lächeln nicht unterdrücken.

„Ein schwärmerischer Ausdruck auf Eurem Gesicht als Antwort?"

„Du bist verrückt! Sei ein liebes Kind und glaube nicht alles, was geflüstert wird."

Nachdenklich sieht Heilewif den Dominikaner an. Er ist noch immer ein beachtlich schöner Mann. Sie weiß, dass er sehr wohl das Spiel der Macht beherrscht, wenn er auch die weiten Wege nach wie vor in der Bescheidenheit seiner Ordensregeln barfuss und bettelnd bewältigt. Nirgendwo verführt der Teufel mehr zur Sünde, als beim Streben nach Ansehen und Beachtung, dessen ist sich Heilewif gewiss.

„Das weiß selbst ein einfaches Viandener Mädchen", bestätigt sie laut ihre Gedanken.

„Was weißt du? Nichts kannst du wissen. Üble Nachrede. Mathilde ist ein Kind Gottes, das seinen Weg in dieser Welt sucht", ereifert sich Walther.

„Ja, ja", antwortet Heilewif, „nichts ist für uns einfache Seelen schwerer zu begreifen, als die vielen Gleichnisse, die uns unser Herr als schwer verdauliche Kost hinterließ. Das gleiche Entgelt für den letzten Arbeiter im Weinberg? Das gleiche Entgelt für den verlorenen Sohn? Das Himmelreich für den, der in letzter Stunde sein üppiges, sündiges Leben bereut? Und bis dahin darf er alle Gebote mit Füßen treten?"

Walther betrachtet nachdenklich diese Frau, die er immer

nur als Schatten von Yolanda erlebt hatte. Wie erklärte ihm Cantimpré einst die Welt? „Gott findest du in der Vielfalt seiner Schöpfung."

Noch hängt er diesen Gedanken nach, als er schließlich bemerkt, dass Heilewif längst durch den Kreuzgang davon geht.

NITHARTS ABSCHIED

12. Kapitel

Eines Tages gibt es in der Frühe Aufruhr im Kloster. Ein Templer mit großem Gefolge sorgt für Unruhe am Tor. „Er sagt, er sei Euer Vetter Nithart und müsse unbedingt mit Euch sprechen“, lässt die Priorin Yolanda ausrichten, ergänzt durch die Bewilligung, ihn am Besucherfenster zu sehen.

Yolanda stockt das Blut in den Adern. Nithart! Der Templermönch, Vetter und innigster Freund aus Kindertagen. Liebster Freund ihres geliebten Bruders Heinrich. Nithart, der tausendmal über das Meer ins Heilige Land segelte, um Jerusalem als Hort der Christenheit zu verteidigen, und sei es mit dem Schwert.

Als sie ihn durch das Gitter des Besucherfensters erblickt, geht es ihr wie Feuer durch den Leib. Nitharts schönes sonnenverbranntes Gesicht, der Blick aus hellen blauen Augen weckt Erinnerungen. Yolanda presst ihre Hände gefaltet ineinander. Eine längst versunkene Welt streckt ihre Arme nach ihr aus.

Nithart bekreuzigt sich und sinkt vor dem Besuchergitter auf die Knie nieder. Ganz dicht ist sein Gesicht vor Yolanda. Trotzdem versteht sie kaum sein Flüstern.

„Es sind die schwierigsten Worte, die ich jetzt sagen muss, aber Gott, unser Herr, in dessen Hand wir jederzeit geborgen sind, hat es so beschlossen und deshalb dürfen wir Menschen nicht hadern. Dein über alles geliebter und verehrter Vater, Graf Heinrich von Vianden, verlor in Zypern sein Leben."

Yolanda neigt ihr Gesicht in die gefalteten Hände. Während sich ihre Augen mit Tränen füllen, denkt sie an die vielen heiteren Stunden mit dem Vater, aber auch an die schwierige Trennung.

„Wie hat er sein Leben lassen müssen?" fragt Yolanda mit tränenerstickter Stimme.

Soll er ihr berichten, wie ihr Vater meuchlings erschlagen wurde?

Nithart schweigt.

„Warst du mit dieser Nachricht schon bei meiner Mutter?"

„Ja, aber ich traf sie am Totenbett deiner Schwester Richardis an."

Nach einer Weile der Stille neigt Nithart die Stirn an das Gitter. Seine Schultern zucken in tiefem Aufschluchzen. Yolanda beugt sich vor, bis sie seinen Atem spürt.

„Wir alle sind in Gottes Hand!"

„Amen", sagt Nithart.

Lange Zeit verharren sie so in Erinnerungen gefangen. Was ist es, was diesen stolzen Mann so tief erschüttert?

Hat Yolanda eine Vorstellung von dem, was ihm schon alles widerfahren ist? Von Kampf und Blutströmen? Vom mörderischen Hinschlachten? Vom blanken Kampf ums Überleben?

Nitharts Schultern zucken erneut im Schluchzen des Tränenstromes.

„Hat der Vater mir verziehen?“ fragt Yolanda.

Nithart schweigt.

Ganz dicht ist sein Gesicht jenseits des Gitters ihr zugeneigt.

Yolanda will wissen: „Sag, was ist mit Richardis?“

„Wie es eben manchmal geschieht, raffte der Tod dieses schöne Kind schnell dahin“, sagt Nithart.

„Wie erträgt meine Mutter, was ihr von Gott auferlegt wird?“

„Sie ist eine starke Frau.“

Nitharts Stirn berührt das Gitter nach wie vor. Yolanda neigt sich ihm zu und berührt ihrerseits mit der Stirn das Gitter. Sie spürt Nitharts Atem. Ganz dicht sind ihre Gesichter beieinander. Es ist ein langes Schweigen, ehe Nithart wieder zu ihr spricht.

„Erinnerst du dich noch an meine Erzählungen von Jerusalem? Vom Grab Christi? Vom Ölberg? Hast du noch dein Triptychon, das ich dir einst schenkte?“

Yolanda lächelt.

„Ja, es begleitet mich durch mein Leben!“

„Gibt es dir Trost in den Stunden des Zweifelns?“

Yolanda zögert mit der Antwort. Zweifel? Hat sie nicht jahrelang um dieses Leben in Gott, das ihr jetzt vergönnt ist, gekämpft? Auf dem Weg dahin entsetzliche Demütigungen ertragen müssen? Zweifel? Sie löst ihre Stirn vom Gitter. Ihr Blick gleitet forschend über Nitharts Gesicht.

Aber er bittet sofort: „Bleib! Gib mir Kraft! Komm, lass mich deine Nähe spüren. Es ist für mich die Nähe einer Heiligen. Unter uns allen, die sich unserem Herrn Jesus Christus geweiht haben, bist du die Reinste und Treueste. Dein Glaube ist so kindlich rein, dein Kampf gegen die Welt wird Vorbild sein für viele, die nach uns kommen. An jeder Stelle, die einst der Fuß des Gottessohnes im Heiligen Land berührte, habe ich deiner gedacht."

Nithart legt seine Rechte geschlossen ans Gitter, dann öffnet er langsam seine Hand, bis Yolanda auf der Handfläche, die er an das Gitter presst, drei kleine Steine sieht.

Yolanda hört Nitharts betende Stimme: „Und er ging hinaus und begab sich nach seiner Gewohnheit an den Ölberg. Es folgten ihm aber auch die Jünger. Als er an den Ort kam, sprach er zu ihnen, betet, damit ihr nicht in Versuchung fallet. Und er trennte sich von ihnen etwa einen Steinwurf weit, kniete nieder und betete, Vater, wenn du willst, lass diesen Kelch an mir vorübergehen. Doch nicht mein, sondern dein Wille geschehe!"

Nitharts Worte verebben, ohne dass Yolanda ihm antwortet.

„Nimm dir einen dieser Steine vom Ölberg jenseits des Kidronbaches. Einen werde ich mir selbst bewahren. Einen soll Heinrich bekommen, wenn ich ihn je wiedersehe."

Yolanda hält ihre geöffnete linke Hand ans Gitter und fängt den Stein auf, der durch eine der Öffnungen herabperlt. Sie küsst ihn und verschließt ihn dann fest in ihrer Hand.

Wie viel Not trägt Nithart im Herzen?

Er schweigt.

Yolanda segnet ihn, während er das Kreuzzeichen macht. Sie segnet ihn, den großen Tempelherrn.

„Unsere Hilfe ist im Namen des Herrn", flüstert Yolanda. Dann wendet sie sich ab und geht durch die Tür zum Konvent. Im Weggehen hört sie Nithart antworten.

„Der Himmel und Erde erschaffen hat."

Der Klang seiner Stimme zerreißt ihr das Herz. Welcher Kummer, welche Not quält ihn? Sie fühlt sich hilflos, unfähig ihm beizustehen. Seine Tränen und sein Schluchzen haben sie erschreckt. Bisher hatte sie jedem Hilfe gegeben, der sie brauchte. Warum versagt sie Nithart den Zuspruch, den er doch sichtlich bei ihr sucht? Trost in den Stunden des Zweifelns? Zweifel? Yolanda beschleunigt ihre Schritte. Flüchtet sie?

Nithart verharrt noch eine Weile am Besucherfenster, bis es ihm endlich gelingt, die stille Welt des Eischtales zu verlassen, um den Weg nach Tempelhove und London in Angriff zu nehmen.

DIE SUMME DES LEBENS

13. Kapitel

Der Besuch Nitharts beschäftigt Yolandas Gedanken noch lange. Mehr noch als je zuvor schließt sie ihn in ihre Gebete ein. Die Tränen dieses welt- und kampferfahrenen Mönches haben sie verunsichert. Sein tiefer Kummer bleibt ihr ein Rätsel. Da schwang gewiss mehr durch ihr Gespräch am Besucherfenster, als der Schmerz um den Verlust des geliebten Patenonkels und der Cousine Richardis, die ihm weit weniger vertraut war als die übrigen Geschwister. Öfter als ihr lieb ist, gehen ihre Gedanken zurück in die frühe Kindheit, um über die unterschiedlichen Lebenswege nachzusinnen.

Unbeachtet saß sie damals manches Mal am Ufer der Our neben Nithart und Heinrich, die sich ganz ihren Knabenträumen hingaben. Während sie aus Weidenzweigen Pfeile anspitzten, um die sich flink windenden Fische zu stechen, sprachen sie von nichts anderem als von der großen Stunde, in der sie sich als Mönche ganz und gar Gott weihen wollten. Allerdings kam es auch vor, dass sie Reden führten, von denen Yolanda wusste, dass dem Beichtvater die Halsadern schwellen würden. Dann lachten beide, äfften die Erwachsenen nach, wie sie sich als Mann und Frau umschlangen und küssten. Wenn sie ihre Späße allzu derb trieben, kam es vor, dass sie sich laut lachend über Yolandas Röcke hermachten und sie neckisch lüpften. Wenn Yolanda kreischte oder sogar Tränen flossen, dann wurde sie in aller Zärtlichkeit umarmt und liebevoll getröstet. Alle drei, aber erst recht Nithart und Heinrich, verband eine innige Kinderliebe.

Nithart! Welche Last ließ ihn in Tränen ausbrechen? Wie schwer wog das Wort Zweifel? Yolanda weiß: „Lebt das Herz mit Verzweiflung, wird es höllisch für die Seele." Sie verschließt Nitharts Kummer fest in ihrem Herz.

Gleich danach wird sie vom Leid der Mutter überschwemmt. Walther ist dem Ruf nach Vianden gefolgt. Durch einen Boten lässt er Yolanda ankündigen, dass die Gräfin sich entschlossen hat, in das Kloster Marienthal einzutreten. Ungläubig lässt sich Yolanda die Botschaft wiederholen, während die Priorin voller Stolz über diese große Ehre für ihr Kloster alles zum Empfang der hohen und reichen Frau vorbereiten lässt.

Yolanda ist tief erschüttert über die Demut und Stille ihrer Mutter. Wunde, leer geweinte Augen schauen sie fragend an. Ein gebrochener Mensch, der ihre Hilfe sucht!

Wortlos beobachtet die Mutter ihre Tochter, die wirklich den Mägden gleich lebt. Yolanda verbringt die Tage mit Dienen, ist demütig und barmherzig zu jeder Zeit. Sie sorgt sich um die Armen, gibt ihnen, was sie ersparen kann, sodass sie selbst oft Mangel leidet. Die Gräfin findet die schwärmerischen Berichte Walthers bestätigt.

Diese Strenge gegen sich selbst gibt Yolanda auch nicht auf, als sie Priorin wird. Wenn die Frühmesse zu Ende ist, geht sie oft zuerst in einen Winkel, wo sie mit Gott Zwiesprache führt. Danach gibt ihr Rat am Besucherfenster vielen Trost und Heil für ihre Seelen.

Mit beständiger, freundlicher Gesinnung des Herzens kümmert sie sich um das Band der Liebe zu ihrer Mutter, zu Heilewif und Beatrix. Sie umsorgt ihre Mutter, betet mit ihr, spricht viel mit ihr über die Dinge, die ihr Leben ausgezeichnet haben, aber auch die schmerzlichen Erfahrungen bleiben nicht unerwähnt. Immer wieder gibt es innige Umarmungen und die Beteuerung, dass die Mutter nur das Beste für Yolanda im Sinn gehabt hätte. Über die politischen Wendungen reden sie nie. Zu groß ist für die Tochter die Kluft zur Welt geworden.

Während Yolanda ihr Leben immer nur auf ihre Hingabe an Gott ausgerichtet hat, sind die politischen Ränkespiele Lebensinhalt der Mutter gewesen. Das Schicksal hatte dem Haus Vianden hart mitgespielt. Das Haus Luxemburg zog daraus seinen Nutzen. Wen kümmert es im Kloster Mariental? Die Gräfin von Vianden erfährt von Walther von Meysemburg immer die neuesten Geschichten. Manchmal lächelt er über diese Situation. Das hätte er sich nie träumen lassen, dass er einmal der Vertraute der Viandenerin sein würde. Die Knuedler, auch Elias, sind längst vergessen.

Diese Gespräche mit der Gräfin genießt er umso mehr, seit Yolanda nur noch ihrer Berufung lebt. Im Beichtgespräch versucht er manchmal zu erkunden, wie weit sie seiner noch gedenkt, wie bewusst ihr seine Verehrung für sie ist.

„Yolanda ist eine Heilige und lebt heiligmäßig in der Gnade Gottes", sagt er eines Tages zu Yolandas Mutter, „es ist kein Fehl an ihr. Ihr Verzicht auf die Welt ist wahrhaftig. Ihre Sorge um Trostsuchende ist ebenso heiligmäßig."

Die Gräfin blickt ihn nachdenklich an: „Ja, Gott hatte sich dieses Kind erwählt."

Yolandas stete Wiederholung ihrer Überzeugung kennt Walther sehr wohl: „Der Welt Reichtum und ihr Gut habe ich für Jesus Christus verschmäht, der mir so lieb von Herzen ist und den ich stets geliebt habe und lieben werde."

Immer wieder trifft hoher Besuch für Yolandas Mutter ein. Ihr Neffe, Erzbischof Konrad, erzählt voller Stolz vom Bau seines neuen Doms in Köln und von seiner Stadt Bonn. Die Liste seiner weiteren Besitztümer ist beachtlich lang. Er ist längst ein Reichsfürst, der die Geschicke des Abendlandes mitbestimmt. Dafür vertauscht er Mitra und Casel immer wieder mit Rüstung und Schwert.

Es kommen auch Verwandte und Freunde, die großzügige Spenden übereignen. Das Kloster Mariental hat zwar nicht den Glanz, der die Klöster von Konrads Schwestern auszeichnet, aber inzwischen schützt ein festes Dach das Haus, das einfache, aber bequeme Wohnstatt für die Nonnen ist.

„Yolanda, es ist an der Zeit, dass du hier im Kloster Mariental endlich eine würdige Kirche errichtest", legt ihr Konrad beim Abschied auf die Seele.

Yolanda hat selbst schon daran gedacht. Als eines Tages

Heinrich seinen Besuch ansagen lässt – er möchte die Mutter zur Grundsteinlegung der Kathedrale von Utrecht mitnehmen – wendet sich Yolanda mit übervollem Herzen ernsthaft dem Bau einer großen Kirche für Mariental zu.

„Und das Geld dafür?"

„Du musst nur unseren Vetter Konrad ins Gebet nehmen", antwortet ihr Heinrich.

Yolanda folgt seinem Rat, außerdem bittet sie weitere Verwandte und Freunde aus früheren Tagen um Hilfe, die ihr auch großzügig gewährt wird. Der Plan der Kirche, der zur Ausführung kommt, lässt Walther mutmaßen: „Die Fertigstellung werden wir zwei nicht mehr erleben!"

Aber Yolanda lässt sich nicht beirren. Sie ist sich gewiss, dass diese Kirche einst zum Lobe Gottes ihren Zweck erfüllen wird.

Das Jahr 1267 ist eine Zäsur in Yolandas Leben.

Heinrich stirbt.

Zutiefst erschrocken lauscht Yolanda den Boten aus Utrecht.

„Nicht Heinrich!"

Es ist ihr, als reiße man ihr das Herz aus dem Leib. Er war ihr doch Trost, und sie liebte ihn ein Leben lang. Wie fröhlich klingt noch immer in ihr seine Stimme, als er einst auf die Burg Vianden kam, um sie zu trösten: „Nie war einem Mann die Schwester lieber, nie ein Mann seiner Schwester inniger vertraut, als ich es meiner Schwester Yolanda bin!"

Mächtig schallte damals dieser Ruf vom Tal herauf. Immer wieder ertönte Heinrichs Stimme mit diesen Worten.

Wie hatte Nithart gesagt?

„Im Gebet werden wir immer zusammen sein, gleichgültig wohin Gott unsere Schritte lenkt."

Heinrich war es, der einst am Ufer des Flusses Our Yolandas Worte wiederholte: „Bei einem Fluss ist es nicht möglich zweimal hineinzusteigen in denselben, auch nicht ein sterbliches Wesen zweimal zu berühren und zu fassen im gleichen Zustand, es zerfließt und wieder strömt es zusammen und kommt her und geht fort."

„Nicht Heinrich", sagt Heilewif. Tränenüberströmt sinkt sie zusammen, als sie die Nachricht hört. Yolanda kommt zu spät. Andere, die sich nichts dabei dachten, haben über diesen Tod gesprochen. Nie mehr hatte sie mit Heilewif über ihre Liebe zu Heinrich geredet.

„Meine Heilewif", ruft Yolanda. Sie umfängt die hemmungslos Weinende.

„Nicht Heinrich!"

„Ja, nicht Heinrich", sagt Yolanda.

„Er wusste um meine Liebe", flüstert Heilewif, „er muss es gewusst haben, denn er band mir die Sorge um seine kleine, heiß geliebte Schwester auf die Seele. Und sag, habe ich dir nicht ein Leben lang treu zur Seite gestanden?"

„Ja, Heilewif, das hast du!"

„Ich bin nur ein Viandener Mädchen."

„Nein, du bist der Segen Gottes für Heinrich und für mich. Komm, wir wollen für seine Seele beten. Danach gilt es, unserer Mutter beizustehen."

„Unserer Mutter", wiederholt Heilewif, „unserer Mutter."

In der Welt der Viandener Hofgesellschaft wäre die folgende Situation unmöglich gewesen – die Gräfin von Vianden umarmt tröstend Heilewif, das Viandener Mädchen, das um ihren großen Sohn Heinrich weint.

„Gottes Wege sind wunderbar!"

Die Gräfin sagt es immer wieder, wiederholt diesen Satz ohne Ende. Wo ist dein Stachel, Herr? Wo ist dein Segen?

Es ist schwer für alle, den Tod Heinrichs zu überwinden.

„Der Tod ist der Stachel des Herrn in unserem Fleisch", sagt die Gräfin und setzt hinzu, „jeder hat seine Zeit."

Wer hätte je gedacht, dass dieser Frau, weit entfernt vom Machtgefüge ihres einstigen Lebens, die Ruhe und Einsamkeit des Klosters Mariental genügen würde?

Über die Zeit hinweg trägt man ihr jedes Gerede zu, sei es erbaulich oder auch übel. Es ist die Kurzweil ihrer Tage, von Leid und Glück ihrer Zeitgenossen zu hören.

„Liebe Tante, hat man Euch schon gesagt, mit welchem Eifer Walther von Meysemburg Eure einstige Schwiegertochter Mathilde umwirbt?"

Die Äbtissin Hymana lässt sich diese Worte auf der Zunge zergehen: „Wir haben die Freude, Mathilde in unser Kloster Salsine aufnehmen zu dürfen."

„Unser Predigermeister Walther hat sie dahin gebracht? Er, der Dominikaner? Er beredet Mathilde, den Schleier der Zisterzienserinnen zu nehmen? Ich glaube dir kein Wort."

Hymana lächelt: „Ich kann es beschwören."

Nachdenklich betrachtet die Gräfin ihre Nichte, die ihren Triumph voll auskostet. Ob Yolanda bereits davon gehört hat? Ein warmes Gefühl der Genugtuung überflutet die Gräfin – der Dominikaner hatte zu keiner Zeit Gewalt über ihre Tochter. Dessen ist sie sich längst sicher. Yolanda strebte immer nur nach ihrem göttlichen Bräutigam. Aber warum hat sich Walther ausgerechnet Mathilde zugewandt? Mathilde, von der er doch wusste, wie sehr sie einst Yolanda mit verächtlichen Worten gekränkt hatte.

In einer stillen Stunde spricht sie ihre Tochter auf Hymanas Gerede an. Yolanda aber lächelt: „Dazu gibt es nichts zu sagen."

Nie wieder wird darüber geredet.

Allerdings fällt es auf, dass Walther immer seltener das Kloster Marienthal besucht.

Der nächste Besucher ist wohl der überraschendste. Thomas von Aquin ist auf dem Weg von Italien nach Paris und lässt es sich nicht nehmen, seinen großen Lehrer Albertus in Köln zu besuchen. Das Kloster Mariental ist für ihn Übernachtungsstation auf seinem weiteren Weg nach Paris.

Am Nachmittag ist Gelegenheit, das Kloster zu besichtigen. Thomas lächelt über den Eifer, mit dem die Dominikanerinnen ihm die neuen Gebäude vorführen. Auch Yolanda schmunzelt: „Sie freuen sich wie Kinder über die Pracht, die wir für Gott und seine Mutter anstreben." Der Aquinat weiß, woher die Unterstützung dafür kommt. Weit verzweigt ist die Familie der Viandener. Reich und mächtig sind sie und gewogen, Yolanda zu helfen.

Er hat eine Bitte: „Papst Urban hat mich damit beauftragt, ein Fronleichnamsoffizium zu verfassen, das den Visionen von Juliana von Lüttich entspricht. Wie man mir berichtet hat, wart ihr über viele Jahre hinweg in Freundschaft verbunden."

Yolanda erinnert sich gern an Juliana.

„Ihre Briefe waren mir Trost in schweren Stunden. In unserer Sehnsucht, nur für Jesus Christus zu leben, waren wir uns nahe."

„Du könntest helfen, diese Idee, die Hostie im festlichen Zug durch die Straßen zu tragen, umzusetzen. Damit würde das einfache Volk unmittelbar die göttliche Ausstrahlung des Altarsakramentes erleben."

„Das wäre die Erfüllung ihrer Vision", sagt Yolanda. „Juliana war vom heiligen Sakrament der Eucharistie fasziniert, kniete oft stundenlang vor dem Tabernakel, betete das Allerheiligste an, wobei die ganze Welt um sie versank. Es schmerzte sie, dass der Abschluss des Altarraumes durch den Lettner den einfachen Christenmenschen vom direkten Erleben der Eucharistie ausschloss. Es schmerzte sie auch, dass nicht jeder Christ Sehnsucht nach dem Empfang der heiligen Hostie hat.

Allerdings ist die Teilnahme an Messe und Kommunion immer noch nicht für jeden verpflichtend."

Der Aquinat nickt: „Papst Urban hat mir gesagt, dein Bruder Peter habe in seiner Zeit als Domherr der Bischofskirche St. Martin in Lüttich schützend seine Hand über Juliana gehalten."

Yolanda erinnert sich an die Gespräche mit Peter, der ihr

von Beleidigungen erzählt hatte, die Juliana hinnehmen musste. Er hatte berichtet, dass sie erst von ihrem göttlichen Auftrag erzählte, als man sie zur Oberin des Klosters wählte. Niemand nahm sie ernst. Abschätzig und böswillig wurde über sie geredet, ihre Vision als schwärmerische Spinnerei einer Betschwester abgetan. Lediglich ihr Beichtvater und Papst Urban, damals noch als Jakob von Troyes Lütticher Erzdiakon, hielten treu zu Juliana. Noch zu ihren Lebzeiten wurde das Fronleichnamsfest erstmals in Lüttich begangen.

Thomas bekräftigt: „Der Papst hat jetzt die Fronleichnamsprozession in Rom eingeführt und zugleich das Fronleichnamsfest in das Kirchenjahr eingefügt."

Der Aquinat zögert, doch dann bittet er Yolanda, vielmehr er bindet sie fest ein: „Du könntest mir helfen, diesen Auftrag in Erinnerung an das Abendmahlsgedächtnis des Gründonnerstags zu einer schönen Tradition zu machen. Am Donnerstag nach Abschluss der 50-tägigen Osterfeier, das heißt am Donnerstag nach dem Dreifaltigkeitsfest, hat der Papst das Fronleichnamsfest angesetzt. Die Hostie, der Leib unseres Herrn, soll mit feierlichem Gesang und Gebet durch die Straßen getragen werden. An vier Altären verliest dann der Priester das Evangelium, spricht Fürbitten und spendet den Segen. Es wäre eine große Freude für mich, wenn du dich damit beschäftigen würdest. Wir wollen doch den Auftrag des Papstes unterstützen und künftig die Verehrung der heiligen Hostie in diesem Sinne feiern."

Für Yolanda ist das eine Aufgabe, der sie sich mit Herz und

Seele widmet. Thomas steht ihr dabei zur Seite und gibt Rat, wie sie mit ihren Nonnen vier Altäre im Freien entsprechend herrichten und ausstatten kann. Er selbst sucht die Evangelientexte aus. Am Donnerstag nach Dreifaltigkeitsonntag zelebriert er mit den Dominikanern und den Nonnen die heilige Messe. Danach trägt er die Hostie in feierlicher Prozession an die Blumen geschmückten Tischaltäre, deren letzter am Ufer der Eisch aufgebaut ist.

Yolanda bittet er: „Schreib diese Verpflichtung, die uns Papst Urban auferlegt, in euer Liturgiebuch und hilf mit, dass auch andere diese besondere Verehrung der Eucharistie übernehmen."

Bevor Thomas weiterzieht, prüft er mit Yolanda noch einmal die Ordensregeln der Dominikanerinnen. Er ist sichtlich beeindruckt von Yolandas Lebensführung: „Jedes Wesen hat in Gottes weiter Welt seinen Platz, ihn zu finden und auszufüllen auf seine Weise, das gibt den Frieden der Seele. Du hast wahrhaftig deine Erfüllung gefunden."

Yolanda lächelt: „Alle Dinge werden zu einer Quelle der Lust, wenn man sie liebt. So sind Gott und das Klosterleben für mich längst die süßeste Lust geworden."

Der Aquinat betrachtet nachdenklich Yolandas Gesicht, in dem das Leben keine Spuren hinterlassen hat.

„Ich habe jene Stunde nicht vergessen, in der du mein Herz gerührt hast, mit deinem Flehen um ein Leben im Dienste Gottes. Du wolltest in Anbetung leben und den Armen Trost geben. Ich selbst war damals erst kurze Zeit in der Obhut meines großen Lehrers Albertus, nachdem mein Kampf um den Dominikanerorden bestanden war."

Er hatte ihr in der Schlosskapelle der Burg Vianden sein Herz geöffnet, wie er es nie zuvor und nie mehr danach vor einer Frau getan hat. Wie sehr ähnelten sich ihre Schicksale. Was Yolanda in ihrer Anbetung einsam hinter stillen Klostermauern erlebte, erfuhr er im Diktieren seiner philosophischen Erkenntnisse. War er nicht längst auch einsam in seiner Stille, die er suchte, um nicht in seinen Gedankengängen unterbrochen zu werden?

„Findest du immer noch Befriedigung in philosophischen Texten, Psalmen und Apostelbriefen? Sind dir schon meine Auslegungen der Lehren eines Aristoteles in meinen Büchern begegnet?"

„In der Stille unseres Klosters sind deine Worte der beste Weg zu Gott und deine Bücher erklären uns die Welt."

Der Aquinat quittiert Yolandas Antwort mit einem Lächeln. Wie hatte er einst gesagt? „Der Herr behüte mich vor jemand, der nur ein Büchlein gelesen hat!" Damals klang das sarkastisch. Jetzt streckt er segnend die Hand aus, voll Anerkennung für eine Frau, die ihn in ihrer Bescheidenheit und Klugheit beeindruckt.

Wenige Tage danach steht Yolanda an Walthers Sterbebett. Schon vom Tod gezeichnet, haben ihn auf seinen Wunsch hin Dominikanerbrüder nach Mariental gebracht. Ein junger Dominikaner, der in Trier in der Obhut Walters den Weg des Herrn eingeschlagen hat, gibt ihm die letzte Ölung. Der junge Mann heißt Hermann von Veldenz.

Der Welt entwöhnt, nur mit Beten und Trösten befasst, lebt Yolanda. Längst waren die Kämpfe mit der Mutter im Dunkel der Geschichte verschwunden. Nie mehr, auch keine einzige Sekunde lang, hatte sie einen Menschen noch einmal nah an sich heran kommen lassen. Ihr Leben hieß Jesus Christus.

„Sag mir die Worte noch einmal", bittet Walther leise.

Yolanda zögert. Sie weiß sehr wohl, was er hören will. Es ist die Stunde des Tages, als er ihr mit seinem Dominikanerbruder Cantimpré zur Seite zum ersten Mal auf der Burg Vianden begegnet ist, die er zurückrufen möchte. Die Stunde, als sie unter der Linde stand und er den Text des Hohen Liedes betete.

Der junge Dominikaner wischt Walther die schweißnasse Stirn ab, die er gerade gesalbt hat.

Walther flüstert: „Du, meine Freundin, bist schön wie Tirza, lieblich wie Jerusalem! Wende weg von mir deine Augen; denn sie greifen mich an! Einer Granatapfelscheibe gleicht deine Schläfe hinter deinem Schleier. Einem karmesinroten Bande sind gleich deine Lippen und lieblich ist dein Plaudermund. Bis Kühle weht, der Tag und die Schatten ausgreifen, ergehe ich mich am Myrrhenberg und am Weihrauchhügel. Alles ist schön an dir, meine Freundin und kein Makel haftet dir an! Du, meine Schwester Braut, hast mein Herz berückt. Mit einem einzigen Blick deiner Augen. Ein verschlossener Garten bist du, meine Schwester Braut, ein verschlossener Garten, ein versiegelter Quell. Deine Triebe sind ein Garten von Granatbäumen mit köstlichen Früchten. Meine Schwester Braut, ich komme in meinen Garten, ich pflücke meine Myrrhe samt meinem Balsam."

Yolanda sieht seinen bittenden Blick. Nichts bindet sie an diesen Mönch, den sie immer nur als Weg zu einem Leben in Gott sah. Aber sie sieht seine Not. Und ebenso leise fließen ihr die Worte, die er hören will, von ihren Lippen: „Nordwind erhebe dich, und Südwind eile herbei! Durchwehe meinen Garten, dass seine Düfte strömen! Mein Geliebter möge kommen in seinen Garten und seine köstlichen Früchte genießen. Dass er mit seines Mundes Küssen mich küsste! Ziehe mich dir nach! Lass uns enteilen! Jauchzend wollen wir uns und deiner uns freuen, deine Liebkosungen höher rühmen als Wein! Man liebt dich wirklich mit Recht!"

Yolanda spürt, dass ihr Magen revoltiert, nicht ihr Herz, das voller Mitleid ist. Walthers Blicke halten sie fest.

Er flüstert: „Stört doch die Liebe nicht, und weckt sie nicht auf, bis es ihr selbst gefällt!"

Der Meysemburger ist ihr längst fremd geworden. Das Gerede über seine Bemühungen um ihre einstige Schwägerin Mathilde ist ihr zuwider. Sie braucht ihre ganze Kraft, um ihm ohne Widerwillen in seiner Todesstunde beizustehen.

„Herr, welche Prüfung willst du mir damit auferlegen?" betet sie ein ums andere Mal.

Yolanda zeichnet segnend das Kreuzzeichen auf seine Stirn. Dann verharrt sie betend an seiner Seite, bis sein letzter Atemzug verhaucht.

In jedem Moment dieser Sterbebegleitung hat sie an Nithart

gedacht. Warum ließ sie ausgerechnet ihn damals ohne Trost und Zuspruch in seiner sichtlichen Not? Seine Tränen, sein Schluchzen gehen ihr immer noch nach. Aber das Rad der Zeit lässt sich nicht zurückdrehen.

Der junge Kaplan deutet ihr Verharren im innigen Gebet und die Tränen, die sie um Nithard vergießt, allein auf die Verbindung mit seinem Predigermeister.

Tröstend zitiert er Worte des Kirchenvaters Hieronymus: „Wir wollen nicht trauern, dass wir Freunde und Verwandte verloren haben, sondern dankbar dafür sein, dass wir sie gehabt haben."

Irritiert blickt Yolanda den jungen Mann an. Ja, er hat Recht. Dankbar muss sie sein, dass es auch Walther in ihrem Leben gegeben hat. Es war einst ein großes Gefühl für ihn, ein großes Vertrauen in ihr, dass er Weg sei für ihr Klosterleben. Innige Nähe hatte es gegeben. Wie oft hatte sie ihn in überschäumender Freude geküsst? Damals, als er sie aus dem Schlaf weckte mit der erlösenden Nachricht, dass Walram von Monschau eine andere geheiratet hatte, aber auch im großen Saal der Hofburg Vianden, als Albertus sie in ihrer Profess bestätigt hatte. Zu jeder Zeit hat Walther gewusst, wie er diese Zärtlichkeit einordnen musste. Oder? Hatte sie ihn mit ihrer Überschwänglichkeit in Gewissensnöte gegenüber seinen Gelübden gestürzt?

Yolanda denkt lange über diese Dinge nach. Dann steht sie auf, beugt sich über den Toten und küsst ihn auf seinen kalten Mund.

„Selig, die reinen Herzens sind, denn sie werden Gott schauen."

Heilewif ist es, die diese Worte spricht.

Yolanda flüstert: „Selig sind die Barmherzigen, denn sie werden Barmherzigkeit erlangen."

Anderntags wird Walther von Meysemburg vor dem Marienaltar der neuen Kirche beigesetzt.

Der Bau der Kirche wächst und gibt bereits ein Bild vom späteren Ausmaß. Der Chorraum kann schon seit einiger Zeit benutzt werden.

„Die Kirche wird prächtig werden", sagt der junge Dominikaner Hermann von Veldenz, der inzwischen als Kaplan im Kloster Mariental lebt.

Er hört ihren Wunsch: „Mir wäre es lieb, wenn wir eine Übersetzung der Ordensregeln der Dominikanerinnen aus dem Lateinischen in unsere Sprache haben könnten."

Sofort widmet er sich dieser Arbeit, begleitet von ihrem Lächeln, wenn sie ihn beim Schreiben beobachtet.

Manchmal gelingt es ihm, sie zu bereden, im Kreise von Heilewif und Beatrix bei ihrer gemeinsamen Arbeit im Garten von früheren Tagen zu erzählen. Nie spricht sie davon, wie hart ihr Kampf um den Eintritt ins Kloster Mariental war. Nie sagt sie ein böses Wort. Sie erinnert mit liebevollen Worten an Menschen und Geschehnisse, was Heilewif und Beatrix jedes Mal zu Tränen rührt. Sie erzählt sehr oft aus ihren Kindertagen, erwähnt den Übermut von Heinrich und Nithart in ihren jungen Jahren. Heilewif spricht das eine oder andere Mal den geplanten Fluchtversuch über die Mauern der Burg von Vianden an und lacht dann ihr schallendes Lachen. Beatrix seufzt hin und wieder: „Meinolf war so schön.“

Wenn Yolanda mit Heilewif und Beatrix Blumen schneidet für die Altäre im Chor und sie in großen Vasen arrangiert, dann freut sie sich über den Blumenflor für die heilige Katharina und die heilige Agnes. Der prächtigste Blumenstrauß wird am Hauptaltar zu Ehren der Dreifaltigkeit und der Muttergottes niedergestellt. Während Beatrix und Heilewif nur zu einem kurzen Gebet niederknien und dann zu weiterer Arbeit in die Küche eilen, verharrt Yolanda noch lange im Gebet versunken. Wie Perlen an einer Schnur reiht sie die Namen der Eltern, Geschwister und Verwandten im Gebet aneinander, auch die Namen der Gefährtinnen und der Bittsteller. Ihrem Bruder Heinrich und ihrem Vetter Nithart widmet sie immer besondere Gebete. Zuletzt bittet sie für sich selbst: „Der du mich erschaffen und von der Weltliebe frei erhalten, der du meinen Körper von der Befleckung bewahrt hast, lass mich bei dir Barmherzigkeit finden.“

Ende

II. TEIL – SPURENSUCHE

SIEBENHUNDERT JAHRE UND EIN TAG

Das Geheimnis des Codex Mariendalensis

Sensation pur erlebte der Sprachwissenschaftler Dr. Guy Berg bei der Suche nach dem Codex Mariendalensis, kurz M genannt. Abenteuerlich gestaltete sich die gesamte Aktion: Er musste sich im Staatsarchiv Luxemburg und im eiskalten Palasgebäude der Ansemburg durch Bücherkisten wühlen, bis er endlich im letzten Schrank als eine der letzten von unzähligen Schriften M in Händen hielt.

Der in Moselfränkisch verfasste Codex erzählt vom Schicksal der Yolanda von Vianden.

Dieser Name klingt aus dem 13. Jahrhundert herüber in unsere Zeit. Dafür sorgte der Dominikaner Hermann von Veldenz, der den dramatischen Kampf dieser Grafentochter um die große Liebe ihres Lebens in fast sechstausend Reimpaarversen schildert – die Liebe zu Jesus Christus.

Immer wieder befassten sich in den folgenden Jahrhunderten die unterschiedlichsten Forscher mit diesen Versen. Durch eine Abschrift wurde der Text tradiert, die Vorlage selbst aber blieb verschwunden.

M ist die einzige bekannte westmoselfränkische Dichtung

Hinter den Mauern der Ansemburg wühlte sich Sprachwissenschaftler Berg auf der Suche nach dem Codex Mariendalensis durch unzählige Bücherkisten.

des Mittelalters. Ein kostbares Erbe für das Großherzogtum! Zwar gibt es auch einige wenige Urkunden, die nicht in Latein, sondern in der Volkssprache der Region abgefasst wurden. Aber eine Dichtung von fast sechstausend Versen?

Dass es diesen Codex gibt, war bekannt. Allerdings ging die Kenntnis über den Aufbewahrungsort immer wieder verloren. Spätestens seit dem Zweiten Weltkrieg galt er als endgültig verschollen.

Die erste Niederschrift ruht im Dunkel der Geschichte. Denn M – ein Buch mit den Maßen zehn mal fünfzehn Zenti-

Burg Vianden: Hier erlebte Yolanda ihre Kindheit als Grafentochter.

meter und ziemlich dick, mit wunderschöner Schrift auf Pergament – ist erst für die Zeit um 1320 bezeugt. Hermann von Veldenz, er starb 1308, hat seine Dichtung wohl zur Erbauung der Ordensfrauen des Klosters Mariental geschrieben, dessen Kaplan er unter der Priorin Yolanda war. Vielleicht schrieb er sogar auf einzelne Blätter, die später für den Codex Mariendalensis als Vorlage dienten.

Mögen manche Dinge auch strittig sein – unbestritten ist die ergreifende Geschichte, die in Versform vorliegt. Das Schicksal der Viandener Grafenfamilie ähnelt einer griechischen Tragödie. Auf dem Höhepunkt ihrer Macht um 1248 begann durch den Tod des Erben der Niedergang des ganzen Geschlechts.

Dr. Gerald Newton und Dr. Franz Lösel von der Universität Sheffield gaben der Erforschung des Moselfränkischen und gleichzeitig von Yolandas Leben erneut einen Schub, als sie sich 1997 mit einer neuhochdeutschen Übersetzung der Dichtung befassten. Damit brachten sie einen Stein ins Rollen.

Newton nahm Kontakt mit Berg auf, der bei der Sprachwissenschaftlichen Sektion des Institut Grand-Ducal für Veröffentlichungen zuständig ist. Die ehrenamtlich tätigen Mitglieder dieser Einrichtung widmen sich der Forschung in den Bereichen Sprachwissenschaft, Ethnologie und Namenskunde.

Newton, selbst Ehrenmitglied des Institut Grand-Ducal, leitet an der Universität Sheffield ein Zentrum für Luxemburgisch, das über eine eigene Bibliothek verfügt und in dem auch Sprachkurse angeboten werden. Er beschäftigte sich mit der frühen luxemburgischen Literatur und stieß dabei auf Hermann von Veldenz, auf dieses einmalige Epos und dessen Überlieferungsgeschichte. Bereits Ende der 1980er Jahre hatte er sich mit M befasst und einen Artikel über Hermann veröffentlicht.

Als Newton und Lösel ihre Übersetzung an Berg schickten und dieser das Werk seinem Vorstand vorlegte, war noch ungewiss, was damit geschehen sollte.

Die Texttradition dieser einmaligen moselfränkischen Dichtung war bis dahin denkbar schlecht gewesen. Neben einer normalisierten Textausgabe von John Meier aus dem Jahre 1889 gab es seit 1979 einen ungenügenden Übersetzungsversuch.

Doch dann ging es Schlag auf Schlag.

Berg berichtet: „Wir beschlossen, den Text der Dichtung mit der neuen Übersetzung zu veröffentlichen. Mit dieser neuen Yolanda-Ausgabe ist das Hermann-Epos wieder zur einer greifbaren Lektüre geworden, die auch in unseren Tagen ihr Publikum finden wird."

Das Buch erschien 1999. Für November desselben Jahres ein Yolanda-Kolloquium auszurichten, war nur folgerichtig.

Noch einmal zur Ausgangslage: Der Codex Mariendalensis ist eine spätmittelalterliche Pergamenthandschrift aus der Zeit um 1320, die eine rund sechstausend Verse umfassende Reimpaardichtung des Dominikanerbruders Hermann von Veldenz in moselfränkischer Sprache über das Leben der Prinzessin und späteren Priorin des Klosters Mariental Yolanda von Vianden (1231–1283) enthält.

Hermann dürfte seine Dichtung im letzten Viertel des 13. Jahrhunderts verfasst haben. Der Codex Mariendalensis ist die einzige bekannte mittelalterliche Abschrift dieser Dichtung. Das Werk stellt das älteste bekannte literarische Denkmal des moselfränkischen Sprachraums dar. Doch der Codex war verschollen.

Namensgeber der Handschrift ist das im Tal der Eisch unweit der Ansemburg gelegene Dominikanerinnenkloster Mariental. In diesem im Jahre 1232 gegründeten Kloster wurde die Handschrift jahrhundertelang aufbewahrt. Vielleicht ist sie auch dort entstanden.

Es gibt aus dem 17. Jahrhundert eine handschriftliche Abschrift dieses Codex. Angefertigt hatte sie der Jesuitenpater und Historiker Alexander Wiltheim um 1650 anlässlich eines Aufenthaltes in Mariental.

Er hielt diese mittelalterliche Handschrift somit immerhin mehr als dreihundert Jahre nach ihrer Entstehung in der Hand. Er habe, wie er selber schreibt, ein sehr altes, in Leder gebundenes Buch aus dem Regal genommen, worin die Geschichte der Yolanda von Vianden aufgeschrieben war. Und er habe sie mit seiner eigenen Feder abgeschrieben.

Er veröffentlicht 1674 eine lateinische Übersetzung unter dem Titel „Vita Venerabilis Yolandae".

Dann gibt es ein paar Jahrzehnte später in einem Visitationsbericht von zwei Dominikanerbrüdern von 1719 einen Vermerk darüber, dass sie in der Bibliothek auch diese „alte Handschrift" haben stehen sehen. Der Codex galt also damals schon als sehr alt.

Eine Klosterschwester erwähnt den Codex in den 30er-

Jahren des 18. Jahrhunderts.

Gegen Ende des 19. Jahrhunderts befasste sich der junge Germanist John Meier in Freiburg mit der Wiltheim-Abschrift, die er in seiner Ausgabe durch Normierung leider stark verfälschte. Diese handschriftliche Abschrift des Codex ging nach 1889 verloren, so dass der ursprüngliche Text der Dichtung nurmehr in einer standardisierten Fassung fortbestand.

Der Sprachforscher Joseph Tockert verweist 1931 in den ‚Cahiers Luxembourgeois' auf denkbar unspektakuläre Weise auf eine Entdeckung: „Wiltheims Vorlage, ein viel älteres Manuskript des XIV. Jahrhunderts, das nach der Aufhebung des Klosters Mariental (1783) nach Schloss Ansemburg gekommen war, ist neuerdings dort gefunden worden und soll binnen kurzem veröffentlicht werden. Wie uns Professor Steffen mitteilt, enthält es vielleicht zwanzig Zeilen, die nicht in Wiltheims Text stehen."

Der Codex Mariendalensis war demnach tatsächlich wieder aufgetaucht. Tockerts Meldung über den sensationellen Fund verhallte allerdings ungehört.

Pfarrer Albert Steffen belässt es im darauf folgenden Jahr in der ‚Hémecht' bei dem lapidaren Fußnoten-Hinweis: „Inzwischen ist Wiltheims Vorlage, eine gegen 1350 angefertigte Abschrift des Originals, im Archiv des Grafen von Ansemburg wiedergefunden worden. Wiltheims Abweichungen von dieser seiner Vorlage werden wir nächstens zusammenstellen." Er veröffentlicht sogar das Foto einer Textseite mit den Versen 3218–3238!

Da bleibt einem erstmal die Spucke weg.

Weder Steffen noch Tockert scheinen sich der Bedeutung des Fundes bewusst gewesen zu sein, ebenso wenig wie ihr unmittelbares germanistisch geschultes Umfeld, das auf diese Entdeckung eigentlich hätte reagieren müssen. Steffen, er hat bereits über die mutmaßliche Anwesenheit von Albertus Magnus auf der Viandener Sommerresidenz Burg Schönecken geschrieben, sieht offenbar auch keine Veranlassung, seinen Albertus-Magnus-Beitrag angesichts seiner Entdeckung umzuschreiben.

Yolandas Lebensziel und Ort ihres Wirkens: Kloster Mariental. Die heutigen Gebäude stammen aus neuerer Zeit.

Es wurde nie etwas über M veröffentlicht und Steffen hat sich nie mehr mit M oder Yolanda befasst.

Im Nachhinein mutet diese Gleichgültigkeit seltsam an.

Geschichtlich gesichert ist, dass Hermann von Veldenz um 1270 in Mariental war. Yolanda durfte 1248 nach langem Kampf in dieses Kloster eintreten, das in den Besitzungen der Luxemburger lag und nicht in der väterlichen Grafschaft. 1258 wurde sie Priorin, führte das Kloster in eine bemerkenswerte Blütezeit und ließ eine große prächtige Kirche bauen.

Hermann war zu ihrer Zeit Kaplan in Mariental und ging wohl noch zu ihren Lebzeiten als Pfarrer nach Sterpenich. Möglicherweise schrieb er die Ordensregeln des Klosters nieder und auch das Fronleichnamsoffizium. Thomas von Aquin hatte bereits vor 1269 Yolanda um beides gebeten.

Hermann von Veldenz wurde vermutlich um 1250 auf Burg Veldenz in einem Seitental rechts der Mosel vor Bernkastel-Kues geboren. Der Veldenzer Löwe und die Rauten Weiß-Blau kamen übrigens durch Heirat zu den Wittelsbachern und wurden zu Wahrzeichen der Bayern, die sich Löwe und Rauten in Weiß-Blau einverleibten. Aber das war einige Zeit später.

Belegt ist, dass Hermann ins Dominikanerkloster Trier eintrat, in dem Walther von Meysemburg in jener Zeit Prior war.

Die Dominikaner waren Predigermeister und zogen ihrem Bettelorden gemäß barfuß über Land. Von Albertus Magnus sind diese Wanderungen in ganz Europa belegt. Vermutlich wanderte Hermann an der Seite seines Priors des Öfteren nach Mariental oder sie machten zumindest dort Station, wenn sie auf dem Weg nach Luxemburg waren. Dort war Walthers Vater übrigens Berater und Sekretär des Grafen Heinrich, Sohn der legendären Ermesinde und ihres zweiten Ehemannes Walram von Limburg.

Wie genau Hermann Walther von Meysemburg kannte, ist in seinen Versen nachzulesen, sei es die Stelle „der Liebe Feuer schlagen“ bei der ersten Begegnung Walthers mit Yolanda, sei es der Verdacht der Familie, Yolanda wollte aus Liebe zu Walther nach Mariental gehen.

Als Yolanda 1283 starb, wurde auf ihrem Grabstein die Beteuerung lebenslanger Keuschheit eingraviert. Jedes Gerücht, jeder Verdacht erübrigt sich.

Walther war bereits 1270 gestorben. Seine Nichte Poncetta von Meysemburg wird als Priorin Nachfolgerin von Yolanda. Hat sie Hermann beeinflusst, das Epos zu schreiben oder weiter zu schreiben?

Was für eine Vorstellung: da sitzt im Kloster Mariental im Tal der Eisch ein junger Dominikaner, schabt sorgfältig alte Schriftzeichen von Pergamentblättern, weil Pergament sehr teuer ist, um dann in akribischen Lettern das außergewöhnliche Leben der Prinzessin Yolanda in seiner moselfränkischen Muttersprache aufzuzeichnen. Vielleicht hat ihm Yolanda sogar zeitweise lächelnd über die Schulter geblickt.

Schwärmerisch klingt alles, was Hermann in seinen Versen berichtet. Aber es gibt auch Seitenhiebe und Bemerkungen über Liebe und Hass – also über das Leben schlechthin.

Wenn die Ordensfrauen in den Gärten oder auf den Feldern im Eischtal arbeiteten, ging sicherlich oft der Blick hinauf zur Ansemburg, die unweit des Klosters wie eine uneinnehmbare Feste auf steilem Felsen thront. Sie steht noch heute trutzig an alter Stelle, nicht mehr Furcht einflößend, sondern eher wie Dornröschens Märchenschloss.

Genau dort im Palasgebäude fand Berg nach langer abenteuerlicher Suche M.

Vermutlich hat der Vorfahre des Grafen von Ansemburg 1783, als der österreichische Kaiser Joseph II. Marienthal aufhob, eine ganze Reihe von Büchern und Schriften für seine eigene großartige Bibliothek erworben. Und darunter befand sich ohne Zweifel das unscheinbare Buch M!

Denn der zeitgenössische Burgbesitzer und Nachfahre des Grafengeschlechts, Gaston Marie Amaury Nicolas Comte de Marchant et d'Ansembourg, erzählte Berg bei dessen ersten Nachforschungen, dass sein Vater ihm um 1955 den Codex gezeigt habe.

Bergs Fazit erhellt auch für Leser, die in dieser Materie weniger zu Hause sind, die Bedeutung von M:

„Aus dem Hochmittelalter sind nur wenige Urkunden, ich will nicht sagen auf Luxemburgisch, sondern auf Moselfränkisch, erhalten. Bei dieser Sprachform des Mittelhochdeutschen unterscheidet man noch zwischen Westmoselfränkisch – quasi das heutige Luxemburg – und Ostmoselfränkisch, also Raum Trier bis Koblenz. Es gibt nicht allzu viele Urkunden, die in der Volkssprache abgefasst sind. Es gab damals die so genannten Schreibdialekte: Wolfram von Eschenbach beispielsweise hat seinen Parzival nicht in tiefstem Schwäbisch verfasst, sondern in einer Art Ausgleichsmundart, einer Art Regionaldialekt, mit dem Ziel, den Text möglichst vielen Hörern zugänglich zu machen. Unter den verschiedenen Schreibdialekten hat sich das Moselfränkische kaum entwickelt."

Berg gerät ins Schwärmen: „Man muss sich das vorstellen! Hermann, der dichtende Bettelmönch mit adligem Hintergrund. Die großen Heldenepen seiner Zeit muss er gekannt haben. Auch mit der Minneliteratur war er vertraut. In seiner Dichtung finden sich etliche Anklänge an seine großen Vorbilder. Er selbst verfasst aber kein Heldenepos und keine Liebeslyrik, sondern eine Art Heiligenvita. Und wie legt er sie an? Nun, er schaut sich bei seinen weltlichen Vorbildern um und nimmt als Grundlage für die Dramaturgie seiner Geschichte ein Handlungsmuster, das in der Heldenepik entwickelt worden war. Ein Muster, das die Mediävistik als ‚doppelten Cursus' bezeichnet: Der Held der Handlung hat ein hehres Ziel, das er anstrebt und das er in einem ersten Anlauf scheinbar tatsächlich auch gleich erreicht. Auf den ersten vermeintlichen Erfolg folgt dann aber ein Scheitern und der Held muss einsehen, dass er für die Vollendung seines Vorhabens mehr Zeit benötigt. Diese Einsicht geht einher mit einer langen Phase der Irrungen, des Zweifelns, des Suchens, der Besinnung – bis er schließlich, gereift, in einem zweiten Anlauf glücklich an sein Ziel gelangt. Bekannte Beispiele dieses Handlungsmusters sind etwa Parzival und Iwein.

Und genau dieses Schema finden wir bei Hermann wieder:

Nach einem ersten, allzu leichten Anlauf wähnt sich seine Heldin schon am Ziel ihrer Träume – schon hat sie mit abgeschnittenem Haar das Nonnengewand angelegt und sich in die Klostergemeinschaft aufnehmen lassen. Dann aber muss sie erkennen, dass sie dieses Ziel nicht festhalten kann, bis sie schließlich, nach einer langen Zeit der Entbehrungen, der inneren Einkehr, der Gottsuche, ja des Reifens doch ihr Ziel erreicht, und zwar endgültig.

Was also hat Hermann getan? Er pfropft ein Handlungsmuster der einen Gattung – Heldenepik – auf eine Story, die einer anderen Gattung – der Heiligenvita – angehört und operationalisiert damit das Muster des ‚doppelten Cursus' in einem völlig anderen Kontext. Eine geniale Idee!"

Für Guy Berg stand sehr schnell fest, dass die Spur, die Gerald Newton und Franz Lösel mit der neuen Übersetzung der Vita aufgenommen hatten, nicht wieder verloren gehen durfte.

Ein Kolloquium in Luxemburg und Vianden sollte die Möglichkeit eröffnen, alle Erkenntnisse über M und Yolanda selbst zu bündeln und zu ergänzen.

Berg resümiert den Stand von 1999: „In der Zwischenzeit hatten wir auch Kontakt zu den Mediävisten von der Uni Trier, die sich ebenfalls mit der Yolanda-Vita auf der Grundlage der Meier-Edition befasst hatten. Uns war klar geworden, wie vielschichtig und facettenreich das Thema Yolanda eigentlich war und wie groß der wissenschaftliche Gewinn sein könnte, wenn wir den Forschungsrahmen nicht allzu eng stecken würden."

Bei den Vorbereitungen wurde deutlich, dass in Trier jede

Menge Fachwissen vorhanden war. Aber die Luxemburger waren die Ausrichter, die Organisatoren und Planer, die das Ganze auf den Weg gebracht hatten.

In Luxemburg kam man zu dem Schluss, es sei günstig, auf dem eigenen Territorium der Basisarbeit größeres Gewicht beizumessen und dazu etwas mehr ‚Grundlagenforschung' zu betreiben.

„Wir fingen an, die Textzeugensuche zu konkretisieren," berichtet Berg.

Wo sucht man nach einer solchen einzigartigen verschollenen Handschrift?

Das Kloster ist verschwunden. Die Franzosen haben während des Revolutionskrieges Ende des 18. Jahrhunderts in Luxemburg alles, was sie an Handschriften und Codizes nicht vor Ort verbrannt und vernichtet hatten, nach Paris oder Brüssel gebracht.

Berg stieß auf ein Heft der ‚Cahiers luxembourgeois' aus dem Jahre 1931, worin der Philologe Joseph Tockert im Zusammenhang mit einem Beitrag über „Eine Hochzeit auf Schloss Vianden" erwähnt, Pfarrer Albert Steffen habe auf Schloss Ansemburg „neuerdings" Wiltheims Vorlage, das mittelalterliche Manuskript aus dem 14. Jahrhundert, wieder gefunden.

Der Codex war demnach also wieder aufgetaucht. Der Hinweis deutete auf Schloss Ansemburg.

Doch wie mag diese Handschrift aussehen? Wie viele Seiten hat sie?

Berg war inzwischen besessen von dem Gedanken, den Codex Mariendalensis zu finden. Ihn in Händen zu halten. Sechstausend Verse zu lesen, die das Leben der Grafenfamilie des Heinrich von Vianden und seiner Frau Margarethe von Courtenay beschreiben. In der dramatischen Geschichte Yolanda aus der Sicht ihres Zeitgenossen Hermann zu begegnen. Vor allem aber: endlich den unverfälschten und authentischen mittelalterlichen Wortlaut dieser einzigartigen moselfränkischen Dichtung vor Augen zu haben!

Die Vorbereitung auf das Kolloquium spulte er mit gewohnter Sorgfalt ab. Es fehlte keine Variante, die die Vortragsreihe und die Besichtigungen vor Ort noch interessanter hätte machen können. Vorprogrammierter Erfolg? Das schon, aber der Codex wäre das Glanzstück der Veranstaltung, daran zweifelte er keine Sekunde.

Er hatte eine Fülle von Fakten, zugleich auch Ortsangaben zur Verfügung. M war die Nadel im Heuhaufen. M war vielleicht noch da, aber wo? Der Sprachwissenschaftler war sich halbwegs bewusst, auf welch zeitraubendes Abenteuer er sich eingelassen hatte.

Beim erneuten Studium der Schriften über M erschlossen sich für ihn zwei Erkenntnisse. Zum einen gab es immer wieder jemanden, der den Codex irgendwann in Händen gehalten hatte, zum anderen schienen nur wenige mögliche Aufbewahrungsorte für diese Handschrift in Frage zu kommen. Wären nicht die vielen Kriegshandlungen gewesen, die es mit sich brachten, dass Häuser in Schutt und Asche fielen, dass alles, was nach Kulturgut aussah, annektiert wurde. Hatten nicht

Die mittelalterliche Ansemburg: uneinnehmbare Feste auf steilem Fels.

zuletzt die Deutschen Hab und Gut durchstöbert und Kisten über Kisten gepackt und mitgenommen?

Mit den Spurenkenntnissen über M im Kopf machte sich Berg an die Arbeit. Um 1650 hatte Wiltheim M in Mariental abgeschrieben. Das Kloster wurde 1783 aufgelöst. Allerdings steht in unmittelbarer Nähe die Ansemburg.

Es gibt das barocke Schloss Ansemburg unten im Tal der Eisch, unweit von Mariental, und die Burg Ansemburg steil oben auf der Höhe.

Die Burg war nie zugänglich.

Berg versuchte, ausfindig zu machen, wer für die Burg zuständig ist. Gibt es noch einen Grafen? Wenn ja, wo wohnt er und wie ist er zu erreichen?

Er fand heraus, dass es sehr wohl noch einen Grafen von Ansemburg mit dem wohlklingenden Namen Gaston Marie Amaury Nicolas Comte de Marchant et d'Ansembourg gibt.

Jetzt ging es darum, mit dem Grafen in Kontakt zu kommen. Immer wieder war in der Sekundärliteratur die Rede gewesen vom Archiv des Hauses Ansemburg und von seiner Bibliothek.

„Wir wussten natürlich nicht, wie das Archiv der Ansemburger aussieht", erzählt Berg, „ist das ein Kellerraum, wo ein paar vermottete Kisten rumstehen mit alten Handschriften drin? Oder ist das eine prächtige, gut sortierte Bibliothek mit großen Schubkästen, in denen alte Akten gestapelt sind?" Man habe dem Grafen daraufhin einen Brief geschrieben und das Anliegen der Codexsuche vorgestellt. Bald danach antwortete Graf von Ansemburg und lud zu einem Besuch auf der Burg ein.

Es stellte sich heraus, dass der Graf oben auf der Burg wohnt, das Schloss unten hat er vor Jahren verkauft. „Wir haben ihn als einen sehr freundlichen und aufgeschlossenen Menschen kennengelernt, umgänglich und unkompliziert", erzählt Berg. Der Graf lebe tatsächlich oben auf der Burg, aber nicht in der Burg selbst, da diese unbewohnbar sei, sondern in einem gemütlichen Haus davor.

Die Burg steht auf einem für die Landschaft typischen hohen und schroffen Felssporn, einem Sandsteinfelsen, aus dem sie gleichsam herauswächst. Der Burg vorgelagert ist nach Westen hin eine große flache Hochebene, nach Norden und zum Tal der Eisch fällt die Wand steil ab.

Der Graf empfing seine Gäste in der Burg, in der kleinen, zu einem Büro umfunktionierten Burgkapelle.

Mit dem Stichwort Codex Mariendalensis wusste er interessanterweise sofort etwas anzufangen. Sein Vater habe ihm den mal gezeigt. Schon diese erste Aussage feierte Berg insgeheim als kleine Sensation: „Für mich war das nämlich ein schlüssiger Hinweis darauf, dass der Codex den Zweiten Weltkrieg offensichtlich doch überlebt hat."

Weil der Codex in den 1930er Jahren einmal kurz aufgetaucht und seitdem verschwunden war, ist sich die Forschung relativ schnell einig gewesen, dass er in den Wirren des Zweiten Weltkriegs abhanden gekommen ist. Das war auch eine durchaus plausible Vermutung, weil die gesamte Bibliothek des Hauses Ansemburg im Zweiten Weltkrieg in Kisten verpackt von der Gestapo abtransportiert werden sollte.

Durch eine List war es dem Grafenvater damals gelungen, das zu verhindern. Er hatte dem Gestapoführer ein Buch gezeigt, in dem sich ein anderes Ex libris befand als das des Hauses Ansemburg und gesagt: ‚Sie wollen doch nicht den ganzen Bücherbestand von Herrn Sowieso wegschleppen?'

Auf diese Weise konnte der Abtransport der kostbaren Bücher verhindert werden.

Neben der Bibliothek gibt es auch ein Archiv. Aber wo soll sich dieses Archiv befinden? Die Antwort des Grafen: „Nicht in Ansemburg. Es gibt ein Ansemburger Archiv, aber das befindet sich im Staatsarchiv. Es wird dort in einem eigenen Raum aufbewahrt, weil es dort sicherer aufgehoben ist."

Und die Bibliothek?

Die ganzen Bücherbestände des Hauses Ansemburg sind in Kisten und Schränke verpackt und lagern in der alten Burg. Die stehen irgendwo verborgen, sind abgeschlossen und gesichert, damit keiner sich daran zu schaffen macht.

Der nächste Schritt war ein Besuch im Staatsarchiv. Mit dem schriftlichen Einverständnis des Grafen abgesichert, konnte die Suche nach M beginnen.

„Ja, schön, und welchen Kasten sollen wir Ihnen denn raufbringen?"

Am liebsten hätte Berg gesagt: „Bringen Sie mir bitte den mit dem Codex Mariendalensis."

Man habe mit dem zuständigen Referenten gesprochen und versucht, ihm klar zu machen, dass es nicht darum gehe, irgendeinen Archivkasten aus einem Bestand von 300, 500 oder vielleicht 1000 Archivkästen in die Hand zu nehmen, oder das Dokument Nummer soundso einzusehen, sondern wirklich das ganze Archiv einsehen zu können.

Schließlich wurde er in die tiefsten Keller des Staatsarchivs und dort vor eine schwere Panzertür geführt. Dahinter befand sich ein großer geräumiger Gewölbekeller, vollgestapelt mit dem Archiv des Hauses Ansemburg!

Berg kriegt heute noch Gänsehaut, wenn er Bilanz zieht: „Da wurde mir zum ersten Mal bewusst – ich hatte das alles losgetreten! Wir sind ein kleiner, ehrenamtlich arbeitender Verein, und ich bin der Einzige, der den Codex finden will und der die Suche auch durchziehen muss. Das war ganz klar. Entweder du machst es allein oder du lässt es sein. Und da standen diese vielen Hundertschaften von Archivkästen."

Alles war grob chronologisch geordnet, es gab aber kein Inventar, aus dem hervorginge, was in welchem Kasten liegt. Er fing mit Kasten Nummer Eins an, der Dokumente aus dem 12. Jahrhundert enthielt.

„Ich hatte bis dahin nur wenig mit mittelalterlichen Texten oder Handschriften zu tun, lernte aber schnell mit Pergament umzugehen, mit Urkunden, mit Siegeln, die daran befestigt sind. Ich habe mich natürlich darüber gefreut, zu sehen, was sich da an lateinischen und französischen Urkunden vor meinem Auge auftat. Also habe ich erst mal im Staatsarchiv in aller Ruhe vor mich hin gesucht."

Die Anfänge waren harmlos. Er versuchte, systematisch Kasten für Kasten abzuarbeiten. Das Problem war, niemand wusste, wie M aussieht. Was heißt Codex Mariendalensis – das kann ja alles sein.

Berg gesteht im Nachhinein: „Das ist ein mulmiges Gefühl – man sucht etwas und weiß eigentlich nicht was."

Nach Wochen des Suchens sah er seine Chancen allmählich

schwinden, die Handschrift im Archiv der Ansemburger noch ausfindig zu machen.

Der Zeitdruck, der kam, war der bereits festgelegte Termin des Kolloquiums im November. Vier Monate noch! Die Präsentation von M sollte das Sahnehäubchen der Veranstaltung sein.

„Wir hatten die Kollegen aus Sheffield eingeladen, deren Übersetzung wir bei dieser Gelegenheit offiziell vorstellen wollten", resümiert Berg, „Historiker waren dabei, Mediävisten, Sprach- und Religionswissenschaftler, auch Studentinnen, die gerade ihre Diplomarbeit über Yolanda geschrieben hatten. Das wäre natürlich der Glanzpunkt, wenn es jetzt doch noch gelänge, den Codex vorzulegen."

Dieser Gedanke beflügelte, im Staatsarchiv konsequent Kasten für Kasten, Woche für Woche, Monat für Monat durchzugehen.

„Irgendwann hatte ich noch so einen kümmerlichen Rest von zwanzig Kästen vor mir, 20. Jahrhundert. Sollte ich da überhaupt noch durch?"

Das hieß nochmals Tage lang Dokumente sichten. Die Aussicht, gerade in diesen Kästen noch etwas zu finden, war gleich null. Weshalb sollte irgendwas aus dem Mittelalter in so einen neuzeitlichen Kasten gerückt sein?

Aber Berg blätterte bis zur bitteren Neige auch den letzten Kasten noch durch: „Ich kann nicht auf halbem Wege aufhören, das ist die alte Geschichte, man fängt etwas an, dann aber gibt es irgendwann den ‚point of no return'."

Das negative Ergebnis seiner Suche musste er im Vorstand vortragen: „Nun ja, wenigstens können wir sagen, wer auch immer behauptet, der Codex sei womöglich im Archiv des Hauses Ansemburg zu finden, der irrt!"

Viele, viele Tage lang vergebens gesucht!

Was die beiden Töchter und die Ehefrau dazu sagten?

Nichts mehr!

Es gab eigentlich nur einen Punkt, an dem man noch nach M forschen konnte – das war die Bibliothek der Ansemburger.

Berg ging wieder zum Grafen, erzählte ihm die Story von der Suche im Staatsarchiv und offenbarte ihm, dass sein Archiv diesen Codex nicht enthält.

Ja, und jetzt sei man kurz vor dem Kolloquium. Ob sich der Graf vorstellen könne, dass man einen Blick in seine Bibliothek werfe?

Das war etwa sechs Wochen vor dem Termin.

Bis dahin dachte Berg, die Bibliothek sei unten im Schloss aufgestellt, vielleicht sogar mit Inventarliste.

„Nein, nein, so ist das nicht, die Bibliothek ist hier in der Burg", sagte der Graf. Sie sei nicht aufgebaut. Alle Bücher befänden sich einfach in Kisten und Kästen und Schränken und Regalen, halt nur so weggestellt. Damals nämlich, nach dem Verkauf des Schlosses, seien die ganzen Bestände eingepackt und hinauf auf die Burg verbracht worden. In einigen Jahren wolle man sich daran machen, die Bibliothek wieder einzurichten.

Sollte es jetzt ernstlich darum gehen, nochmals einige Jahre zu warten?

Der Graf führte Berg in das Palasgebäude der Burg, und dort im Obergeschoss in einen fest verriegelten Raum von rund hundert Quadratmetern, ohne Heizung, ohne Strom, ohne Licht.

Eine mittelalterliche Burg eben.

Da stand und lag die sagenhafte Bibliothek der Ansemburger in voller Herrlichkeit vor seinen Augen – oder auch nicht, denn alles war zugedeckt mit Plastikplanen und mit Stoffen.

Zwischen Möbeln, Hirschgeweihen und sonstigen Jagdtrophäen, übereinander gestapelten barocken Sesseln und Sofas, standen Seemannskisten, Koffer, Flechtkörbe, voll gepackt, Schränke und Kästen, bis zum Brechen angefüllt, dicht dahinter weitere Schränke, alles randvoll: nichts als Bücher. Es war in der Stunde des Auszugs aus dem Schloss unten an der Eisch nur darum gegangen, diese Fülle von kostbaren Werken irgendwo konzentriert unterzubringen. Sie trocken und sicher vor unbefugtem Zugriff zu bewahren, allerdings unsortiert und ungeordnet.

Bücher über Bücher – und unter ihnen der Codex Mariendalensis?

„Mir war klar, dass es nichts bringt, wenn ich eine Kiste aufmache, alles durchsehe und wieder zumache. Ich würde nach drei Stunden nicht mehr wissen, welche Kiste ich durchgesehen habe und welche noch nicht. Vor allem, wo lege ich die Bücher hin, die ich schon in der Hand hatte?“

Da war nirgendwo Platz, um irgendwas hinzulegen.

Der Raum war nicht zu begehen, man konnte sich nur durchschlängeln. Alles gedrängt voll, bis unter die Decke zugestellt.

„Der Graf muss meine Not erkannt haben. Er fuhr mit seinem Jeep weg und kam irgendwann mit zwei Arbeitern zurück, die auf seinem Bauernhof unten im Tal beschäftigt sind, außerdem hatte er einen Anhänger voller Baugerüstteile dabei, die von seinen Männern hinauf vor den Saal des Palasgebäudes gebracht wurden."

Die Gerüste wurden als Regale in einem Nebenraum aufgebaut, nur ein paar Stufen runter. Bretter wurden darauf gelegt und mit einer grünen Matte überzogen.

Nachdem der Graf noch einige Kisten organisiert hatte, meinte er: „Na, sind das nicht optimale Bedingungen, um die Bücher durchzusehen?"

Berg vereinbarte mit dem Grafen, dass er sich die Bestände der Reihe nach anschauen und in neue Kisten packen würde. Die Arbeiter würden die Kisten danach in den Nebenraum tragen, die Bücher auspacken und auf die Regale legen.

Auf diese Weise gelang es ihm, in tagelanger mühsamer Kleinarbeit, aber eigentlich sehr erfolgreich, die ganzen Bestände nach und nach wegzuarbeiten. Der Graf hatte auch große Scheinwerfer aufstellen lassen, eine wunderbare Hilfe, denn so konnte an diesen Oktober- und Novembertagen bis spät am Abend Buch für Buch durchgesehen werden, allerdings in eisiger Kälte.

„Ich habe alles Mögliche in Händen gehalten", sagt Berg, „wunderbare, herrliche Bücher aus den letzten fünfhundert Jahren!"

Handschriftliches war allerdings selten, erinnert er sich. Fast alles gedruckte Bücher, die ältesten aus dem frühen 16.

Jahrhundert, aber weit und breit nichts Mittelalterliches.

Keine Pergamenthandschriften!

Das bedeutete, die Grafen von Ansemburg waren wohl nie, wie er eine Zeit lang gedacht hatte, wirkliche Sammler von Handschriften gewesen. Dazu hätte ja auch gepasst, dass sie Eigentümer der Marientaler Handschrift sind.

Die Erkenntnis, dass sich nichts Mittelalterliches fand, war ernüchternd. Berg leerte einen Schrank nach dem anderen.

Der unansehnliche, merkwürdige Lederschinken im zweituntersten Fach.

Jeder geleerte Schrank musste abgeschlagen werden, um den nächsten dahinter stehenden zugänglich zu machen. Aber die Erkenntnis stieg, dass auch hier, wie in den Monaten zuvor im Archiv der Ansemburger, mit einem Codex Mariendalensis, einem mittelalterlichen Textzeugen, wohl kaum zu rechnen sei. Davon abgesehen wusste er ja immer noch nicht, wie der Codex aussieht.

„Und als ich dann an meinem letzten Tag am späten Abend im letzten Schrank am Räumen war, mit eiskalten Fingern und ganz durchgefroren, habe ich im zweituntersten Regalfach einen unansehnlichen, merkwürdigen Lederschinken liegen sehen. Klein, etwa zehn mal fünfzehn Zentimeter, aber ziemlich dick.

Als ich den in die Hand nahm und aufschlug, hab ich erst gestutzt, weil ich dachte, diese Schrift sieht aus wie gedruckt – oder auch nicht. Eine unglaublich saubere und präzise Schrift.

Dann aber wurde mir mit einem Schlag bewusst – das ist eine mittelalterliche Handschrift!

Mein Blick fiel auf eine aufwändig rubrizierte Initiale auf der ersten Seite rechts und ich begann zu lesen – den Text des Codex Mariendalensis:

It was in dutschen landen
ein greve zu Vianden
geheizen was her Henrich
ein ritter edel unde rich
geboren wol noch baz gemut
stolz ersam milde reine gut

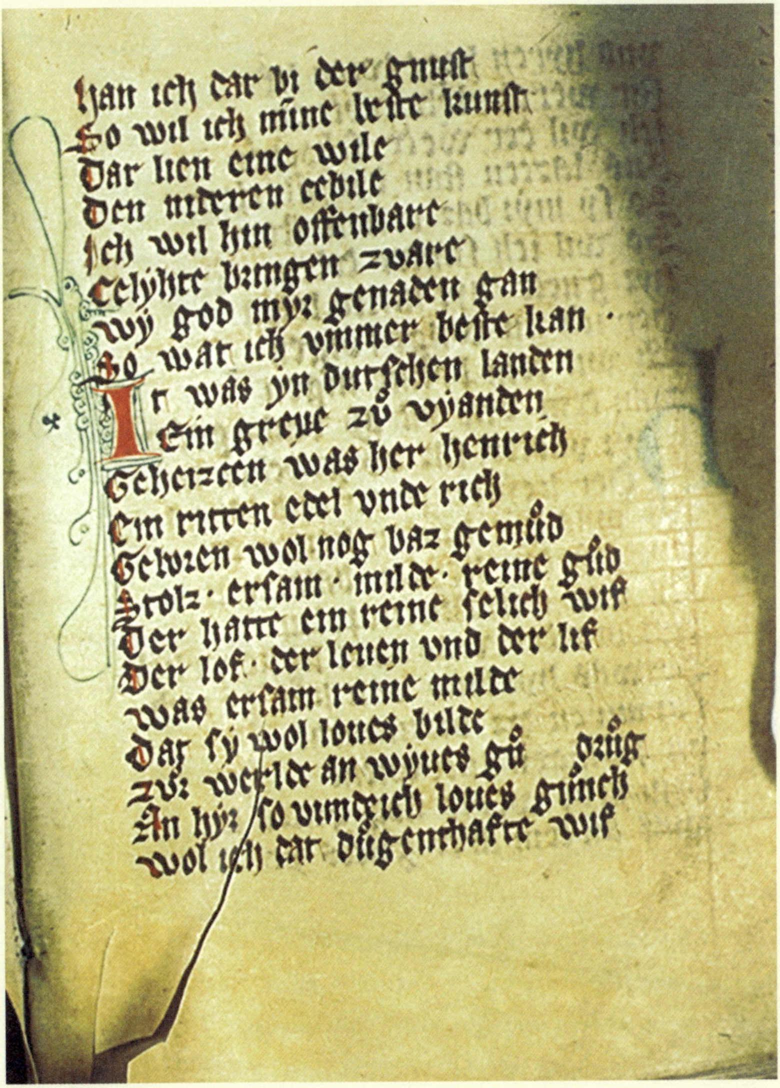
Kan ich dar bi der gunst
So wil ich mine beste kunst
Dar keren eine wile
Den nideren ecbile
Den wil ich offenbart
Ich wil hin bringen zvart
Celyhte bringen zvart
Wy god myr genaden gan
So wat ich ummer beste kan
It was yn dutschen landen
Ein greue zů vyanden
Geheizeen was her henrich
Ein ritter edel unde rich
Gelvren wol nog daz gemůd
Stolz · ersam · milde · reine gud
Der hatte ein reine selich wif
Der lof · der leuen und der lif
Was ersam reine milde
Daz sy wol loues bilde
Zv werlde an wyues gů drůg
An hyr so vunterich loues genůch
Wol ich dar dugenthafte wif

F. 2r des Codex Mariendalensis mit den Versen 21–41 und dem eigentlichen Auftakt der Dichtung: „It was in dutschen landen ...“

„Es gab in deutschen Landen einen Grafen zu Vianden, der wurde Heinrich genannt, ein edler und mächtiger Ritter, von hoher Geburt und noch höherer Gesinnung, kühn, angesehen, mildtätig, makellos und gütig."

Die Geschichte, die das Leben der Yolanda von Vianden schildert, aufgeschrieben vor siebenhundert Jahren. In fast sechstausend moselfränkischen Versen. Der Codex Mariendalensis!

„Diese Entdeckung hat mich regelrecht umgehauen. Jetzt, so kurz vor Schluss, im letzten Schrank, im allerletzten Regal, im zweituntersten Fach, als eines der letzten Bücher – der Codex! Ich hielt meine blaue Blume in der Hand, nach der ich so lange vergeblich gesucht hatte. Mit zittrigen Fingern hielt ich den Gral, der mir so lange verborgen geblieben war. Nach all den aussichtslosen Anstrengungen lag jetzt der Codex wie ein gleißendes Licht in meiner Hand. Ein solches Finderglück hat man nur einmal im Leben, das ist eine ganz merkwürdige Erfahrung, zu sehen, wie das Unfassbare, das nicht mehr für möglich Gehaltene, tatsächlich eintritt."

Das Unfassbare ist wirklich an diesem 6. November 1999 eingetreten.

Drei Wochen vor dem Kolloquium waren die Forscher stolze Besitzer, zwar nicht Eigentümer, aber Besitzer, des längst zur Legende avancierten mittelalterlichen Textzeugen, des Codex Mariendalensis.

Auch der Ansemburger war begeistert.

„Mit einem Mal war klar, dass jetzt die Lage für unser

Kolloquium eine völlig andere sein würde, ich war schon etwas fassungslos", gesteht der Sprachwissenschaftler im Rückblick. „Mit weichen Knien, mit M in den Händen, ging ich aus dem kalten verstaubten Saal des Palasgebäudes die dunkle Treppe hinunter und trat durch die Gewölbeküche hinaus in den finsteren Burghof, der im Novembernebel lag. Aus der Kapelle schimmerte schwaches Licht durch die Butzenscheiben. Der Graf war noch bei der Arbeit. Ich trat zu ihm in die Kapelle und sah ihn wortlos an. Er hatte gleich verstanden. Wir gingen hinüber ins Haus. Wir setzten uns in die Küche und tranken einen wärmenden Kaffee. Dabei hielt ich, immer noch fassungslos, den Codex in der Hand."

Als es dann spätabends darum ging, dass sich der glückliche Finder an diesem denkwürdigen Novembertag von der Ansemburg verabschieden sollte, sagte er zum Grafen: „Was machen wir jetzt? Passen Sie bloß gut auf den Codex auf! Sie haben ihn, Sie hatten ihn immer gehabt, jetzt liegt er wieder hier vor Ihnen."

Der Graf aber nahm den Codex vom Tisch, drückte ihn Berg in die Hand und sagte: „Jetzt machen Sie mal."

Berg hat M in seine Aktentasche gepackt und nur noch gedacht: „Ich bin im falschen Film. Das träume ich, spätestens jetzt muss ich merken, dass ich träume."

Er stieg mit einigem Unbehagen in sein Auto und fuhr in tiefster Dunkelheit über den langen Waldweg des gräflichen Anwesens auf die Landstraße hinaus. Dabei dachte er immer nur: „Wenn jetzt irgendwas passiert. Da liegt diese siebenhundert Jahre alte Handschrift geschützt und unerkannt jahrelang ruhig im hintersten Winkel und keiner interessiert sich dafür, und ich fahre sie jetzt durch die finstere Nacht spazieren. Das kann doch gar nicht wahr sein."

Zuhause war die Nachfrage nach dem Codex mittlerweile zum geflügelten Wort geworden. Berg hatte sich allmählich an die Hänseleien gewöhnt, an die allabendliche Frage: „Na, hast du ihn?"

Mit der Zeit hatte er abends immer mürrischer gemeint: „Nein, natürlich nicht. Frag doch nicht dauernd!"

Aber plötzlich war ja alles anders.

„Am Abend des 6. November kam ich heim – meine Frau liegt mit einem Hexenschuss im Bett und fragt nicht nach dem Codex!"

Er habe sofort Freund Ralph vom Institut angerufen. Das war zwar schon in der Nacht, Ralph kam aber sofort vorbei, weil auch er nicht mehr glauben wollte, dass sich der Codex je wiederfinden lassen würde.

Sprachlos standen die Bergs und Freund Ralph vor diesem kleinen unscheinbaren in Leder gehüllten Band und blickten auf siebenhundert Jahre Vergangenheit, auf das einzige bekannte mittelalterliche Exemplar einer Dichtung in moselfränkischer Sprache. Unfassbar!

M!

„Wir waren uns einig – der Codex muss sofort in den Safe."

Am Tag nach dem Fund wurde der Codex Mariendalensis

in einem Safe deponiert. Ein interessantes Erlebnis – mit dieser mittelalterlichen Handschrift in der Hand in die klinische Atmosphäre einer modernen Bank hinein zu spazieren! Was für ein Widerspruch!

Der Ledereinband ist offensichtlich noch original aus dem frühen 14. Jahrhundert, hervorragend erhalten, aber eben unglaublich alt. Und nun liegt er in seiner Dürftigkeit in diesem Glanz und Lichterstrahl von Hightech und computergesteuertem Panzersafe. Ihn da abzulegen, das war irgendwie merkwürdig und kam Berg fast wie eine unzulässige Profanisierung vor. M war also erst einmal in Sicherheit.

Als Nächstes ging es darum, den endlich ans Tageslicht geförderten moselfränkischen Urtext zu dokumentieren und ihn dazu vollständig abzufotografieren. Das geschah noch am selben Tag in der Bank. Natürlich wurde die Kulturministerin umgehend über den spektakulären Fund in Kenntnis gesetzt.

Eine Woche nach der Entdeckung und zwei Wochen vor dem Kolloquium wurde der Codex Mariendalensis im Rahmen einer Pressekonferenz der Öffentlichkeit vorgestellt. Da die Handschrift in einem Safe jener Bank lagerte, in deren Auditorium auch die Tagung stattfinden sollte, wurde auch die Pressekonferenz dort abgehalten. Vorgestellt wurde der Codex von der Kulturministerin, umgeben von Graf von Ansemburg und Dr. Berg.

Dank dieser Aufmerksamkeit in den Medien fand auch das Kolloquium zwei Wochen später größere Beachtung. Die Tagungsteilnehmer trafen sich nacheinander in Luxemburg,

Vianden und auf der Ansemburg, wo sie sich vor Ort ein Bild von der Fundstelle und den Umständen der Wiederauffindung machen konnten. Dem Grafen bereitete es dabei sichtliches Vergnügen, mit Einzelheiten der verbissenen Suche aus seiner Sicht aufzuwarten.

Soviel zu den Ereignissen im Spätherbst 1999. Und wo ist der Codex jetzt?

Berg zuckt die Schultern und lächelt: „Keine Ahnung!"

Schloss Veldenz an der Mosel,
die Stammburg der Familie des Hermann von Veldenz

Kloster Mariental im Großraum Luxemburg